취적취무 醉笛醉舞

설봉 新무협 판타지 소설

FANTASTIC ORIENTAL HEROES

취적취무 7
설봉 新무협 판타지 소설

초판 1쇄 찍은 날 § 2011년 10월 7일
초판 1쇄 펴낸 날 § 2011년 10월 14일

지은이 § 설봉
펴낸이 § 서경석

편집부장 § 권태완
편집책임 § 주소영

펴낸곳 § 도서출판 청어람
등록번호 § 제1081-1-89호
등록일자 § 1999. 5. 31
어람번호 § 제2-2161호

주소 § 경기도 부천시 원미구 심곡2동 163-2 서경B/D 3F (우) 420-822
전화 § 032-656-4452 팩스 § 032-656-4453
http://www.chungeoram.com
E-mail § chungeoram@chungeoram.com

ⓒ 설봉, 2011

ISBN 978-89-251-2650-0 04810
ISBN 978-89-251-2518-3 (세트)

※ 파본은 구입하신 서점에서 교환하여 드립니다.
※ 저자와 협의하여 인지를 붙이지 않습니다.
※ 이 책은 도서출판 청어람과 저자와의 계약에 의해 출판된 것이므로,
   무단 전재 및 유포·공유를 금합니다.

니귀(你個死鬼) 같은 놈

취적취무
醉笛醉舞

술에 취해 곡조 없는 피리를 분다.
을 빌어 흥겨운 가락에 몸을 맡긴다.
춤추자.
하루만, 이 시간만이라도 그저 취하고 웃어보자.

설봉 新무협 판타지 소설
FANTASTIC ORIENTAL HEROES

目次

第六十一章	역습(逆襲)	7
第六十二章	난예(亂豫)	37
第六十三章	간투(間鬪)	69
第六十四章	생평(生平)	103
第六十五章	류인(流人)	137
第六十六章	마각(馬脚)	171
第六十七章	맥생(陌生)	205
第六十八章	취회(取回)	241
第六十九章	소성(笑聲)	267
第七十章	취귀(臭鬼)	297

第六十一章
역습(逆襲)

石油
化学

1

'들켰다!'

당우는 길가에 서 있는 무인을 보는 순간 신산조랑의 계획이 수포로 돌아갔음을 직감했다.

무인은 허리춤에 패도(覇刀)를 차고 있다.

근육이 두드러질 정도로 잘 발달되어 있고, 태양혈(太陽穴)이 불끈 솟아 있다. 꼭 그런 점을 살피지 않아도 한눈에 대단한 고수임을 알아볼 수 있다.

"반혼귀성이냐?"

그가 음울한 음성으로 물어왔다.

"돌아갈 수는 없겠지."

당우는 혼잣말로 중얼거렸다.

무인은 당우의 음성을 들었다. 비록 혼잣말이라고 하지만 무인의 예민한 청력은 천둥소리보다 더 크게 듣는다.

　"앞의 두 놈은 온갖 인정을 다 베풀고, 뒤에 있는 놈들은 무자비하게 친다더군. 만나보니 그 말이 과히 틀린 말은 아닐 듯싶군. 너희에게는 볼일 없다. 가라."

　무인은 몇 마디 말만 걸어왔다.

　반혼귀성은 이런 대화조차도 시비로 취급한다. 상대가 일반인이면 그냥 지나치지만 무인이면 반드시 응징한다.

　무인은 단신으로 반혼귀성과 싸우려고 한다. 일인이 미지의 조직에게 정면으로 승부를 걸어왔다.

　일면 무모한 도전으로 볼 수 있다.

　그럼 왜 이런 도전을 하게 되었는지 그의 배경을 살펴볼 필요가 있다.

　당우는 구령마혼을 펼쳤다.

　분심(分心)된 마음들이 오로지 한 가지 일에 생각을 집중한다.

　그는 전체도 펼쳤다. 몸과 마음을 텅 빈 허공으로 만들어서 무인과 동화되었다. 그리고 무인이 이렇게밖에 할 수 없는 속사정을 읽어나갔다.

　무인의 두 눈에 암울한 기운이 젖어 있다.

　승리는 생각도 하지 않는다. 강한 무인임에도 죽음을 각오하고 있다. 전신에 흐르는 담담한 기운은 인생의 끝을 보고 난 후에나 표출할 수 있는 무념(無念)이다.

그 자신이 반혼귀성과 부딪치면 죽음밖에 없다는 사실을 인지한다. 그럼에도 어쩔 수 없이 길을 막아선다.

당우는 거기까지 읽었다. 그리고 신산조랑의 계획에 차질이 생겼다는 것을 직감했다.

당우는 무인을 스쳐 지났다.

"이럴 필요가 있습니까?"

"……."

무인은 대답하지 않았다.

"예상외로 빨리 들켰네요."

신산조랑이 어두운 얼굴로 말했다.

두 사람은 묘지기의 움막인 듯한 곳에서 잠시 멈췄다.

"검련 본가지?"

"그럴 겁니다."

"거기 나도 아는데…… 이번에 동원된 사람들이 그때 백석산에 나타났던 삼십홀일 거야. 그들이라면 티끌만 한 단서도 놓치지 않아. 추포조두가 잘 알걸."

"우리 뒤에 몇 명이 있는지 파악했겠군요."

"아마도……."

"어떻게 하시겠습니까?"

신산조랑이 담담히 물어왔다.

적은 인원으로 검련 본가 같은 곳을 친다는 것이 애당초 불가능한 이야기였다. 하지만 이렇게 뛰쳐나왔고, 자신들이 싸우고 싶지 않다고 해도 저들은 검을 뽑을 것이다.

어차피 싸워야 한다면 신나게 싸운다.

신산조랑이 물은 것은 싸울 것인가 말 것인가가 아니다. 어떻게 싸울 것인가를 묻고 있다.

"엄노, 한 번 더 해봐."

"네?"

"생각을 한 번 더 해보라고."

신산조랑이 피식 웃었다.

구령마혼의 계승자는 신산조랑 그녀 자신이다. 한데 어떻게 된 게 당우가 더 잘 써먹고 있다. 그에게 '전체'라는 특이한 비법이 있기 때문일 게다.

구령마혼은 수련으로 터득할 수 있다.

처음은 이령(二靈)으로 나뉘는 양심공(兩心功)부터 시작해서 마지막 구령까지 마혼(魔魂)시킨다. 수련에 하느냐 못하느냐는 순전히 본인의 능력 탓이다.

재능있는 자가 부단히 노력하면 이룰 수 있다는 뜻이다.

하지만 당우가 깨닫고 있는 전체는 수련으로 터득할 수 없다. 본능으로 깨달아야 하는 것이다.

어둠 속에서 불을 붙이는 것과 같은 이치다.

불을 붙이면 어둠이 일시에 물러난다. 조금씩 천천히 밀려나지 않는다. 불길이 일어나면 밝은 빛이 일시에 사방을 비춘다. 그리고 어둠이 쭉 빠진다.

이렇듯 전체는 한꺼번에 확 깨닫는 것이다. 수련으로 체득

하듯이 조금씩 나아가는 게 아니다.

당우는 이 두 가지를 모두 가지고 있다.

다양한 경험과 깊은 학문을 쌓아서 생각의 폭을 넓힌다면 뛰어난 병법가가 되리라.

지금만 해도 그렇다.

당우는 한 번 더 생각해 보라고 했다.

그전에 그녀는 몇 번이고 생각해 봤다. 기껏 반혼귀성이라는 가공의 단체를 만들었고, 세상의 이목을 끌어당기는 데까지 성공했다. 한데 너무 값어치없게 발각되었다.

이제는 싸우는 수밖에 없다.

구령마혼을 펼쳐서 깊이 생각한 끝에 얻은 결론이다.

우선 뒤따르는 추포조두와 삼십홀부터 친다. 아직 검련 본가에 보고를 하지 않은 상태라면 조금은 희망이 있다.

아니다. 사실대로 말하면 그런 희망은 없다.

삼악제일쾌검도 그렇고, 방금 전에 본 자도 그렇고 그들은 지역의 패주가 되기에 부족함이 없다.

추포조두는 그런 자들을 동원해서 사실을 캐내고 있다. 쉽게 움직일 수 없는 거물들을 썼다.

목숨 값에 해당하는 무엇인가를 지불했다는 뜻이다.

그게 무엇이든 상당한 대가가 될 것이고, 그만한 것을 제공하려면 본가의 승낙을 얻지 않고는 불가능하다.

보고는 이미 된 상태다.

여기까지 생각해 보면 앞날이 더 막막해진다. 선택할 것이

거의 없다. 몇 명 안 되는 인원으로 무엇을 할 수 있단 말인가.
 한 번 더 생각해 보라!
 당우는 다른 해답을 얻어냈다는 소리인가?
 신산조랑은 가부좌를 틀고 앉았다. 그리고 본격적으로 구령마혼을 운용했다.
 당우는 하늘 높이 손바닥만 한 연을 띄웠다.
 일행을 모두 불러 모으는 신호였다.

 반 각 정도 지났을까? 홍염쌍화가 도착했다. 치검령과 추포조두도 함께 왔다.
 "왜 불렀어?"
 어화영의 눈빛이 반짝거렸다.
 그녀들은 근 이십 년 만의 외출이다.
 세상은 많이 변했다. 그녀들과 함께 이름을 날렸던 후기지수들은 어엿한 중년인이 되었다. 각 문파에서 중임을 맡고 있다. 당시에는 신진고수에 불과했는데, 지금은 문파를 창건한 자도 있다.
 십 년이면 강산이 변한다고 했는데, 어둠 속에 묻혀놓은 세월이 이십 년이다.
 모든 게 새롭다.
 "그 사람은 어떻게 됐어요?"
 "어떻게 되기는……. 그런 건 신경 쓰지 마. 우리가 알아서 한다고 했잖아."

'죽었구나.'

무엇하러 만났던가. 잠시 스쳐 가는 인생인 것을.

"검련 쪽 반응은요?"

"먼저와 마찬가지였어. 어떻게든 결투 모습을 보고 싶은 모양이야."

"이번에는……."

당우는 말을 하면서 홍염쌍화를 쳐다봤다.

"내가 했어. 수리검을 쓰기는 했는데, 익숙하지 않은 병기라서 좀 티가 날 거야."

어해연이 말했다.

겸손한 말이다. 그녀가 수리검을 쓰지 않는 것은 맞는 말이지만, 치검령이 쓴 것과 비교해 봐도 전혀 뒤떨어지지 않는다.

치검령은 심장만 노린다.

추포조두는 목젖만 꿰뚫는다.

어해연은 미간으로 정했다. 단번에 즉사할 수 있는 곳이면서 흔적이 두드러진다.

이것도 임시방편이다.

삼악제일쾌검을 맞이했을 때 불길한 느낌이 들어서 임시로 방편을 취했지만 근본적으로 이렇게 해서 해결될 문제가 아니다.

"삼십홀이 뒤따르고 있어요."

"나도 봤어."

"어때요? 그들이 뒤진다면?"

"속속들이 나오지. 우리에 대해서 거의 조사했지 않나 싶다."

중요한 것은 인원이다. 어제 조사해도 여섯 명, 내일 조사해도 여섯 명, 항상 같은 인원만 나온다면, 그리고 남녀의 비율도 같고 무공 수준도 엇비슷하다면 동행이 몇 명인지, 어느 정도의 무공을 구사하는지 확실하게 알려진다.

당우가 말했다.

"두 분은 묵혈도에게 가세요."

"우리가?"

추포조두와 치검령이 서로를 마주 보며 의아해했다.

묵혈도의 임무는 그리 중하지 않다. 사람들 눈에 띄지 않게 은밀히 행동하면서 화천을 찾고 있다.

원래 그 일은 묵혈도 혼자서 하려고 했던 것이다. 그러나 막상 움직이려고 하자 조그만 문제점이 발견되었다.

당우 곁에 무공을 모르는 사람이 있으면 행동에 속박을 받는다. 묵혈도는 숨어 다니면 되지만 당우는 만천하에 존재를 드러내는 입장이다. 싸움을 걸어왔을 때 묵혈도는 도주하면 되지만 당우는 맞서 싸워야 한다.

아무래도 무공을 모르는 사람이 곁에 있으면 부담이 된다.

그래서 산음초의를 묵혈도에게 맡겼다.

그런데 추포조두와 치검령까지 묵혈도에게?

그것은 오히려 해가 되면 되었지 득이 되지는 않는다.

숨어 다니는 것은 혼자가 제일 좋다. 둘은 차선이고 넷은 최악이다. 숨어 다니는 자들이 무리까지 짓는다면 그만큼 눈에 띌 가능성이 높아진다.

"화천을 찾는 일이 급해졌나?"

추포조두가 물어왔다.

"생각이 있어서 그럽니다. 검련 추포조두가 예상 밖으로 치밀하고 끈질기네요."

"후후!"

추포조두가 웃었다.

그가 맡았던 임무다. 검련이 자신을 내치고 다른 자를 임명했다면 자신보다 뛰어난 자를 골랐을 게다.

먼발치에서 추포조두를 봤다.

적성비가 사람은 아니다. 풍천소옥 무인도 아니라고 했다. 그렇다고 귀영단에도 아니다.

그는 어디서 온 자일까?

검련은 자파의 무인을 추포조두로 쓰지 않는다.

추포조두는 때로는 잔혹해야 하는데, 정도문파를 표방하는 검련이 그럴 수 없기 때문이다.

좋지 않은 일이 벌어지면 추포조두를 희생양으로 삼는다.

속이 빤히 보이는 개수작이지만 지금까지 검련이 이런 식으로 사람을 써왔다.

새로 임명된 추포조두가 의외로 끈질기다. 그리고 영리하다. 삼십홀을 제대로 써먹는다.

"묵혈도에게 가면 뭘 해야 하나? 여전히 화천?"

"네. 화천을 찾아주시고…… 곧 새로운 연락을 드리겠습니다. 제가 알려준 밀마(密碼), 기억하시죠?"

"그럼, 기억하지."

추포조두가 머리를 톡톡 쳤다.

밀마해자의 아들이 밀마를 창안했다.

이것은 쉬운 일이다.

"가시면 산음초의를 제게 보내주시고요."

"산음초의를? 산음초의는 방해가 되어서 묵혈도에게 떠맡긴 게 아닌가?"

"선배님은 제 심부름을 해주셔야겠습니다."

당우는 치검령의 반문에 대답을 하지 않고 어화영을 쳐다보며 말했다.

"선배라는 소리, 듣기 싫은데?"

"……."

"누님이라고 불러봐."

"네?"

"누나면 더 좋고."

"하!"

"어서!"

어화영이 생글생글 웃으면서 말했다.

그녀들은 자신들이 꽤 늙은 줄 알았다. 주안술을 수련했다고 하지만 그래도 연륜이라는 것이 있지 않은가.

그런데 보는 사람마다 아가씨 취급을 한다.

소저(小姐), 소저, 소저……

근래 들어서 귀가 따갑게 듣는 말이다.

그뿐만이 아니다. 그녀들의 미모는 화용월태(花容月態)다. 용기있는 사내는 직접 말을 건네고, 그렇지 못한 자들은 곁눈질로만 힐끔거린다.

한마디로 수작들을 많이 부리는데, 그런 게 은근히 재미있다.

"거참, 지금 그런 말을 할 때요?"

치검령이 미간을 찡그리며 말했다.

"너 이……."

"왜? 너 이 새끼라고 말할 참이오? 우리 둘이 나란히 걸으면 부녀지간인 줄 아는 사람이 한둘이 아니오. 그러니 이놈저놈, 거 쌍스러운 소리 좀 그만하시오."

치검령이 볼멘소리를 했다.

"뭐, 뭣!"

어화영은 기가 막힌 듯 치검령을 쳐다봤다.

'너, 많이 컸다. 이제는 말대꾸도 하네?' 하는 표정이 역력했다.

치검령도 그녀의 눈빛을 의식했다. 하지만 일부러 외면해 버렸다. 뚫어지게 쳐다보는 것을 알지만 모른 척 엉뚱한 곳을 쳐다보면서 딴짓을 했다.

어화영이 불쑥 엉뚱한 소리를 했다.

"나 얘하고 같이 갈래."

"예?"

"나한테 심부름하라고 했지? 할게. 뭐든 하는데, 이놈하고 같이 가야겠어. 이놈, 굳이 묵혈도에게 보내지 않아도 되지?"

"아니, 그게……."

당우가 두 사람을 번갈아 쳐다봤다.

가라고 할 수도 안 된다고 할 수도 없다. 어느 쪽을 편들더라도 다른 쪽의 원망이 만만치 않으리라. 아주, 아주 피곤할 게다.

그때 어해연의 눈빛을 봤다. 찡긋거리는 눈.

'아!'

원수는 떼어놓는 게 아니다. 때로는 붙여놓는 게 좋을 수도 있다. 자기들끼리 죽이 되든 밥이 되든 결판을 지을 게다. 언제까지 이런 식으로 으르렁거릴 수는 없지 않은가.

"그러세요. 그게 뭐 어렵겠습니까. 인원에 변화만 약간 주면 되는 거니까."

"야! 그건!"

치검령이 다급해서 벌떡 일어나려다가 그만 어화영과 눈빛이 딱 마주치고 말았다.

그는 아무 소리도 못하고 주저앉았다.

"나와 같이 가는 게 기분 좋지 않나 봐?"

"그건 아니고……."

"그럼 기분 좋아?"

"끄응! 좋습니다. 좋지 않을 리가 있나요!"

치검령이 버럭 고함을 내질렀다.

일단 인원에 변화를 준다. 그러나 이것도 임시방편일 뿐이다. 검련은 곧 사실을 인지할 게다. 당우가 지시를 내리는 동안 신산조랑은 한마디도 하지 않고 묵묵히 듣기만 했다.
 당우는 다시 한 번 생각해 보라고 했다. 그래서 생각해 봤다.
 결과는 마찬가지다.
 사람들이 떠나갔다.
 어화영은 당우의 비밀 심부름을 하기 위해 치검령과 함께 길을 떠났다. 치검령은 코 꿰인 소처럼 질질 끌려갔지만, 그렇게 싫은 기색은 아니었다.
 추포조두는 묵혈도를 찾아서 떠났다.
 그가 묵혈도를 찾아가는 것은 염려가 되지 않는데, 산음초의가 당우를 찾아오는 것은 상당히 염려된다.
 산음초의의 몰골도 신산조랑 못지않게 추레하다.
 무공도 모르는 사람이 벌레나 잡아먹으면서 삼 년을 버텼으니 어떻겠는가.
 그에게는 이러한 변화들이 아무 의미도 없어 보인다.
 당장 검련의 공격이 시작될 판인데, 약간의 변화를 부여한들 무슨 소용이 있겠는가.
 당우가 말했다.
 "자, 지금부터 귀신놀음을 해야겠군요."
 '귀신놀음? 귀신!'
 신산조랑은 정신이 번뜩 났다.
 그렇구나! 귀신······. 당우가 무기지신이다. 귀신이다. 그걸 잊고 있었구나!

하지만 여기에는 문제가 있다.

당우는 살인자의 모습을 보이지 않았다. 그러기는커녕 마음이 여린 구석을 여러 번 내비쳤다. 그래서 이번 싸움에서 그를 완전히 배제했는지도 모르겠다.

귀신놀음, 좋다. 그러나 그러기 위해서는 당우가 살인귀로 변모해야 한다.

그럴 수 있을까?

당우가 신산조랑의 손을 잡으며 말했다.

"걱정 마세요. 할 수 있어요. 잊은 모양이군요, 만정 마인들을 도륙한 사람이 누구인지."

2

눈에 보이는 사람만 사람이 아니다. 눈에 보이지 않더라도 행동이 일어나면 사람이 있는 것과 마찬가지다.

귀신에 홀린 것, 이것이 귀신놀음이다.

"세 명이 빠져나갔습니다. 남자 둘, 여자 하나입니다."

"신법은 파악했니?"

"아직."

"파악해."

"봄이라서 어렵습니다. 한 시진만 지나도 풀잎이 복원됩니다. 발자국만으로 신법을 파악한다는 건……."

"삼십홀은 그 정도도 안 되는군."

"……."

"기분 나쁜가?"

"좋지는 않습니다."

"네 눈빛이… 그럼 네가 한 번 파악해 봐라 이거군."

"……."

"대답이 없다는 건 그렇다는 뜻인가?"

"안목을 넓혀주시는 건 언제든 감사히 가르침 받겠습니다."

"후후후! 지상에서 육 척 높이, 뿌연 분가루 같은 게 묻어 있다. 찾아냈나?"

"그건 찾아냈습니다."

"무슨 흔적인가?"

"……."

"풍천소옥에 연무혼기라는 게 있다. 안개 속에 몸을 숨긴다고 했지, 아마?"

"연무혼기!"

"연무혼기 속에 몸을 숨기면 적아의 판별이 불가능해진다. 쌍방이 서로를 보지 못하지. 그런 점을 보완하기 위해 초령신술을 펼친다. 산천초목, 땅, 바위…… 자연의 진동을 온몸으로 감지하는 것도 초령신술 중 하나다."

"풍천소옥… 골인(骨人)…… 치검령!"

"후후! 그럼 또 다른 자는?"

"……."

"왜 말이 없나? 땅을 스치는 듯한 흔적은 아무나 만들 수 있는 게 아닌데 말이야."
"추포조두입니다."
"나 말인가?"
"전임 추포조두입니다."
"후후! 전임 추포조두에게 잔정이라도 남은 겐가, 아니면 일부러 보고를 누락한 건가?"
"파악은 했지만 암행류라고는… 미처 생각하지 못했습니다."
"그러니까 삼십홀이 그 정도밖에 안 된다고 말한 것이다. 아직도 기분 나쁜가?"
"……."
"두 명을 찾아냈다. 여인들이 누군지도 찾아낼 수 있다. 가서 찾아! 오늘 중으로 누군지 꼭 알아내!"
"알겠습니다."
삼십홀의 수장이 포권을 취한 뒤 급히 물러났다.
추포조두는 주위에 흩어져 있는 삼십홀을 보면서 안색을 굳혔다.
놈들은 만정 마인들이다. 만정이 폭파되면서 살아남은 질긴 목숨들이다.
반혼귀성? 웃기는 짓이다.
놈들은 집중 공격을 피하기 위해 잔머리를 썼다. 하루, 이틀이면 파악될 아주 조잡한 잔머리다.

나머지 두 명이 누군지 파악되면 즉시 공격한다.
 공격은 자신이 신경 쓸 필요가 없다. 검련 본가에 보고만 하면 그쪽에서 적당한 고수를 보내올 게다.
 보고까지, 거기까지만 신경 쓰면 된다.
 '그 여자들도 은자일 텐데⋯⋯.'
 은자들만이 흔적을 남기지 않고 신법을 구사한다.
 그녀들은 치검령이나 추포조두보다 한 수 위다. 두 사내의 흔적은 어려웠지만 결국 찾아냈다. 하지만 두 여인의 신법은 어떤 종류인지 짐작도 못하고 있다.
 여인들의 무공이 훨씬 뛰어나다는 뜻이다.
 이것 때문에 본가에 아직 보고를 못하고 있다.
 치검령 같은 은자를 훨씬 뛰어넘는 은자라면 웬만한 무인은 상대할 수 없다는 뜻이다.
 검련 본가에서 상당히 비중있는 인물이 나와야 한다.
 '며칠 남지 않았어.'

 삼십홀은 푸릇푸릇한 풀밭을 뒤지고 또 뒤졌다.
 상당히 조심스럽게, 자신들의 발자국과 겹치지 않도록 바짝 신경 쓰면서 티끌만 한 단서라도 잡으려고 애썼다.
 여인들이 누군지 찾아야 한다.
 그녀들이 은자라는 사실은 삼십홀도 짐작하고 있다. 두 사내를 능가하는 고수라는 점도 파악했다. 그녀들은 존재하지만 아무런 흔적도 남기지 않았다.

고수 중의 고수다.

"휴우!"

삼십홀 중 한 명이 가는 숨을 내뱉었다.

아무리 뒤져도, 눈이 빠져라 찾아봐도 아무런 흔적이 나오지 않는다. 상당히 빠른 속도로 움직였으니 하다못해 풀잎 하나라도 건드렸어야 한다. 지극히 은밀하게 숨어 있었다. 지형지물을 이용하지 않고는 그럴 수 없다.

그녀들은 건드린 것이 많다. 그런데도 찾지 못하겠다.

더군다나 추포조두는 오늘 중으로 찾아내라고 압박한다.

"후우!"

다른 자도 한숨을 내쉬었다.

여기저기서 한숨이 쏟아진다는 것은 바닥이 환히 드러날 정도로 뒤졌다는 뜻이다. 아무런 단서도 나오지 않았다는 말이다.

이럴 때 그들은 또 다른 현장을 원한다. 그것이 가장 빠르다. 상대가 현장을 만들어주지 않으면 일을 엮어서라도 현장을 만들어내야 한다.

추포조두는 두 명의 고수를 써서 두 사내의 정체를 발견해냈다.

한 번만, 한 번만 그런 일을 더 해줄 수 없을까? 이곳에서는 아무런 흔적도 나오지 않았는데, 지금까지처럼 일을 한 번만 더 엮어줄 수는 없을까?

그들의 가는 한숨 속에는 일 좀 만들어줬으면 하는 간절함이 배어 있었다.

툭!

등에 무엇인가가 닿았다. 정신없이 풀밭을 뒤지다 보니 마른 나뭇가지라도 건드렸나?

가벼운 마음으로 등을 돌렸다. 그 순간,

쑥!

명치에서 불길이 솟았다.

뜨거운 불길은 곧 극통으로 이어졌다. 뜨거운 용광로에 던져진 것처럼 머리끝에서부터 발끝까지 불길이 확 일어났다.

사내는 펄쩍 뛰었다.

뛰어지지 않는다. 몸뚱이가 꽉 붙잡혀서 움직여지지가 않는다.

소리도 내질렀다. 극통을 참을 수 없어서 본능적으로 악을 썼다. 한데, 푸식! 바람 빠지는 소리만 들린다. 자신은 악을 쓰는데 소리가 일절 흘러나오지 않는다.

그는 낯선 자를 봤다.

'골인……'

자신들이 '골인'이라고 부르는 자들, 만정에서 뛰쳐나온 악마가 칼을 썼다.

다행스럽게도 그의 극통은 오래 지속되지 않았다.

툭!

고개가 꺾였다.

당우는 그를 눕혔다. 그리고 주위를 살폈다.

다른 자들은 눈앞에 떨어져 있을 증거를 수집하느라고 정신이 없다. 바로 옆에서 동료가 죽었는데도 감지하지 못한 채 풀잎만 살피고 있다.

무기지신은 지상에서도 통한다.

다른 자들의 시선만 차단하면 언제 어디서든 써먹을 수 있다.

발걸음 소리를 죽여라. 그것은 암향표로 해결할 수 있다. 풍천소옥의 은형비술로도 해결된다. 귀영단애의 신무신법도 발걸음 소리를 일체 흘리지 않는다.

그는 은가의 신법을 세 가지나 알고 있다.

물론 그들처럼 자유자재로 쓰지는 못한다. 진기를 실은 것과 싣지 않은 발걸음에는 많은 차이가 난다. 하지만 이들의 이목을 숨기는 정도는 충분하다.

그는 살그머니 다른 자를 향해 걸었다.

그는 풀잎을 뚫어지게 쳐다보다가 다른 풀잎으로 시선을 옮겼다.

아무 증거도 찾지 못한 모양이다.

당우는 그를 치기 전에 다른 자들을 살폈다. 이쪽을 쳐다보는 자가 없는가? 허리를 펴는 자는? 눈길의 사각에 걸리지는 않는가? 찰나의 순간 동안 침묵을 유지시킬 수 있겠는가?

확실한 자신이 들자 즉시 움직였다.

슥!

뒤에서 입을 틀어막고, 검으로 폐를 찔렀다.

두 손은 뒤에서 꼭 껴안았다. 두 발을 바동거려도 안 된다.

그래서 어린아이가 업히듯이 바싹 달라붙었다. 두 다리로 상대의 하반신을 옭아맸다.

삼십홀은 잠시 멈칫하는 듯하더니 푹 꼬꾸라졌다.

"아무것도 없습니다."
보고가 신속하게 이루어졌다.
'음!'
삼십홀의 보고를 받는 내내 찡그러진 미간이 펴지지 않는다.
이런 보고는 이미 예상했던 바이다.
뒤지고 또 뒤져본 풀밭이다. 한 번 더 뒤진다고 해서 색다른 게 나올 리 없다. 그래도 추포조두가 워낙 닦달하고 있으니 뒤지지 않을 수 없다.
일조에서부터 오조까지 보고가 착실하게 이루어졌다.
문제는 육조에서 일어났다. 풀밭 외곽을 맡은 육조 전원이 소식 두절이다.
삼십홀이 탄생한 이후 이런 적은 한 번도 없었다.
보고는 언제나 제시간에 이루어지도록 훈련을 거듭했다. 다른 것은 몰라도 조사하고 보고하는 일만은 밥 먹는 것보다 더 정확하게 이루어진다.
제때 보고가 들어오지 않는다는 건 사달이 일어났다는 뜻이다. 그것도 아니면 보고를 할 수 없을 만큼 중대한 단서가 발견되었다는 뜻일 게고.
그는 기대 반, 걱정 반의 심정으로 육조가 맡은 외곽으로 갔다.

'뭐라도 발견했어야 하는데…….'

그의 머릿속은 두 여자가 어떤 신법을 사용했느냐 하는 것으로 꽉 채워졌다. 그것만 찾아내면 끝인데.

'이놈들이 어디 있는 거야?'

그는 주위를 두리번거렸다.

두 여자가 은신해 있던 곳은 은폐물이 많지 않다. 어떻게 이런 곳에 은신할 수 있었을까 싶을 만큼 사방이 환히 트였다. 흔히 하는 말로 개활지(開豁地)라고 하는데, 이런 곳은 몸을 숨기기에는 최악의 장소다.

그러니만치 육조 조원들의 모습도 환히 보여야 한다. 그들이 보이지 않는다는 것은 다른 데로 갔거나 아니면 풀밭에 납작 엎드려 있다는 뜻이다.

그는 후자는 생각하지 않고 전자만 생각했다.

'이놈들이 어디로 간 거야?'

그들이 어디로 갔는지는 금방 알게 되었다.

"엇!"

두 다리가 돌처럼 딱딱하게 굳어버렸다.

시체, 시체, 시체…….

육조원 다섯 명 전원이 피투성이가 되어서 쓰러져 있다.

"비, 비상……! 비상!"

그는 소리를 빽 질렀다.

삼십홀이 원하던 대로 새로운 현장이 제공되었다.

이번 현장은 참 희한하다.

육조원을 죽인 자는 발자국을 숨기려고 하지 않았다. 은자는 지극히 조심하고 삼십홀도 조심을 거듭하는데, 이번 흉수는 전혀 개의치 않고 뚜벅뚜벅 걸었다.

묘한 것은 삼십홀의 태도다.

그들은 등 뒤에 사람이 다가올 때까지 전혀 몰랐던 것 같다.

그럴 수는 없지만, 이렇게 뚜렷한 족적을 새겨놓았는데도 알아채지 못한다는 건 있을 수 없지만 꼭 그랬던 것 같다. 그렇지 않고서는 그들의 죽음이 해석되지 않는다.

"이건 있을 수 없는데……."

보고 사항 외에는 일체 다른 말을 하지 않는 삼십홀이지만 동료의 죽음 앞에서는 입을 열지 않을 수 없었다.

"어떻게 아무런 저항도 못해보고……."

"이런 신법도 있나?"

족적을 뚜렷하게 남긴다. 자신을 숨기지 않고 거침없이 걸어왔다는 뜻이다. 그러면서 상대는 알아채지 못한다. 은밀함과는 거리가 멀고……. 너무 빨랐던 것일까?

빠른 신법에는 특징이 있다. 발가락 혹은 발꿈치 어느 쪽이되었든 힘이 집중된다.

현장에 남아 있는 족적은 발바닥 전체가 고루 찍혔다. 힘이 고루 안배되었다.

이런 걸음은 안정적일지는 몰라도 빠른 쪽은 아니다.

즉, 흉수는 편안하게 다가왔다.

중원에 이럴 수 있는 신법이 있나?

삼십홀은 상대가 다가오는 것을 전혀 알지 못했다. 주변 어디에도 반항한 흔적이 없다. 다급하게 도망치려고 꿈틀거린 흔적도 발견되지 않는다. 그저 편안하게 당했다.

귀신이 곡할 노릇이 아닌가.

"이건… 새로운 놈이다!"

추포조두는 삼십홀의 보고를 믿을 수 없었다.

어떠한 은자라도 흔적을 남기지 않고 죽일 수는 없다. 찾지 못할 뿐이다.

이런 말들이라면 이해한다. 실제로 두 여자가 그런 경우다.

그런데 다섯 명을 일시에 죽였고 흔적도 뚜렷한데, 어떤 무공에 죽었는지 모르겠다?

그럴 수 있다. 세상에는 알려지지 않은 무공이 많다.

그가 이해할 수 없는 것은 족적이 뚜렷한데도 다가오는 기척을 감지하지 못했다는 부분이다.

그는 직접 다섯 홀의 시신을 살폈다.

보고가 맞다. 그가 살펴봐도 이해하지 못할 죽음이다.

상대는 느긋하게 걸어왔다. 그리고 검을 푹 찔러 넣었다. 그러는 동안 육조 조원들은 아무 눈치도 못 채고 무방비 상태로 있었다.

'기척을 완전히 죽일 수 있는 고수다!'

판도가 전혀 새로운 국면으로 접어들었다.

지금까지 반혼귀성이라고 자칭하는 자들은 은자로 추정했다.

사문을 알아내지 못한 두 여자도 지극히 은밀한 신법을 펼치기 때문에 은자일 것이라고 추측한다.

한데 이자는 은자가 아니다.

이자에게서는 은자의 은밀함이 없다. 대신에 기척을 완전히 죽일 수 있는 가공함이 있다.

이것은 신법이나 보법 측면에서 접근하면 안 된다. 신공이나 내공으로 살펴봐야 한다.

"지금까지 알아낸 건 뭔가?"

"발자국 크기로 보면 성인 남자입니다. 보폭으로 미루어보건대 신장은 오 척 칠 푼에서 팔 푼, 체형은 다른 자들과 마찬가지로 골인이 아닐까 싶습니다."

나이가 얼마나 되는지 묻고 싶었다. 하나 아무리 삼십홀이라도 나이는 알아낼 수 없다.

늙었어도 내공이 깊으면 고른 족적을 남긴다. 또 내공이 부족해도 젊은 청년이면 깊고 고른 족적을 새긴다.

흔히들 족적하면 초상비(草上飛)라는 신법부터 떠올린다.

내공이 깊으면 풀 위를 밟고 날 수 있을 정도로 몸이 가벼울 것이라고 생각한다.

잘못된 인식이다. 그런 내공과 신법이 있고, 오히려 정반대로 깊이 찍어 누르는 내공과 신법이 있다.

추적 좀 했다는 사람들도 발자국을 보고 상대의 내공이 어쩌고저쩌고 하는데, 아주 큰 오판이다.

삼십홀은 부정확한 사실은 말하지 않는다.

그들이 알아낸 것은 성인 사내라는 것과 신장이 오 척 칠 푼에서 팔 푼으로 딱 보기 좋을 정도라는 것이다.

추포조두는 발자국을 한참 동안 쳐다봤다.

보면 볼수록 알 수가 없다. 아무리 봐도 내공을 실은 발걸음이 아니다. 그저 젊은 청년이 뚜벅뚜벅 걸은 발자국이다. 하지만 삼십홀이 접근 자체를 알아채지 못했다는 것도 부인할 수 없는 사실이다.

'어떤 무공이 이런 발자국을……. 그냥 걸으면서 기척만 내공으로 감췄다는 건데…….'

"흠!"

그는 신음했다.

내공으로 전신 기운을 이 정도까지 짓누를 수 있는 자라면 쉽게 상대할 수 없는 초고수다.

문제는 그가 삼십홀을 공격했다는 점이다.

지금은 육조만 나가떨어졌다. 하지만 곧 다른 조원들이 공격 대상이 될 게다.

"삼십홀을 물려라."

"네?"

"보면 모르겠나! 우린 공격 대상이 되었어."

"그래도 쫓아야 합니다."

삼십홀은 고지식하다. 전원 몰살당하는 한이 있어도 끝까지 추적을 포기하지 않는다.

"시끄러!"

그는 버럭 고함을 내질렀다.

쫓는다고? 도주해도 살까 말까 한데 오히려 쫓겠다고? 이거 정신이 있는 놈들이야?

"지금 이 순간부터 모두 함께 움직여라. 잠도 같이 자고 뒷간도 같이 가라. 본 문에 도착할 때까지, 흩어지면 죽는다고 생각해라. 내 말… 명심해야 할 것이야."

그는 말을 하면서 전서구를 꺼냈다. 그리고 품에서 붉은 종이를 꺼내 발목에 매달았다.

종이에는 아무것도 적혀 있지 않다. 다만 붉은색을 전달할 뿐이다. 붉은색, 피……. 자신과 삼십홀에게 변고가 생겼다는 통고다. 검련에 도착하지 못할 정도로 자세한 보고를 할 수 없는 상황에 처했다는 일종의 마지막 보고다.

삼십홀도 붉은 종이의 용도를 안다.

그들의 얼굴에 놀라움이 떠올랐다.

"그렇게까지……."

"살기 위해 최선을 다해라. 내가 너희에게 해줄 수 있는 말이 이것뿐이다."

푸드드득!

전서구가 힘차게 날아올랐다. 한데 전서구가 백여 장 정도 날아갔을까? 이제는 까마득하게 멀어졌다 싶을 때,

쒜에엑! 퍼억!

지상에서 하얀 빛이 번뜩인다 싶더니 힘차게 날아가던 전서구가 뚝 떨어졌다.

삼십홀은 아무 소리도 하지 못했다.

그들은 이제야 비로소 추포조두의 경고를 온몸으로 절감했다.

반혼귀성의 칼날이 그들에게 향해졌다. 그들의 추적에 화가 났다. 육조의 죽음은 단순한 경고가 아니다. 삼십홀을 천천히 몰살시키겠다는 죽음의 미소다.

"으……."

누군가가 부르르 치를 떨었다.

이제부터는 자신들이 육조가 맞닥뜨린 절정고수와 싸워야 한다.

귀신이 곡할 놈이다.

온 정신을 집중시켜서 증거를 찾는 동안 바로 옆에서는 살인이 일어났다.

그런 놈이 쫓아온다.

새로운 현장을 원했는가? 자신들이 직접 그런 현장을 만들 것이다.

第六十二章
난예 (亂豫)

1

 귀신은 보고되지 않는다. 보고할 수가 없다.
 삼십홀 같은 경우에는 더욱 그렇다. 추적, 조사를 전문으로 하는 사람들이 쫓는 사람을 제대로 파악하지 못했다고 어떻게 보고할 수 있단 말인가.
 어수룩한 보고를 할 바에는 전멸을 택한다.
 모두 죽고 나면 다른 자가 나타나서 전멸 이유를 살필 것이다.
 그때는 죽은 명분이 선다. 삼십홀로서는 죽을 수밖에 없었다는 이유가 선다. 강자를 만난 이상 이런 결과가 나올 수밖에 없었다고 생각하며 죽은 영혼까지도 삼십홀로 대우할 게다.
 무능력한 보고를 하면 사정이 달라진다.

삼십홀은 그 순간부로 무림에서 도태된다. 검련 본가로 호출되어서 잡일이나 하다가 생을 마칠 것이다.

삼십홀의 명예를 지키느냐, 삶을 택하느냐 하는 선택인데 명예를 택한다.

삼십홀은 서로 등을 맞대고 원진(圓陣)을 펼쳤다.

안에 열 명, 그 바깥에 추포조두까지 열여섯 명이 포진했다.

안에 있는 자들은 쉰다. 밖에 있는 자들은 두 눈 부릅뜨고 경계를 선다.

자신들이 목표가 된 이상 이렇게 할 수밖에 없다.

반혼귀성이 겁만 주고 떠난 것은 아닐까?

그럴 수도 있고 아닐 수도 있다. 하지만 삼십홀은 아니라고 판단한다. 죽은 자들의 모습에서 이 상태로 끝날 것 같지 않다는 예감을 받았다.

너희가 추적을 해? 반혼귀성을 건드려? 그렇다면 죽여주지. 모두.. 왜 한꺼번에 죽이지 않냐고? 천천히 공포를 최대한 즐길 작정이다. 부지런히 도망가 봐.

그것은 악마의 숨소리였다.

어떻게 그런 점을 읽을 수 있을까? 잘못 읽은 것은 아닐까?

아니다. 그자는 육조를 죽인 후에도 여유가 있었다. 육조가 전멸하는 동안 다른 조의 삼십홀은 피 냄새를 전혀 맡지 못했다. 옆에서 동료가 죽어나가는 데도 몰랐다.

그는 더 죽일 수 있었다. 하지만 딱 일 개 조만 죽였다.

삼십홀의 조직 구조를 알고 있다.

사실 삼십 홀 정도는 전임 추포조두나 치검령도 죽일 수 있다. 하지만 그들이 손을 썼다면 전멸을 당하는 한이 있어도 계속 추적을 했을 게다. 두 여인이 누구인지, 어떤 무공을 쓰는지 알아내는 게 선급하지 전멸은 중요하지 않았다.

귀신은 다르다. 도무지 어떻게 손을 쓸 수가 없다.

"일조, 삼조! 교대!"

다섯 명이 안으로 들어가고, 안에 있던 다섯 명이 밖으로 나왔다.

"이조, 사조! 교대!"

다섯 명씩 자리 교대를 했다.

"좀 쉬시죠."

"죽으면 영원히 쉰다."

침묵이 흘렀다.

"저희 목숨은 추포조두님께 달렸습니다."

"제 목숨은 자신에게 달린 것이다. 한심한……. 어떻게 제 목숨을 남에게 맡기나."

"상대가 초강고수라고 하지 않았습니까? 실제로 저희는 다섯 명이나 당할 때까지 아무것도 알지 못했습니다. 그런 일이 또 벌어진다면 마찬가지 상황이 될 겁니다."

"그래서?"

"그를 상대할 수 있는 사람은 추포조두뿐이라는 겁니다."

"내 몫은 해줄 테니 걱정 마라."

"그래서 드리는 말입니다. 나중에 최선을 다하려면 지금 쉬셔야지요. 안으로 들어가십시오."

"쯧!"

추포조두는 혀를 찼다.

삼십홀은 이 싸움이 길게 이어질 것이라고 생각한다. 몇날 며칠이고 지속되는 장기전을 생각한다.

천만에! 이 싸움은 단기전으로 끝난다. 당장 오늘 밤에 급습이 이루어진다. 만약 반혼귀성이 공격해 오지 않는다면 열 손가락에 장을 지지겠다.

그는 더 말할 필요를 느끼지 않았다.

추적이나 조사에는 능통하지만 싸움 감각은 둔한 자들이다.

추포조두는 자신에게 다짐하듯 어금니를 꽉 깨물고 말했다.

"두 눈 부릅떠라. 조그만 움직임도 놓치지 마라!"

어둠은 귀신 편이다.

사방에 칠흑 같은 어둠이 내려앉을 때, 나쁜 일을 기다리는 사람은 초조해진다.

다른 한편으로는 아늑한 기분도 느낀다.

믿음직한 동료가 같이 있으면 먹이가 될 게 뻔한 처지일지라도 편안한 기분이 든다.

퍼엉! 퍼어엉!

멀리서 아이들이 폭죽놀이를 하는지 화려한 불꽃이 터졌다.

"오늘이 무슨 날인가?"

"누가 장가라도 가나 보지."

지나가는 사람들이 잡담을 나눴다.

삼십홀은 그 소리를 모두 들었다. 하지만 그들은 입도 벙긋거리지 못했다. 추포조두의 안색이 시간이 지날수록 굳어진다. 폭죽이 터지면서부터는 더욱 딱딱해졌다.

"온다!"

'뭐가? 어디?'

"정신 똑바로 차려라!"

'항상 그 소리……'

삼십홀은 추포조두의 과민반응에 점점 지쳐 갔다. 그때,

파앗!

느닷없이 세상이 암흑천지로 바뀌었다.

달도 별도, 휘황찬란한 등빛도 사라졌다. 세상이 갑자기 보자기로 뒤덮인 듯했다.

순간 추포조두는 자리를 박차고 벌떡 일어섰다.

차앙!

검을 뽑았다. 분명히 살수가 왔다. 세상을 암흑으로 뒤덮은 수법은 풍천소옥의 연무혼기(煙霧魂氣)다. 안개를 어둠으로 바꿨을 뿐 똑같은 수법이다.

그는 연무혼기를 꿰뚫어 볼 수 있다. 풍천소옥의 초령신술과 흡사한 막역사안(莫逆邪眼)을 수련했다.

파아앗!

예리한 안광이 어둠 속을 꿰뚫었다.

막역사안은 어둠을 보지 않는다. 어둠을 구성하는 생명체를

본다. 사람을 보되 사람의 형상을 보지 않고 그 사람이 지닌 생명력을 보는 것과 같은 이치다.

어둠에 힘이 존재한다면 막역사안에 잡히지 않을 리 없다.

그런데 없다. 분명히 연무혼기는 퍼졌는데 움직이는 자가 아무도 없다. 그때,

"끄윽!"

자세히 귀를 기울이지 않으면 들리지 않을 정도로 작은 소리가 귓가를 두드린다.

'당했어!'

그는 소리가 나는 쪽으로 검을 겨눴다.

보이지 않는다. 역시 마찬가지로 검은 안개만 자욱하게 흐를 뿐 움직임은 없다.

"컥!"

이번에도 지극히 짧은 비명이 토해졌다.

소리로 짐작컨대 입을 틀어막음과 동시에 숨도 쉴 수 없을 일격을 가하는 모양이다.

'둘!'

그는 신형을 홱 돌렸다.

이번에 들린 비명은 먼저 들린 비명과는 방향이 전혀 다르다. 먼저는 왼쪽에서 들렸는데, 이번에는 오른쪽에서 들린다.

순식간에 정반대 방향으로 움직였거나 아니면 두 명이 공격해 온 것 같다.

'움직임이 없었어!'

이 점이 기가 막히다.

비명 소리를 들었고, 죽음의 그림자를 보았다. 한데 아무런 기척이 없다. 공격하는 자도 쓰러지는 자도 일절 소리를 흘리지 않는다. 하다못해 옷자락 펄럭이는 소리조차 없다.

삼십홀이 당했다면 사력을 다해서 발버둥쳤을 게다. 꼭 삼십홀이라서가 아니다. 인간이라면 누구나 죽음에 직면하는 순간 발버둥치게 되어 있다.

그런데 그런 기척마저도 없다.

마치 아무런 일도 벌어지지 않은 것 같다. 자신이 환청을 들은 게 아닌가 싶을 정도로 적막하다.

"공격이다!"

삼십홀 중의 누군가가 버럭 고함을 질렀다.

옆 사람이 쓰러졌는데도 이제야 발견했다. 자신이 느낀 것과 비교하면 두어 수 정도 차이가 난다.

상대는 이미 공격하고 빠져나갔다. 어디로 사라졌는지 모를 곳으로 증발해 버렸다. 그런데 이제야 공격이 있었다는 점을 깨닫는다. 느려도 너무 느리지 않나.

'상대… 가 안 돼!'

추포조두는 힘이 쭉 빠졌다.

어둠이 걷혔다.

밝은 달빛이 광활한 초야(草野)를 비춘다. 유난히 초롱초롱한 별빛도 잔잔히 깔린다.

"일조에 한 명입니다."
"이조에도 한 명이오."
"삼조 한 명."
"사조도 한 명."
"오조 한 명."
이런 기가 막힐 노릇이 있나!

적은 전면에 늘어선 삼 개 조만 공격한 게 아니다. 안쪽에서 휴식을 취하던 이 개 조도 공격했다. 그것도 정확하게 각 조마다 한 명씩 죽음을 안겼다.

정확하게 보고, 사람을 골랐으며, 감쪽같이 죽였다.

추포조두는 검을 축 늘어뜨린 채 마른침만 삼켰다.

입안이 바짝 마른다. 입술이 말라서 쩍쩍 갈라진다. 두 눈은 붉게 충혈되었다.

귀신이 나타나서 다섯 명을 죽이고 사라지는 동안 그는 아무것도 하지 못했다.

검을 쓰지 못한 것은 그렇다고 치자. 자신의 눈앞에서 살상이 벌어졌는데, 누가 어떻게 죽였는지조차 알지 못한다.

'아무것도 보지 못했어.'

이런 무인은 없다. 있을 수 없다. 검련 본가의 가주라고 해도 이런 식으로 삼십 홉을 처단할 수는 없다.

가공할 무공으로 일방적인 도륙을 할 수는 있다. 하지만 그때도 모습은 보인다. 칼이든 검이든 창이든 어떤 병기로 어떻게 죽이는지는 본다.

이자는 아무것도 보이지 않았다.

안쪽에 있는 사람을 죽이고 빠져나갔다. 그런데 앞에 있는 사람들은 물론이고 뒤에 있던 사람조차도 저승사자를 보지 못했다. 느끼지 못했다.

변하지 않는 풍경을 바라보다가 문득 정신을 차려보니 눈앞에 시신이 있다는 식이다.

은자다!

세상에 나타난 적이 없는 완전히 새로운 은자 집단이 탄생했다.

추포조두, 치검령이 문제가 아니다. 정체를 파악하지 못한 두 여자도 상관없다. 그들은 가볍게 쓰다 버릴 소모품에 불과하다. 혼자서 많은 일을 할 수 없으니 그들을 거둔 것이다.

만정 마인들, 그들을 반혼귀성이 거뒀다.

아니다! 반혼귀성이라는 말을 잘 살펴보자. 저승에서 살아 돌아온 귀신들이라는 뜻이지 않나.

반혼귀성은 만정 마인들 중 생존자들이 만든 집단이다.

만정에 마인이 몇 명이나 갇혀 있었는지는 검련 본가만 안다. 갇힌 자들 중에서 대폭발을 견뎌내고 살아남은 자가 몇 명인지는 아무도 모른다.

그중 한 명이 오늘의 살육을 벌이고 있다.

그는 반혼귀성의 성주가 아니다. 치검령이나 추포조두처럼 자잘한 일을 처리하는 심부름꾼에 지나지 않는다.

어떻게 아는가?

그가 성주라면 치검령과 추포조두가 함께 따라다닐 것이다. 세상에 모습을 드러낸 골인들이 모두 뒤를 받쳐야 한다. 성주라는 자가 무법자처럼 혼자 살육을 벌이면서 돌아다니겠는가.

무엇보다도 살육 방식이 성주답지 않다.

성주는 위치라는 게 있다. 성주로서의 체면이라거나 자존심 같은 게 있다.

성주가 하루에 다섯 명씩 죽인다? 공포감을 최대한 맛보게 한다. 조금씩 죽여가면서 살육전을 즐긴다?

치졸하다. 성주답지 않다. 성주가 직접 손을 썼다면 삼십홀 정도는 한꺼번에 모두 척살했어야 한다.

놈은 하수인이다.

무슨 놈의 하수인이 이렇게 강하단 말인가! 도대체 만정에서 무슨 일이 있었던 것인가! 뇌옥에 갇혔던 마인이 어떻게 해서 이토록 강한 무공을 가지고 나타났을까!

아니, 놈이라는 단수를 쓸 수가 없다. 어쩌면 놈들이라는 복수를 써야 할지도 모른다.

눈 깜짝할 사이에 이쪽을 치고 저쪽을 쳤다.

한 명이 그랬다고는 도저히 믿지 못하겠다. 두 명, 세 명……. 도대체 몇 명인지도 모르겠다.

"후욱! 후욱!"

그는 들소처럼 거친 숨만 뿜어냈다.

대충 적을 알 것 같은데 할 것이 없다. 검련 본가에 소식을 전할 수도 없고, 적을 맞이하여 싸울 수도 없다. 놈들이 원하는 대로 차근차근히 죽어나가는 수밖에 없다.

"본가에 소식을 전할 방도가 없나?"

"없… 습니다."

조장이 힘들게 말했다.

"생각해 봐라. 본가에 소식을 전해야 한다."

"저희는 항상 전서구만 사용해 왔는지라……."

삼십홀은 항상 안전한 곳에서 조사 업무를 수행했다.

조사를 하다가 독약에 중독되거나 화약 폭발로 불의의 변을 당하는 경우는 있었다. 하지만 지금처럼 적의 노림을 받고 일방적으로 죽어나간 경우는 없다.

그들은 검련 본가의 무인들이다.

그들을 죽인다는 것은 검련 본가에 정면으로 도전장을 내미는 것과 다르지 않다.

반혼귀성은 그들을 죽이는 게 아니라 검련을 죽이고 있다.

잔인하게 하루에 다섯 명씩 죽임으로써 검련 전체에 경종을 울리는 게다. 너희도 이렇게 죽을 수 있다고.

다른 사람은 몰라도 이들은 충분히 그럴 수 있다. 바로 검련에 의해서 검련이 만든 만정에 갇혔던 자들이지 않나. 목숨은 이미 내놓은 것이다. 두려울 게 있을 리 없다. 검련이라면 이를 부드득 갈고 있을 터이다.

"하루에 다섯 명이다. 우리 모두를 죽이려면 나흘 걸린다. 그 안에 검련과 통할 수 있는 방법을 찾아봐라."

"추포조두께서는……."

조장은 '너는 방법이 없느냐?'고 묻고 싶었다. 하지만 추포조두가 이미 눈치를 채고 살광을 쏘아온다.

'입 다물어!'

조장은 입을 꾹 다물었다.

'추포조두에게 방법이 있어. 우리에게 이런 지시를 하는 것은 혹여 저놈들이 듣고 있을지 모르기 때문.'

조장은 즉시 말했다.

"나흘 안에 반드시 방법을 마련하겠습니다."

추포조두는 은자가 아니다. 그는 돈을 받고 사람을 죽여주는 살수다. 살수 문파 출신의 대살수(大殺手)다.

검련 본가는 그에게 기회를 주었다.

영원히 사람을 죽이면서 살아가야 할 운명이었는데 밝은 빛을 드리워 주었다.

대대로 은자 출신만 맡던 추포조두를 그에게 맡겼다.

추포조두라는 직위는 상당히 매력있다.

추포조가 다른 문파로 치면 형당(刑堂)에 비견될 수 있으니, 그의 직위는 형당주나 마찬가지다.

살수가 정통 문파 무인들을 통제할 수 있다니 통쾌하지 않은가.

무엇보다 이제부터는 음지가 아니라 양지에서 살 수 있다는 점이 좋다.

세 번! 세 번만 임무를 완수하면 된다. 그러면 그가 과거에 저질렀던 모든 살육이 잊힌다. 막대한 은자를 챙겨서 은퇴할 수 있다. 피를 떠나서 살 수 있다.

추포조두는 그를 무림에서 내보내 줄 출구였다.

그런데 이런 일이 벌어졌다.

세 번도 아니고 첫 번째 임무에서 말도 안 되는 놈과 맞붙었다.

'무림에서 벗어날 수 없다는 건가. 한 번 살수는 영원히 살수라더니……. 후후! 내가 허황된 꿈을 꾼 건가.'

그는 비수를 꺼내 바위에 어린애 낙서 같은 문양을 그렸다.

검련 본가에 소식을 전할 방도는 없다. 하지만 자신의 문파, 잊고 싶어서 연락도 취하지 않던 살수 문파와는 연결이 된다. 그들에게 기별을 넣으면 지금 당장에라도 달려올 게다.

물론 대가는 지불해야 한다.

살수 문파를 등진 대가는 죽음으로 보상한다. 다만 그는 검련 추포조두에 임명되었기 때문에 이 부분은 삭감된다.

그를 죽이는 것은 검련에 도전하는 것이다.

살수 문파가 미치지 않은 이상 검련과 싸울 생각을 하겠는가.

둘째로, 그들은 아무리 친해도 대가가 없으면 움직이지 않는다. 청부자의 상황이 급하면 비싼 값을 부르고, 급하지 않으면 작은 돈에도 움직인다.

비열하다고 할 수는 없다. 그래야 살기 때문에 그렇게 하는 것이다.

자신은 상당히 급하다. 살수 문파라면 자신이 처한 입장을 단숨에 꿰뚫어 볼 게다.

아마도 자신이 모았던 모든 은자를 내놓아야 할 게다.

그래도 그들을 부르면 기회라도 생긴다.

삼십홀이 온전한 무인들이었다면 그들을 부를 필요가 없었을 것이다. 하지만 이들은 무공보다는 잡기에 능하다. 조사에 필요한 잡학을 많이 알고 있다. 무공은 그리 중요하지 않다.

이런 자들이기 때문에 그 무엇도 해보지 못하고 당하는 것이다.

'이거면 올 것……'

작은 바위에 아이가 절하는 모습이 새겨졌다.

"살수였습니까?"

조장이 물어왔다.

살수는 삼십홀도 경멸한다. 무공이 살수보다 못하면서도 한 수 아래로 취급한다.

조장의 음성에는 다행히 경멸이 담겨 있지 않았다. 그랬다면 당장 검을 뽑아 귀 하나라도 베어냈을 게다.

"할 말 있나?"

"저거로 되겠습니까?"

조장이 바위에 새겨진 문양을 보면서 말했다.

"알아보는군."

"저희가 삼십홀입니다. 살수 문파의 청부 표식은 수도 없이 보아왔습니다."

"그들이 오면 싸울 수 있는 기회가 생길 것이야."

"제가 여쭙는 말씀은… 제가 저 표식을 알아볼 수 있는데, 저들이라고 알아보지 말란 법이 없다는 것이죠."

"알아볼 것이다."

"일부러…… 알아보라고 그리신 겁니까?"

"후후후! 모르겠나? 알아봐도 방치할 거야. 쓰고 싶은 수가 있으면 마음껏 써보라고 내버려 둘 거란 말이다. 저들은 자만심으로 가득 차 있으니 틀림없이 그럴 것이다."

"흠! 그렇군요."

추포조두는 눈빛을 빛냈다.

청부 속에 청부를 숨겼다.

밀마는 단순히 살수를 불러 모으기만 한 게 아니다. 그 속에는 검련에 보낼 소식까지 담겨 있다. 놈이 그림을 가만히 놔둔다면 검련에 소식을 보내도록 방치하는 것이나 다름없게 된다.

살수가 온다면 소식은 전한 것이다.

"후후후!"

그는 웃었다.

2

당우는 바위를 유심히 들여다봤다.

"무슨 뜻인지 알겠니?"

어해연도 옆에서 뚫어지게 쳐다보다가 알지 못하겠다는 듯 머리를 흔들며 물었다.

"대충요."

"대충? 이걸 알겠어?"

"제 아버님이 밀마해자였어요."

"그건 전부터 알고 있었지만… 제대로 배운 게 아니잖아?"

"제대로 배웠어요."

"글 한 줄 배우지 못했다며? 밀마 같은 건 들여다볼 생각도 하지 못했고."

"그건 그렇지만 어떻게 접근해야 하는지를 배웠어요. 당신께서 의도하신 바는 아니겠지만…… 후후! 배우고 말았는걸요."

"그래."

어해연은 고개를 끄덕였다.

당시 당우의 나이는 겨우 열 살을 넘었을 때다. 한참 재롱을 부려도 모자랄 나이다. 하기는 무가의 자손들은 그때쯤이면 기본공을 벗어나기는 한다.

당우는 누구에게 배운 것이 아니다. 자신이 직접 곁눈질로 보고 배웠다.

그런데 그게 아주 당연하게 느껴진다. 다른 아이가 그런 일을 했다면 혀를 내두르겠는데, 당우가 했다니 그런 것도 해냈구나 하는 생각밖에 들지 않는다.

그는 백마비전을 터득했다.

그 무공들을 온전히 자신의 것으로 만들 수 있다면 그는 천하제일의 마인이 된다. 당장 칠마의 무공 중에서 투골조와 녹엽만주를 수련했다.

한 몸에 칠마 중 두 명의 무공이 집약되어 있다.

무림사에서 이런 자는 없었다. 몸에 지닌 무공만 따지면 조마와 편마를 훨씬 능가한다.

당우가 지나온 일을 돌이켜 보면 놀라운 일 아닌 게 없다. 그런 사람이 어린 나이에 밀마 좀 터득했다고 해서 무엇이 놀라운가. 아주 자연스럽지 않은가.

당우가 그림을 뚫어지게 쳐다보다가 말했다.

"보고를 부탁했네요. 후후! 만정 마인 생존. 반혼귀성 파악 중. 삼십홀 전멸 위기. 상대 초절정고수. 후후! 제가 초절정고수라네요. 초절정하고는 거리가 먼데."

"보고? 누구에게?"

"살수에게요."

"살수? 무슨 살수?"

"살수를 불렀어요."

"살수를 불러? 추포조두가 살수를? 이건 말이 안 되는데? 어떻게 검련 본가 무인이 살수를 써?"

"가만있어 봐요. 거기에 대한 글도 적혀 있는 것 같은데……."

당우가 얼굴을 그림에 바싹 갖다 댔다.

"사(死)⋯⋯ 혈(血)⋯⋯ 아니, 혈사(血死)⋯⋯ 이것도 아니네. 사혈이 맞아. 사혈(死血)⋯⋯."

"사혈난접(死血亂蝶)?"

어해연이 놀란 표정으로 말했다.

"아! 사혈난접이구나."

당우가 머리를 탁 치면서 말했다.

"사혈난접 살수들을 불렀어?"

"네."

"몇 명이나?"

당우는 다시 그림을 봤다.

"구(九)⋯⋯ 맞아. 이건 구(九) 자(字)고⋯⋯."

"구십구혈접(九十九血蝶)."

"구십구혈접⋯⋯ 그런 게 있었구나."

당우가 그림에서 눈을 뗐다.

어해연이 침착하게 말했다.

"사혈난접은 이백 년 전통의 살수 집단이야. 그들의 무공이나 행각을 차치하고 하루 앞을 점칠 수 없는 무림에서 이백 년이나 존속해 왔다는 점은 높이 평가해야 돼."

"구십구혈접은 뭐예요?"

"사혈난접의 주력이야."

"왜 백 명이 아니고 구십구예요?"

"구십구는 영원성을 상징해. 구구⋯⋯ 구(九)는 수효의 끝이지. 끝이 두 번 겹치니 끝이 없는 거야. 영원."

"풋! 끝이 없는 건 없어요."

"저들이 그렇다는 거야. 구십구혈접은 끝도 없이 채워져. 오늘 싸움을 벌여서 열 명이 죽지? 그럼 내일 당장 열 명이 보충돼. 구십구혈접은 언제나 그대로야."

"그래요?"

당우는 씩 웃었다.

'이 애…… 무서워.'

어해연은 당우의 미소를 보면서 처음으로 오싹 소름을 느꼈다.

그녀는 은자다. 산전수전 다 겪었다. 만정은 어떤가. 지옥이 따로 없다. 그 속에서도 아무런 감정 없이 견뎌왔다. 그런데 항상 순하다고 생각했던 당우의 웃음을 보고 소름이 돋는다.

당우는 살인에 너무 휩쓸리고 있다.

만정에서도 그렇고 무림에서도 그렇고, 죽여야 한다고 생각하면 가차없이 죽인다.

당우는 구십구혈접을 죽이기로 작심했다. 보충될 틈을 주지 않을 생각이다.

어느 마을에나 있는 순박한 촌놈을 당우라고 부른다. 시골 촌마을에 가서 웃음을 띠고 돌아다니는 놈에게 이름을 물어보면 십중팔구는 당우라고 말한다.

당우가 웃는다. 그리고 그의 웃음에는 용서없는 살기가 가득 담겨 있다.

살수는 냄새가 난다.

죽음 냄새, 피 냄새……. 사람을 죽여본 자만이 뿜어낼 수 있는 기묘한 냄새를 풍긴다.

개는 개장수를 보자마자 꼬리를 만다.

그와 같은 일이 사람들 사이에서도 일어난다. 살수를 만난 사람은 오금이 저려서 꼼짝도 하지 못한다.

그러나 고급 살수가 되면 이런 일이 전혀 벌어지지 않는다.

그들은 사람들 속에 섞인다. 아무런 특징도 없다. 그저 보통 사람으로 행세한다.

실행 명령이 떨어지면 그때나 잠시 살귀로 변신할 뿐, 일이 끝나면 또 평범한 사람이 된다.

그들은 자신을 숨기는 데 능하다.

당우는 그들을 정확하게 집어냈다.

그들이 아무리 평범함을 가장해도 당우의 눈을 속일 수는 없다.

아는가? 만정에는 살인을 밥 먹듯 하는 사람만 모였다. 그들 전부가 살수요, 마인이요, 은자다. 사람을 죽인다는 점에서는 그 누구에게도 양보하지 않던 사람들이다.

당우는 그들의 기운을 모두 읽는다. 기운만 읽고도 누가 누구인지 분간해 냈다.

평범함을 가장한 살기 정도는 쉽게 읽는다.

스웃!

뒤에서 날아온 올가미가 목을 감는다.

살수가 깜짝 놀라서 올가미를 움켜잡을 즈음, 얇디얇은 올가미는 나무 꼭대기로 끌어올려진다.

 살수는 검을 꺼내 올가미를 자르려고 했다. 하나 잘리지 않는다. 무엇으로 만들었는지 철사(鐵絲)보다도 질기다.

 잠시 후, 살수는 축 늘어진 시신이 된다.

 편마가 남긴 금잠사는 훌륭한 살인 도구가 됐다.

 그는 이런 식으로 이십여 명이나 저승으로 인도했다.

 당우 혼자서 구십구혈접을 죽이는 것은 무리다.

 시간이 넉넉하다면 모를까 하룻밤 새에 모두 죽인다는 건 능력이 있을지라도 시간이 없다.

 당우의 방식은 한 번에 한 명밖에 죽이지 못한다. 살수가 두 명, 세 명 같이 움직이면 사용하지 못한다.

 이런 방식으로 살수들을 죽일 수 있는 것은 그가 무기지신이기 때문이다. 아무런 기척도 흘리지 않기 때문에 살수들이 그가 있는 줄을 모르고 나무 밑을 지나가는 게다.

 옆에 다른 살수가 있다면 즉각 반격을 시도할 게다. 그리고 그런 싸움은 당우에게 불리하다. 진기를 쓰지 못하는 한 무림의 그 누구와도 맞설 수 없다.

 당우가 흘려보낸 자는 어해연이 맡았다.

 "뭐냐!"

 "반혼귀성."

 딱 한마디, 반혼귀성이라는 말만 꺼내면 된다. 그러면 귀찮은 입씨름이 싹 가신다.
 그녀는 하룻밤 새에 열여덟 명을 죽였다.
 지난 세월을 통틀어서 사람을 가장 많이 죽인 날이다.

 신산조랑은 다른 길로 넘어오는 살수들을 파악했다.
 그들은 곧바로 추포조두를 찾아가지 않았다. 좀 더 유리한 위치에서 흥정을 할 것이 있다. 추포조두가 제시한 가격을 그대로 받아들일 수는 없지 않은가. 그가 한 냥을 제시했으면 열 냥을 받아내고, 열 냥을 제시하면 백 냥을 받아낸다.
 그들은 먼 길을 걸어와 약정된 곳에 집합했다.
 이것이 그들의 최종적인 실수다.
 "예순한 명 모두 야산에 모여 있어요. 노숙할 것 같은데요."
 "인원이 많으니까. 아흔아홉 명이 투숙할 만한 객잔도 없어. 야산이나 들판에 모일 수밖에 없겠지."
 "지금은 봄이니까 노숙할 만하죠."
 "그들 모두 죽일 거야?"
 "그래야 합니다."
 "이백 년 전통의 살수 문파가 오늘로써 사라지겠군."
 "사람을 죽일 때는 자신이 죽을 수도 있다는 점을 생각해야죠. 남만 죽이고 자신은 안 죽는다고 생각하면 도둑놈이죠."
 "넌 네가 죽을 수도 있다고 생각해?"
 "항상 생각합니다."
 "만정에서도?"

"그때는 더 그랬죠. 누구든 내 꼬리만 잡으면 죽일 수 있었으니까요. 후후! 잠인들 편히 잔 줄 아세요?"

"그랬어? 마인들은 정작 그런 생각을 하지 않았는데. 넌 무적이라고 생각들 했거든."

"무적이 있다고 생각하세요?"

당우가 웃으며 말했다.

어해연은 비로소 안도의 한숨을 내쉬었다.

당우는 살인을 하되 항상 조심한다. 살업에 너무 깊숙이 파묻힌 것 같아서 불안했는데, 손에 피를 묻힐 때마다 자신의 죽음 또한 염두에 둔다.

그런 마음이면 마음이 피로 물들지는 않으리라.

그녀가 다소 밝아진 음성으로 말했다.

"엄노, 산 아래를 맡아줘."

"알겠습니다."

어해연은 어떤 식으로 맡을 것인지 방법을 묻지 않았다. 신산조랑도 가타부타 여러 말을 하지 않았다. 무조건 맡으라고 했고, 맡는다고 했다.

이로써 산을 벗어나는 자들은 모두 죽을 것이다.

"난 가운데를 파고들게."

당우는 정면으로 치고 들어갈 수 없다. 그러려면 삼십홀에게 했듯이 연무혼기를 펼쳐야 한다. 하지만 가운데로 파고들어 시선을 집중시켜 주는 사람이 있으면 아주 편해진다.

"알겠습니다."

당우가 대답했다

쒜에에엑!
제일 먼저 수리검 십여 자루가 쏟아졌다.
"크윽!"
"컥!"
살수 서너 명이 화살 맞은 메추리처럼 맥없이 나가떨어졌다.
쒜엑!
두 번째로 날랜 비호가 돌진해 왔다. 좌우에 한 자루씩 쌍검을 휘두르면서 미친 듯이 달려왔다.
살수들은 대응하지 않고 쫘악 길을 비켰다.
일순 전세는 역전되었다.
살수들은 빙 둘러섰고, 쌍검을 든 여인은 정중앙으로 몰렸다. 본인 스스로 포위망 안으로 뛰어든 격이다.
"뭐냐!"
"반혼귀성."
똑같은 말이 오고 갔다. 하지만 이번에는 한마디가 더 보태졌다.
"반혼귀성? 그럼 아직 오지 않은 자들은…… 죽었겠군. 후후후! 반혼귀성이 선제공격을 가한 것인가? 본문의 밀마를 읽어내다니 감탄스럽구나."
살수들은 여유가 있었다.

여인은 자신이 반혼귀성이라고 소속을 밝혔다. 하지만 여인 한 명일 뿐이다. 그리고 그녀의 무공은 쌍검을 휘두르며 달려들 때 이미 견식했다.

 솔직히 그녀와 일대일의 승부를 결할 만한 사람은 없다. 그녀의 무공은 지고하다. 그 점만은 인정한다. 하지만 먼저 말했듯이 그녀는 혼자다. 혼자서 예순한 명을 막아낼 수는 없다.

 아직 도착하지 않은 서른여덟 명은 그녀에게 당한 것인가? 그랬다고 해도 그녀가 그들 모두를 한꺼번에 죽였다고는 보지 않는다. 기습을 가했을 게 분명하다.

 "사지부터 잘라라!"

 살수들에게 명령이 떨어졌다.

 까앙! 까앙! 까아앙!

 살수들이 숨 돌릴 틈도 주지 않고 맹공을 가한다.

 어해연은 살수들보다 베는 빠른 검속(劍速)을 지녔으면서도 유리한 위치를 점하지 못했다.

 소나기처럼 쏟아지는 공격을 막아내기에 급급하다. 공격은커녕 방어하는 것도 벅차 보인다. 그녀가 반격을 취한다? 불가능하다. 있을 수 없다. 누가 봐도 싸움은 살수들의 일방적인 승리로 끝날 것처럼 보였다. 그런데,

 스웃! 턱!

 '큭!'

 외곽 한구석에서 소리없는 죽음이 연이어 일어났다.

아무도 그들의 죽음을 알지 못했다. 반혼귀성이라고 자칭한 여인이 포위망 한가운데서 사납게 검을 휘두르고 있기 때문에 온 신경이 그쪽에 집중되었다.

스윽! 터억!

죽고, 죽고, 또 죽는다.

살수들은 십여 명 이상이 나가떨어진 다음에야 이상한 점을 눈치챘다.

"적이다!"

"저년만 온 게 아냐!"

"또 다른 놈이 있다!"

여기저기서 거의 동시에 사나운 일갈이 터져 나왔다.

그렇다고 달라진 점은 없다. 아니, 있다. 어해연을 압박하던 검공이 한결 무뎌졌다.

스으읏!

어둠이 몰려온다. 그러잖아도 사방이 캄캄한데 더욱 짙은 어둠이, 산도 나무도 바위도 보이지 않는 캄캄한 어둠이 스르륵 전신을 휘감는다.

살수들은 어둠을 눈치채지 못했다.

어둠 속에는 검날이 숨어 있다. 단 일 검에 비명도 토해내지 못하고 절명케 하는 사검(死劍)이다.

'헛!'

사검을 당한 자는 비명을 토해내려고 했다. 하지만 목구멍 밖으로 새어 나온 소리는 없었다.

십여 명의 살수가 또 쓰러졌다.
　그러자 어해연의 검도 점점 살아났다. 그녀를 압박하던 검이 흔들리자 그녀의 검이 생기를 되찾았다.
　쒜에엑!
　신무신법이 펼쳐진다. 그리고 세상을 한순간에 깊은 정적 속으로 밀어 넣는다는 무류적멸(無溜寂滅)이 펼쳐진다.
　"커억!"
　살수들이 쓰러지기 시작했다.
　어둠에 죽는 것이 아니다. 포위망에 갇힌 여인에게 죽는다.
　살수들은 수적 우세를 잃어버렸다.
　이제는 그녀조차도 잡을 수 없다. 압도적인 무공 차이가 그대로 드러난다.
　"퇴각하라!"
　누군가 소리쳤다.

　한 가지 비밀이 있다.
　그녀는 사람을 죽여본 적이 없다. 많은 사람을 죽였다고 소문났지만 실제로는 단 한 명도 죽이지 않았다.
　남편이 마인이다. 마인을 보고 자란 자식들도 마인이 되었다. 그러자 그녀에게도 마녀라는 꼬리표가 붙었다.
　사람을 죽인 적이 전혀 없는데도 마녀가 될 수 있다.
　그러나 그녀도 변했다.
　만정은 사람을 뿌리째 변모시킬 수 있는 곳이다. 멀쩡한 사람도 사악한 인간으로 변하게 만든다.

그녀는 독을 준비했다.

자신이 직접 손을 쓰지 않고도 사람을 죽일 수 있다. 수많은 사람을 일시에 죽이는 것도 가능하다.

다다다닥!

살수들이 가을철 메뚜기처럼 달려왔다. 그러나 산을 벗어나기 전에 목을 움켜쥐면서 쓰러졌다.

"독이닷! 물러서! 커억!"

그녀가 준비한 절명독은 산음초의가 만들어준 것이다. 어쩔 수 없는 상황에 치몰렸을 때, 동귀어진(同歸於盡) 할 수밖에 없다는 생각이 들 때 써보라며 준 것이다.

산음초의는 독을 조제하지 않았다. 그는 사람을 살리는 활의(活醫)이지 사람을 죽이는 독의(毒醫)가 아니다. 하지만 만정은 그에게 독을 제련하도록 만들었다.

그녀는 난생처음 살인을 했다.

자신의 손으로 직접 죽인 것은 아니다. 독분을 흘려보냈을 뿐이다. 하지만 그로 인해 많은 사람들이 죽는다.

산음초의는 바람을 주의하라고 했다. 자칫 역풍이 불면 오히려 자신이 해를 입을 수 있다면서.

그런 점은 염려도 되지 않는다. 한 명도 빠져나가지 못하게 틀어막는 게 급선무다. 당우도 말하지 않았는가. 남을 죽일 때는 자신이 죽을 생각도 해야 한다고 말이다.

재수없어서 역풍이 불면 자신이 중독된다.

지금은 역풍이 불지 않는다. 그러니 살수들이 죽는다. 오직 이것만 생각한다.
 '한 놈도 빠져나가지 못해!'

 살수들은 반혼귀성에 대해서 잘 몰랐다.
 반혼귀성이라는 집단이 무림에 나온 지 며칠 되지 않았기 때문에 사전에 파악한다는 건 불가능했다.
 그들은 자신들이 몇몇 마인을 상대하는 줄로만 알았다.
 구십구혈접이 마인 몇 명을 상대하지 못하랴. 그것도 정면승부를 하는 게 아니다. 살수가 언제 정면승부를 노리던가. 어떻게든 죽이기만 하면 된다.
 상대가 마인이라면 죽일 수 있는 가능성은 더 높아진다.
 마인은 술을 좋아한다. 계집도 좋아하고 도박도 즐긴다. 못된 짓이란 못된 짓은 모조리 쓸어 담는다.
 그런 것들 속에는 죽음도 넘친다.
 반혼귀성이라는 말을 들었을 때, 그저 새로 나타난 신흥 문파이겠거니 생각한 것이 잘못이다. 마인 몇 명이 어쭙잖은 문파를 창건했구나 하고 생각한 게 오산이다.
 구십구혈접은 이름값도 해보지 못하고 힘없이 쓰러졌다.

第六十三章
간투(間鬪)

1

그 시간, 어화영은 임강부로 들어섰다.
백석산 사건은 아직 끝나지 않았다.
추포조두가 그 일을 캐내려고 한다. 당우는 직접적인 당사자다. 치검령은 추포조두로부터 은폐시켜야 할 임무가 있다.
서로 각기 다른 이해관계를 가지고 있다.
여기에 변수가 생겼다.
각 은가는 이미 수결을 마쳤다. 미완성인 채로 귀영단애까지 세 군데 모두 수결을 끝냈다.
이번 일에 투입된 은자들은 아무런 책임도 없다. 임무도 끝났다. 할 일이 없는 것이다.
이제 남은 것은 은자 몫이다.

계속 임무를 수행하고자 한다면 하면 된다. 그것은 은자의 고집이니 말릴 수 없다. 수결이 끝났으니 그만둬야겠다고 생각하면 그만둬도 된다. 수결은 끝났다.

검련과 친검가, 그리고 이들과 손을 잡았던 은가들은 일체의 상황 정리를 끝냈다.

다만 다섯 사람, 그들만 아직 마음의 결정을 내리지 못하고 있다. 임무를 완수해야 한다는 마음과 이미 수결을 끝냈는데 더 이상 할 필요가 무엇인가 하는 마음이 공존한다.

당우는 어떤가?

모두들 당우는 피해자일 뿐이라고 생각한다.

정말 그런가? 피해자였으니 이대로 끝내도 괜찮은 것인가?

아니다. 그에게는 가족의 생사가 걸려 있다. 이번 일이 터진 후 부모님이 생사불명이 되었다.

아버지는 워낙 난폭한 분이니 염려하지 않는다. 하지만 어머니는 지금 어디서 무엇을 하고 계실까?

말은 하지 않았지만 늘 머릿속에 맴돌았던 생각이다.

치검령은 이 부분에 대해서 한마디도 하지 않는다. 수결이 끝났다고 해도 그 안에 있었던 일을 발설할 권리는 주어지지 않는다. 오히려 절대 비밀, 함구해야 한다.

당우도 묻지 않았다.

아버지와 천검가의 관계, 치검령과의 관계가 자못 궁금하지만 단 한마디도 벙긋하지 않았다.

당우는 그 일을 천검가에서부터 풀려고 한다. 이제 시작하려고 한다. 그래서 어화영을 임강부로 보냈다.

그녀에게 천검가의 조사를 맡긴 것은 아니다. 그것은 너무 무책임하다. 자신의 일은 자신이 풀어야 한다는 생각을 가지고 있는데 그런 일을 맡길 리 있는가.

어화영은 조그만 심부름을 할 뿐이다. 그런데…….

"네가 있을 때도 이랬어?"

"완전히 바뀌었네요."

"그래?"

어화영과 치검령은 숨죽인 채 천검가의 거대한 전각들을 쳐다봤다.

천검가는 많이 변했다. 예전에도 용담호혈이었지만 지금은 더 그렇다. 천검가 주위에 은자들이 포진해 있다. 천검가에 접근하려면 적성비가의 눈길을 뚫어야 한다.

이런 경우는 없다.

은가와 무가가 관계를 끊을 수 없는 공생관계이지만 적성비가처럼 전폭적으로 가문의 모든 것을 던져주는 경우는 없다. 아니, 있다. 자신들이 직접 눈으로 보고 있지 않나.

"이놈들이…… 미친놈들 아닌가!"

"제가 알아보고 오죠."

"아니, 넌 여기 있어."

어화영이 치검령을 만류했다.

원래 치검령은 이번 계획에서 빠져 있었다. 어화영이 부득불 우겨서 데려오긴 했지만, 아직도 임강부에는 그의 얼굴을 아는 사람이 적지 않다.

그는 많이 변했다. 삼 년 동안 피죽 한 그릇 먹지 못하고 지내왔기 때문에 피골이 상접한 상태다.

그래도 얼굴 윤곽은 나온다.

아는 사람이 보면 당장 알아볼 수 있다. '어디서 뭘 했기에 사람이 이렇게 변한 거야?' 하는 정도의 말은 할 수 있겠지만 치검령을 알아보는 데는 의심의 여지가 없다.

모두들 거기까지만 생각했다.

그래서 치검령이 어화영과 동행해도 그가 조심만 하면 들킬 염려는 없을 것이라고 생각했다.

동행 허락은 그래서 내려진 것이다.

임강부에 도착해 보니 상황이 급변했다. 천검가 주위에 적성비가 포진해 있다면, 한 걸음도 나아가기 힘들다.

"제가 지리를 압니다."

"지리를 아무리 잘 알면 뭐해, 널 아는 놈들이 득실거리는데! 여기 있어. 만정에서처럼 벌레나 잡아먹으면서 숨죽이고 있어. 절대 움직이지 말고. 이번에도 내 말 거역하면…… 너 죽는다!"

"거 말 좀! 나도 나이가 있는데……."

"뭐야!"

"휴우!"

"땅 꺼진다. 한숨 쉬지 마라."

"이제는 한숨 쉬는 것 가지고 뭐라는 거요?"

"그래. 네가 하는 모든 짓이 못마땅하다. 됐냐?"
"끄응!"
치검령은 이마를 짚었다.
예상은 했지만 너무 골치 아픈 여자이지 않나.

어화영은 봇짐을 메고 방갓을 썼다. 허리에는 보옥을 박은 장검을 찼다.
그녀는 누가 봐도 어엿한 무인이다.
터벅! 터벅!
그녀는 피곤한 걸음으로 고개를 넘었다.
이정표(里程標)가 눈에 띈다. 그곳에서 잠시 머물렀다. 양지에 앉아서 햇볕을 쬐기도 하고 신발을 벗어서 털기고 하고 편안하게 조금 쉰다.
"휴우! 천검가."
그녀는 이정표에 적힌 무가(武家)를 나직이 중얼거렸다.
잠시 눈가에 강렬한 투지가 일었다. 하나 곧 고개를 살래살래 흔들었다.
그녀는 잠시 더 앉아서 쉬다가 일어나 걸었다.

파파파팟!
눈길이 따라붙는다.
적성비가의 눈길을 피해서 천검가로 접근하는 방법은 없다. 천검가가 위치한 임강부 소호성(素毫城)으로 들어서려면 어떤 길을 택하든 적성비가 은자들과 마주치게 된다.

이때 주의해야 한다. 은자들 눈에 '주의 대상'으로 찍히면 소호성을 떠날 때까지 감시의 눈길을 달고 다녀야 한다.

그들을 따돌릴 수 있을까?

무리다. 일대일의 승부라면 누구에게도 양보할 생각이 없다. 그 누구든 따돌릴 수 있고, 뒤쫓을 수 있다. 하지만 적성비가 은자들이 대거 투입된다면 이야기가 달라진다. 수십 개의 눈이 동시에 따라붙으면 천신(天神)이라고 해도 숨지 못한다.

주의 대상에서 벗어나야 한다.

눈길이 어디까지 따라붙을 것인가?

파팟! 파파팟!

눈길이 두 군데에서 쏘아진다.

"어떤 놈들이냐!"

어화영은 검을 잡으면서 말했다.

"후후후!"

숲 속에서 징그러운 웃음소리가 들려왔다.

"산적이냐!"

"후후후!"

"네놈들이 간밤에 꿈을 잘못 꾸었구나. 제사 지내줄 사람은 있는 게냐?"

어화영은 음침한 웃음소리가 어디서 들려오는지는 판별해 냈다.

은자들의 판단으로 중상(中上) 정도 되는 무인이라면 이 정도의 기척은 감지해 낸다.

스웃! 스스슷!

적성비가 무인들이 움직인다. 몸을 땅에 바싹 붙이고 뱀처럼 스르륵 기어서 다가온다.

저들은 암행류를 쓰고 있다.

숲 속은 어둡다. 움직이는 데 장애가 되는 마른 가지도 많지만 산새 소리, 물소리, 바람 소리 등등 생각 밖으로 많은 소리가 울린다. 그런 소리들은 움직이는 데 도움을 준다.

깊은 산속에 들어가면 예상외로 조용하지 않다는 사실을 깨닫게 될 것이다.

은자들은 그런 소리들을 최대한으로 이용해서 기척없이 접근한다.

그래도 알아볼 사람은 알아본다. 은자들 판단으로 상하(上下) 정도 된다면 동선(動線)을 파악해 낼 것이다.

어화영은 움직임을 읽었다. 그러나 그의 검은 여전히 뽑히지 않았다. 그의 눈길은 숲 속 깊은 곳을 쳐다보고 있다. 아직도 웃음소리가 들렸던 곳에서 떠나지 않는다.

"자신있으면 시간 끌지 말고 나와라!"

"……."

"사내자식들이 배짱도 없어가지고……."

어화영이 모욕적인 말을 했지만 숲에서는 말이 없다.

그녀는 검에 손을 댄 채 경계심을 풀지 않고 터벅터벅 걸었다.

길가 바로 옆에 은자가 숨어 있다.

그는 기습을 준비하고 있다. 입에 기다란 대롱을 물고 있다. 아마도 독침을 사용할 생각인 듯싶다.

그녀는 숲 속 깊은 곳만 쳐다보며 길었다.

그들은 공격하지 않았다.

그녀는 객잔에 들었다.

"방 하나. 저녁은 방으로 갖다 줘."

"알겠습니다."

점소이가 재빠른 걸음으로 이층 계단을 밟아 올라갔다.

어화영은 그 뒤를 쫓았다.

아래층에 술을 마시는 주객들이 있다. 그중 두 명, 그들의 눈빛에 날카로움이 스쳐 갔다.

'적성비가……. 호호! 최소한 다섯 번은 점검하겠지?'

점검하고, 점검하고, 또 점검한다.

적성비가의 무패 신화는 괜히 만들어진 것이 아니다. 한두 사람 뛰어나서 만들어진 것도 아니다. 모두가 전력을 다해서 노력하기 때문에 탄생한 것이다.

그녀는 태연하게 소호성 거리를 걸었다.

낯선 곳에 가면 똑같은 물건을 보더라도 신기한 법이다. 같은 찐빵을 팔아도 객지의 찐빵이 더 맛있어 보인다. 먹어보면 똑같은 맛인데 왠지 먹어보고 싶다.

어화영은 그런 충동을 이기지 않았다.

비녀나 반지 같은 패물들을 보면 묵묵히 쳐다봤다.

만지거나 갖고 싶다는 표정은 짓지 않았다. 그냥 묵묵히 쳐다보다가 발길을 옮겼다.

무인에게는 그 정도의 관심만으로도 의사를 충분히 전달한 것이다.

"논을 갈아야 하는데 어디서 소를 빌려야 할지 모르겠어."

"천검가에 없대?"

"너나 할 것 없이 모두 천검가에 손을 내밀고 있잖아. 보름까지는 예약이 꽉 찼대."

"하하하! 자네, 직접 쟁기를 메야겠군."

"놀리지 마. 그러잖아도 신경질 나는 판인데."

어화영은 사람들이 하는 말을 유심히 들었다. 얼굴은 소호성 거리를 향하고 두 귀만 활짝 열어놨다.

"금년에는 문도를 받지 않는다지?"

"그렇다고 들었어."

한두 마디만 주의 깊게 들으면 천검가가 어떻게 돌아가는지 알 수 있다.

그녀는 천검가로 발길을 옮겼다. 그렇다고 안으로 들어간다거나 비무를 신청하는 건 아니다. 그저 담장을 따라서 한 바퀴 휘 돌아보는 것으로 만족했다.

무인에게 무림 명가는 일종의 성지다.

검련십가에 포함된 천검가의 위용 또한 부럽기 이를 데 없다.

담장을 따라 돌면서 무슨 생각을 할까? 나도 이런 문파를 갖고 싶다? 이런 데서 검을 수련하고 싶다? 천검가의 문도가 되었으면? 도전해 볼까?

이런 생각을 하든 천검가는 경외의 대상이다.

타앗! 야앗! 따악! 딱!

담장 너머에서 우렁찬 고함 소리가 들려왔다.

천검가는 활기차다. 금년에는 새로운 문도를 받지 않는다고 했는데, 그럼에도 고함 소리가 드높다.

무가(武家)로서 전혀 흔들림이 없는 모습이다.

평온하며, 강하며, 생동감이 넘치는 강건한 문파다.

천검가는 사람들의 신망을 얻었다. 일이 생길 때마다 천검가를 쳐다본다는 것은 천검가의 위치가 그만큼 크다는 뜻이다.

마사라고 했나? 그녀는 명실상부한 천검가의 안주인이 되었다.

아직 혼례를 올린 것은 아니지만 모든 사람들이 그렇게 인식하고 있다. 그리고 마사가 안주인이 된 것을 홍복으로 생각한다. 그녀가 있음으로 해서 천검가가 더욱 발전할 것이라고 믿는다.

파팟! 파앗!

감시의 눈길이 감지된다.

악착같은 놈들. 아무것도 할 것이 없는데, 그저 담장을 따라서 돌고 있을 뿐인데도 감시를 하나? 이럴 때 빈틈을 보인다고 생각한 건가?

그녀는 진정으로 고개를 살래살래 흔들었다.

당우는 천검가의 현재 상황을 알아보라고 했다. 투골조 사건이 천검가에 어떤 파장을 미쳤는지 파악할 수 있는 데까지 파악해 보라고 했다.

아무것도 파악할 수 없다.

천검가는 평온하다. 무가가 평온하다. 무가가 평온하다는 것은 그만큼 안정되었다는 뜻이다. 다시 말해서 천검가는 뚫고 들어갈 구석이 바늘만큼도 없다.

어화영은 거리를 한 바퀴 더 돈 다음 객잔으로 돌아왔다.

삐걱!

무심히 객잔 문을 밀치고 들어섰다. 순간, 그녀는 수십 개의 눈동자가 일시에 쏘아오는 것을 감지했다.

'들켰어!'

순간적인 판단이다.

그녀는 두 눈을 부릅뜨고 눈길을 마주쳐 갔다.

"후후후! 정말 예쁘시네."

사내, 외팔에다가 계집처럼 생긴 외모, 간드러지게 말하는 말투, 요염한 자태…….

적성비가에 이런 자가 있다는 소리를 들었다.

'세요독부!'

추포조두, 장불주 등과 더불어서 당금의 적성비가를 이끌고 있는 강자다.

세요독부가 능글맞게 웃으면서 다가왔다.

"후후! 난 예쁜 언니가 좋더라. 언니 몸매는… 하! 언니, 오늘 나랑 같이 잘래?"

"뭐하는 놈이냐! 미친놈이냐!"

"호호호! 눈치챘으면서 뭘 물어? 계집 좋아하는 놈. 언니, 언니도 어쩔 수 없다는 것 알지? 은자와 은자의 관계는 먹고 먹히는 것이잖아. 내가 지금 언니를 어떻게 한다고 해도 뭐라고 할 사람이 한 명인들 있을까?"

"뭐라는 소리야? 너, 정신병자니?"

어화영은 짐짓 못들은 척했다.

"언니, 왜 이래? 다 알면서. 이 판까지 왔으면 이미 끝났다는 것 알잖아. 계속 이렇게 발뺌할 거야?"

"너, 미친놈 맞지?"

"호호호! 계속 발뺌하네. 언니답지 않다."

세요독부는 느긋했다. 하지만 적성비가 무인들은 느긋하지 않았다. 그들은 재빨리 퇴로를 차단했다.

그들의 퇴로 차단은 나가는 출입문에 국한되지 않는다. 지붕, 창문, 은자가 몸을 빼낼 수 있는 구멍이라면 쥐구멍까지도 일시에 차단된다.

어화영은 계속 시치미를 뗐다.

세요독부가 어떻게 알았는지 모르겠다. 소호성을 들어서는 순간부터 지금까지 귀영단애의 무공을 펼친 적이 없으니 은자라는 사실을 알 턱이 없다.

혹시 자신도 모르게 신법이라도 펼쳤는지 돌이켜 봤다.

없다. 그렇다면 계속 시치미를 뗀다.

"가만… 혹시 너…… 천검가 무인이냐?"

"호호호! 언니, 왜 이래? 정말 계속 이럴 거야?"

"천검가도 썩었구나. 너 같은 작자를 문하에 두었으니."

"훗! 말로 해서는 안 되는 언니였구나? 그럼 몽둥이를 들어 줘야지. 언니, 지금부터 공격할 텐데…… 은자 무공을 펼치지 않고 피할 수 있을까? 내가 직접 오 초만 쓸게. 어떻게 잘 피해 봐. 은자 무공만 안 쓴다면 내 머리를 여기 떼어놓을게."

세요독부가 자신있게 말했다.

어디서 이런 확신이 나오는 걸까? 머리를 내놓겠다고? 그럼 은자라는 확신을 잡았다는 이야기인데, 어디서 실수했지? 오랜만에 무림에 나왔더니 감을 잃었나?

온갖 생각이 머릿속을 스쳐 갔다.

"여색이나 탐하는 미친놈!"

차앙!

어화영은 검을 뽑았다.

세요독부는 이 싸움에 자신의 목을 걸었다. 분명히 최선을 다할 것이다. 귀영단애의 무공을 쓰지 않으면 오 초가 아니라 일 초도 견디기 어렵다.

'어떻게 피한다?'

공격은 엄두도 못 내고 피할 생각만 하기에도 급급하다.

"호호호! 호호호호! 그럼 시작해? 정말 해도 돼?"

세요독부가 천천히 신법을 밟기 시작했다.

그는 어화영을 놀리기라도 하려는 듯 이리 왔다 저리 갔다 주위를 빙빙 돌았다. 그러나 검끝은 어화영에게서 떠나지 않았다. 항상 그녀를 겨눴다.

그때, 문득 한 생각이 그녀의 뇌리를 때렸다.

'청음만고(淸音灣鼓)!'

귀영단애의 청공(聽功)이다.

그녀는 천검가의 담장을 돌면서 청음만고를 펼쳤다. 두 귀를 쫑긋 세우고 담장 너머에서 들리는 소리에 온 신경을 기울였다.

귀는 불수의근(不隨意筋)으로 이루어져 있다. 의지로 움직이고 싶어도 움직일 수 없다. 하지만 청음만고를 펼치면 달라진다. 불수의근조차도 움직인다.

그녀의 두 귀는 아주 미세하게 움직였다.

그녀가 귀를 움직일 생각을 하지 않았기 때문에, 자제하려고 노력했기 때문에 거의 움직이지 않았다.

하지만 이들은 보고 말았다.

그것이다! 그것 때문에 은자라는 꼬투리가 잡혔다. 뿐만 아니라 귀영단애의 은자라는 사실도 발각되었다. 청음만고처럼 불수의근을 움직일 수 있는 기공은 귀영단애에만 존재한다.

'제길!'

그녀는 속으로 툴툴거렸다.

이만한 증거가 있으니 확신을 가지고 덤벼든 것이다.

귀영단애의 무공을 펼쳐야 한다. 지금에 와서는 펼치든 펼치지 않든 아무 상관이 없다.

그녀가 싱긋 웃으면서 말했다.

"세요독부."

"하! 이제 시인하시네!"

세요독부의 얼굴에 득의의 미소가 어렸다.

"내가 좋아?"

"귀영단애의 은자라면 데리고 놀 만하지. 몸매도 좋고…… 호호호! 언니, 방중술도 배웠어? 귀영단애의 방중술이 어떨지 사뭇 기대된단 말이야."

"세요독부 너… 역겨워."

"호호호호! 언니, 난 그런 말이 좋아."

세요독부는 서둘지 않았다. 천하의 귀영단애라고 해도 촘촘히 에워싼 포위망을 벗어날 수 없다.

여인은 이미 잡힌 몸이다.

세요독부가 말했다.

"그전에 귀영단애의 무공 좀 봐야겠어. 검으로 할 거야? 지금이라도 병기를 바꾸고 싶으면 바꿔."

"네 머리를 병기로 쓰고 싶은데?"

"호호호! 그건 곤란해. 준비가 다 끝난 것 같은데…… 시작한다? 받아봐, 언니!"

쒜에엑!

검이 흐른다.

추포조두에게서 많이 봤던 일섬겁화다. 눈앞에서 검날이 번뜩하는 사이에 이마를 갈라온다.

어화영은 몸을 슬쩍 틀어서 피했다.

그 순간 구중철각이 날아온다. 철문도 박살 내버릴 듯한 폭풍이 휘몰아친다.

세요독부는 강함에서 추포조두보다 뒤진다. 하지만 세기(細技)나 뒤따르는 변화는 훨씬 낫다.

이 정도의 무공, 충분히 감당한다. 이십 년 전이라면 모를까, 지금은 눈 감고도 받아칠 수 있다. 하지만 그녀는 그러지 않았다. 힘겨운 듯 쩔쩔맸다.

"호호호! 언니, 왜 이래? 이러면 귀영단애가 아니잖아!"

쒜엑! 쒜에엑!

일섬겁화가 순식간에 오 검이나 흘렀다.

그때, 어화영의 손에 들려만 있던 검이 검광을 토해냈다.

번쩍!

"훗!"

세요독부는 느닷없는 반격에 깜짝 놀라서 물러섰다.

어화영은 그때를 놓치지 않았다. 몸을 둥글게 말더니 봉창을 뚫고 밖으로 뛰쳐나갔다.

2

적성비가는 은가의 주축이다.

그들은 무공을 꾸준히 발전시켜 왔다. 대가를 받고 은자를 빌려주지만 개개인이 정식으로 무림에 적을 올려도 전혀 부족함이 없을 일류고수들이다.

문파 대 문파로 비교해 보면 어떨까?

구파일방(九派一幇)이나 오대세가(五大勢家)와 비교하면 많이 뒤진다. 검련십가도 상대할 수 없다. 역시 한 수 뒤진다. 당장 천검가만 살펴봐도 뒤진다는 것을 알 수 있다.

왜 이런 일이 벌어지는 것일까? 역사도 깊고 맡은 일마다 성공을 이뤄내면서 왜 문파 대 문파로 비교하면 뒤진다는 평가를 받아야 하는 것일까?

초절정 무공이 없기 때문이다.

천검가에는 천유비비검이 있다. 적성비가에는 일섬겁화가 있다.

이 두 가지 무공을 서로 비교해 보면 우열이 뚜렷해진다.

일섬겁화는 단발적인 무공이고, 천유비비검은 단발성에 연속성까지 구비했다.

적성비가는 많은 돈을 벌었다.

성을 사고도 남을 막대한 부를 축적했다.

그렇게 쌓은 부로 많은 은자들을 배출해 냈다. 무공을 발전시키는 데도 전력을 기울였다. 하지만 천유비비검 같은 절학은 돈을 주고도 살 수 없었다.

어지간한 무공은 아주 쉽게 구할 수 있다. 은자들이 하는 일에 비하면 무공을 내놓으라는 요구는 지나치지 않다. 그리고 그런 요구에 응하는 무인들이 의외로 많다.

어지간하다……. 아니다. 일반인이 보면 눈이 뒤집힐 무공들이다. 다만 천유비비검 같은 신공(神功), 초절정 무공과 비교해 보니 어지간하다는 뜻이다.

그런 신공은 돈으로 살 수 없었다. 수십, 수백 명의 은자가 목숨을 내놔도 구하지 못했다.

도둑질인들 생각해 보지 않았을까.

소림사(少林寺) 장경각(藏經閣)으로 잠입한 자만 수십이다.

초절정 무공을 구비하지 못하는 한 적성비가는 언제나 은가로 머물러 있어야만 한다.

그럼 대문파들은 어떻게 해서 초절정 무학을 구비하게 된 것일까?

어렵지 않다. 천검가만 살펴봐도 해답이 나온다.

천유비비검은 천검가주가 창안했다.

이것이 해답이다.

절대 무인이 탄생하면 절대 무공도 창안된다.

그렇기 때문에 절대 무공을 이어가는 것도 문제다. 절대 무인이 뒤를 받쳐 주지 않으면 초절정 무공도 평범한 무공으로 전락해 버린다. 오의를 제대로 깨우치지 못하기 때문이다.

그런 것까지는 생각하지 않는다. 우선 당장 뭐라도 가지고 있었으면 좋겠다.

희한한 것은 은가에는 절대 무인이 탄생하지 않는다는 점이다.

 정말로 희한하다. 뛰어난 은자는 수도 없이 탄생하는데, 절학을 창안할 정도의 절대기재는 탄생하지 않는다.

 지금까지는 그래 왔다.

 적성비가의 가주가 천유비비검 비급 한 권에 은자를 일곱 명이나 내준 것도 이런 점들과 맥을 같이한다.

 적성비가는 항상 문도를 주시했다.

 절대기재가 될 만한 싹은 온갖 정성을 다해서 키웠다.

 그런 자들 중에 한 명이 추포조두다. 또 한 명이 장불주이며, 다른 한 명이 세요독부다.

 이들은 무공 부분에서 절대기재가 될 가능성을 가졌었다.

 승천하는 용이 될 수 있었다.

 "후욱!"

 세요독부는 숨을 크게 들이쉬었다.

 여인은 결코 자신의 하수가 아니다. 여인이 귀영단애 출신이라는 것을 알았을 때부터 만만치 않을 것이라는 생각은 했지만 깜짝 놀랄 만큼 강하다.

 그녀는 자신의 검을 유유히 받아냈다.

 반격을 하지 않았다고 해서 밀린 것은 아니다. 그녀는 일부러 틈을 노리기 위해서 기다렸다.

 그녀가 마지막에 전개한 일검은 눈부시다.

 일섬겁화 오검을 유유히 받아내고, 일섬겁화만큼이나 빠를 것 같은 검공을 쏘아냈다.
 여인이 그토록 빠르고 사나운 검공을 구사할 수 있다고 생각하지 않다가 깜짝 놀라고 말았다.
 역시 귀영단애다.
 하지만 포위망을 벗어날 수는 없다. 봉창을 뚫고 나갔다고 해서 탈출에 성공한 것은 아니다. 도주할 생각이었다면 자신을 보자마자 뛰쳐나갔어야 한다.
 포위망을 다 갖춘 후에 도주하는 미련이라니.
 그는 웃으면서 유유히 밖으로 나왔다. 한데!
 "으……."
 그는 신음을 토해냈다.
 포위망을 구축하고 있어야 할 적성비가 무인들이 여기저기 나가떨어져 있다.
 "기습입니다!"
 지붕을 지키고 있던 사제가 뛰어내려 오며 소리쳤다.
 "숲! 숲으로!"
 또 다른 사제가 급히 외치며 숲으로 뛰어들었다.
 세요독부는 지붕에서 뛰어내린 사제를 붙잡았다.
 "기습이라니! 무슨 소리야?"
 "혼자가 아니었습니다. 숲에서 비검이 날아왔어요."
 "겨우 검 한 자루 막지 못했단 말이냐!"
 "막기 어려웠습니다."
 사제가 말했다. 막기 어려웠다고 말한다.

적성비가 무인이 이렇게 말한다면 정말 막기 어려웠던 것이다.
"으음!"
세요독부는 침음했다.
귀영단애의 무공이 강한 줄은 알았는데 이토록 절륜했던가.
아니, 그런 점은 상관없다. 귀영단애가 강하다지만 그들도 은가의 한계를 벗어나지 못하고 있다.
결국은 도토리 키 재기다.
그가 놀란 점은 새로운 기습자의 출현이다.
적성비가 은자들은 소호성을 오가는 모든 무인을 관찰한다. 관도를 오가는 무인은 물론이고 암암리에 잠입하는 자들까지 모두 살피고 있다고 자신한다.
천검가의 외곽 경비는 철통이다.
그런데 구멍이 뚫렸다. 전혀 모르는 자가 잠입했다. 여인을 도와서 비검을 날린 자, 적성비가는 그를 알지 못한다.
"찾아!"
세요독부는 버럭 고함을 질렀다.

"뭐 좀 알아냈습니까?"
"너, 나서면 죽인다고 했지?"
"죽일 땐 죽이더라도 숨 좀 돌릴 수 있는 곳으로 갑시다."
"갑시…… 다아아?"
"천검가는 귀영단애에 대해서 모르고 있는 모양인데요? 검런 본가에서 말해주지 않은 것 같습니다."

치검령은 화제를 돌렸다.

"응. 그래, 알아보지 못하더라고."

"천검십검이 모두 쫓겨났다더군요."

"그래?"

"대부인과 이부인도 쫓겨났고… 우리가 만정에 있던 삼 년 동안 천검가에도 대변화가 일어났더라고요."

"꼼짝 말고 있으라고 했지!"

"이곳은 누님보다 제가 더 잘 아니까요."

"누… 님?"

"당우에게 그러셨잖습니까? 선배라는 말은 듣기 싫다고. 기왕이면 누님이 좋겠다고."

"그건 당우지!"

"그럼 계속 선배님이라고 부르죠."

"누나라고 불러."

"……."

두 사람은 잠시 대화를 중단했다.

적성비가 은자들이 부산하게 움직인다. 길목 경계도 강화하고, 오가는 걸음걸이도 빨라졌다.

어화영이 말했다.

"다시 들어가야겠어."

"예? 그건 자살 행위입니다."

"천검십검이 쫓겨났다며? 무엇 때문에 쫓겨난 건지도 알아봤어?"

"천곡서원의 향암 선생을 죽였다더군요. 그 일을 주도한 사람이 천검사봉인데, 결국 그 일 때문에 쫓겨났답니다."

"그럼 그 일에 연관해서 천검귀차가 몰살당한 것도 알겠네?"

"아! 누님도 조사하셨군요. 하하! 역시 누님입니다. 그런 걸 놓칠 리 없죠."

치검령이 엄지손가락을 추켜올렸다.

어화영은 나이가 많지만 여자는 역시 여자다. 칭찬에는 한없이 약하다.

그런 점을 이용해서 그냥 좋게 좋게 지내는 것이 좋다.

치검령은 먼 길을 동행하면서 어화영을 알게 되었다. 그녀의 겉모습, 겉으로 드러난 성격뿐만이 아니라 내면에 잠자고 있는 심성까지 비교적 소상하게 파악했다.

은자의 관찰력은 천하제일이다.

그가 정성을 들여서 관찰했으니 잘못 봤을 리 없다.

어화영은 속이 환히 드러나 보이는 칭찬에도 반응하지 않았다. 오히려 더 묵직해진 마음으로 말했다.

"천검귀차를 몰살할 때 검마와 도마의 무공이 쓰였어."

"네."

"극섬문의 무공이 쓰인 것도 알지?"

"네, 압니다."

"극섬문의 섬전이 귀영단애의 무공이란 건?"

"……!"

치검령이 눈을 부릅떴다.

극섬문은 검련에 가입하려다가 실패한 문파다. 한때는 승승장구, 검련 가입이 확실했으나 너무도 간단하게 몰락해 버렸다.

극섬문이 귀영단애였다고?

그야말로 천지가 개벽했다는 말보다 놀라운 말이다.

"확실합니까?"

치검령이 못 믿겠다는 투로 말했다.

극섬문이 활동할 때 홍염쌍화는 만정에 투입되어 있었다. 극섬문의 존재를 알 수 없었다.

"확실해. 섬전은 내가 있을 때부터 연구되던 무공이야. 귀영단애가 무림문파로 편입하고자 쓴 수가 극섬문이지. 섬전이면 될 거라고 생각했을 거야."

"그렇군요."

"검마, 도마, 귀영단애. 천검귀차를 몰살하고 천검사봉을 쫓아낸 건 우연이 아냐."

"그렇군요."

"그럼 천검사봉은 왜 천곡서원을 쳤을까?"

"투골조?"

"천검가는 당우를 만정에 집어넣고 찾지 않았어. 즉, 찾을 필요가 없었다는 거지. 그 말은… 투골조를 류명에게 심은 게 누구인지 단서를 찾았다는 말이야."

"그게 천곡서원이군요."

"천곡서원을 뒤져봐야겠어."

치검령은 즉시 답하지 않았다. 그는 머리를 숙이고 깊은 생각에 잠겼다.

"왜? 마음에 안 들어?"

"그건 당우에게 맡기는 게 어떨까 싶은데……. 뭐 어차피 폐가가 된 곳이니까."

치검령과 어화영은 기껏 빠져나온 소호성으로 다시 들어갈 계획을 세웠다.

천곡서원은 소호성 밖에 있다.

천곡서원만 뒤지려면 굳이 소호성으로 들어가지 않아도 된다. 하지만 천검가가 어떻게 천곡서원을 알게 되었는지, 투골조의 원흉으로 무림과는 전혀 상관없는 향암 선생을 왜 지목했는지 그 요인을 알아야 한다.

묵비!

그들은 이 부분에 대해서 가장 잘 알고 있으리라.

어화영은 이미 노출되었다. 치검령도 환히 노출된 것이나 마찬가지다. 그의 바짝 마른 몰골을 보면 누구라도 한 번쯤은 시선을 주게 되어 있다.

두 사람은 같이 움직인다. 그때,

"치잇!"

어화영이 바람 빠지는 소리를 냈다.

"적성비가가 이토록 뛰어날 줄은 몰랐는데, 대단하군요."

치검령이 어화영을 쳐다보며 웃었다.

두 사람이 기껏 침투 계획을 수립했는데 무용지물이 되었다.

적성비가 무인에게 발각되고 말았으니 이제는 죽도록 싸울 일만 남았다.

그런데 적성비가 무인이 숨어 있지 않고, 비술을 쓰지 않고 너무도 태연하게 걸어나온다.

"음!"

치검령이 침음했다.

"왜 그래?"

어화영이 치검령의 표정을 보고 물었다. 치검령의 눈가에 놀라움이 떠오른 것을 봤기 때문이다.

"벽사혈."

치검령이 무거운 음성으로 말했다.

나타난 사람은 벽사혈이다.

예전처럼 예쁜데, 눈매가 훨씬 날카로워졌다. 안색은 초췌하다. 아마도 심적 고통을 많이 받은 모습이다.

"벽사혈? 그럼 추포조두의……?"

"맞습니다."

"그래?"

어화영이 호기심 어린 눈으로 벽사혈을 쳐다봤다.

추포조두는 묵혈도와 벽사혈을 사제로 생각하지 않았다. 친동생 이상으로 생각했다.

"치검령, 날 알아보네?"

"알아보지."

"난 못 알아볼 뻔했어. 너무 말라서. 그동안 고생이 심했나 봐?"

차앙!

벽사혈은 말을 하면서 검을 뽑았다.

"싸울 생각인가?"

"그럼?"

"보내줄 생각은 없나?"

치검령은 말을 하면서 주위를 쓸어봤다.

벽사혈 외에 다른 자들은 없는 건가?

자신이 파악하지 못했을 수도 있지만 눈에 띄지 않는다. 벽사혈이 단신으로 쫓아왔다.

그녀가 왜 이런 짓을 했을까?

일대일의 승부라면 자신이 한 수 앞선다. 벽사혈도 그런 점은 알고 있다. 풍천소옥과 적성비가가 맞붙으면 반드시 싸움이 일어나고, 패하는 자가 벽사혈이 될 것이다.

'추포조두······. 그의 행방이 알고 싶은 거로군.'

치검령은 벽사혈의 마음을 읽었다.

"호호! 치검령이 그런 말을 하다니 뜻밖인데? 우리 셋이 쫓아도 당당하던 사람이 왜 이렇게 됐어?"

벽사혈이 톡 쏘듯 말했다.

마음에 없는 소리다. 그녀는 당장에라도 추포조두의 신상에 대해서 묻고 싶을 게다. 직접적으로 물으면 대답해 주지 않을까 봐 빙빙 돌려가면서 말하고자 한다.

치검령은 먼저 운을 뗐다.

"추포조두의 얼굴을 봐서 하는 말이다. 너와 나, 여기서 칼부림을 하면 둘 중 하나는 큰일이 날 게다. 너도 그렇고 나도 그렇고 우리 서로 사정 봐주면서 싸우는 사람들은 아니잖아?"

과연 벽사혈의 눈빛에 광채가 돌았다.

추포조두라는 말만 꺼냈는데도 두 눈에 광채가 담긴다.

"네 말대로 우리 둘이 싸우면 둘 중 하나는 큰일이 나겠지. 호호호! 그런데 큰일을 당하는 사람이 마치 나라는 투로 이야기하네? 건방지지 않아? 그건 그렇고… 추포조두의 얼굴을 봐서 하는 말이라는 건 무슨 뜻이야?"

대화가 어김없이 추포조두에게로 옮겨진다.

치검령은 시간을 끌지 않았다.

"우린 살아 나왔다. 추포조두도 살아 있고."

"뭐라고?"

되묻는 벽사혈의 입술이 파르르 떨린다.

"날 보면 모르겠나. 내가 살아 나왔는데 그가 살지 못하겠나."

"마, 만정…… 만정은 폭파되었는데……. 내가 가봤는데…… 폭삭 꺼졌는데……."

벽사혈의 음성이 격정으로 일그러졌다.

그녀는 혼란스러운 듯했다. 치검령의 말을 믿을 수도 없고 믿고 싶은 마음도 있고, 어떻게 마음을 정해야 할지 갈피를 잡지 못하는 모습이다.
"한 가지 더."
치검령은 벽사혈이 받을 충격을 예상하고 천천히 말했다.
"너도 알다시피 우리 일은 모두 수결이 끝났다. 풍천소옥도 적성비가도. 그래서 나와 추포조두, 지금은 함께 움직이고 있다. 우린 갈 데가 없으니까."
"뭐라고!"
벽사혈이 믿을 수 없다는 듯 말이 끝나자마자 고함을 질렀다.
그녀 생각에는 추포조두와 치검령이 함께한다는 사실을 도무지 믿을 수 없는 듯했다.
적성비가와 풍천소옥은 조상 대대로 앙숙이다.
두 은가는 많은 부문에서 부딪쳐 왔다. 어떤 때는 풍천소옥이 이기고 또 어떤 때는 적성비가가 이겼지만, 두 은가가 맞부딪치면 거의 대부분 양패구상(兩敗俱傷)으로 끝났다. 질 것 같은 쪽이 마지막 수단으로 동사(同死)를 생각하기 때문이다.
이번 일도 그랬다.
사실 이번 일은 치검령의 승리다. 당우가 만정에 들어갔으니 그것으로 세상과 격리된 게다.
그런데 추포조두가 만정으로 따라 들어갔다. 그가 들어가면서 치검령을 끌어들였다. 내가 들어가니 너도 따라서 들어와야 한다고 거의 반 강제로 종용했다.

추포조두가 동사를 생각한 경우다.

그러니만치 두 사람이 같이 움직인다는 것은 있을 수 없다. 그런 일은 하늘이 두 쪽이 나도 벌어지지 않는다.

"생각해 봐라. 적성비가에서 추포조두와 묵혈도를 받아주겠나? 만정에서 살아 나왔다고 기뻐해 주겠나?"

"……."

벽사혈은 입술만 파르르 떨 뿐 아무 말도 하지 못했다.

그녀는 알고 싶은 말을 들었다. 하지만 그 때문에 더욱 혼란스럽다. 적성비가와 풍천소옥이 함께 움직인다는 것은 있을 수 없다. 양쪽 은가에서 절대로 용서하지 않을 일이다. 하기는 지금인들 용서할까? 추포조두가 만정에서 살아난 사실을 알면 반기기는커녕 살수를 보내지는 않을까?

그녀가 인상을 잔뜩 찌푸리고 있을 때, 묵묵히 두 사람의 대화를 듣던 어화영이 말했다.

"맞아. 얘 말은 내가 보장할게."

어화영이 피식 웃으면서 말했다.

벽사혈의 눈에 다시 한 번 놀라움이 떠올랐다.

그녀가 보기에 여인은 기껏해야 스물을 갓 넘은 정도다. 그런데 치검령에게 '얘'라고 한다. 아예 어린아이 취급을 한다. 또 치검령은 그런 말을 당연하게 받아들인다.

그녀는 무림 여인이다.

무림에는 기담(奇談)이 많다. 상식으로 이해할 수 없는 부분이 너무 많다.

치검령이 벽사혈의 눈빛을 읽었다.
"인사해라. 홍염쌍화… 선배님이시다."
"홍…… 염쌍화!"
벽사혈이 눈을 부릅떴다.
추포조두가 살아 있다는 소식을 들었을 때만큼이나 놀라웠다.

第六十四章
생평(生平)

1

"도움은 청하셨죠?"
"입 다물고 경계해라."
"하도 안 와서 하는 말입니다. 죄송하지만 살수들도 여러 종류인데, 어느 쪽에 전갈을 보내셨는지……."
"구십구혈접이다."
"구십… 구! 혈접!"
"실망이냐?"
"아, 아닙니다! 그들이라면 아주 큰 도움이 될 겁니다. 죽여도 죽여도 끊임없이 보충되는 살수들……. 하하! 이제야 마음이 조금 편해지는군요."
스무 명의 얼굴에 화색이 돌았다.

살수들은 암습에 능하지 정면승부에는 오합지졸이나 마찬가지다.

그들 나름대로는 치열한 수련을 쌓는다지만 무림문파에 비하면 산에서 육체 단련을 하는 정도에 불과하다.

실제로 치열하게 수련하는 문파도 있기는 하다.

아주 고급 살수에 해당되는데, 무림에서 활동하던 무인들이 문파를 등지고 나가서 살수가 되는 경우가 있다. 그런 자들이 명문 정파의 약점을 보완하여 살기 짙은 수련을 시키기도 한다.

그런 살수들은 웬만한 무림 명숙도 살해한다.

추포조두가 그런 살수들을 불렀을 리는 없고, 어지간한 살수는 도움이 안 되고, 어떻게 이 곤경을 벗어나나 싶었는데 구십구혈접이란다.

그들의 무공은 별로 뛰어나지 않다. 하지만 죽는 숫자만큼 인원이 보충된다.

주먹이 강한 놈과 맷집 하나는 타고난 놈이 맞붙었다. 맷집도 보통 맷집이 아니다. 아직까지 단 한 번도 혼절해 본 적이 없는 최강의 맷집이다.

"사혈난접의 살수가 온다면 활로가 생기겠군."

이십홀은 서로를 쳐다봤다.

여유가 생기자 마음이 달라진다. 이래서 뒷간에 가기 전과 갔다 왔을 때가 다르다고 했나?

"구십구혈접이 싸우기 시작하면… 한참 걸리겠지?"

"우리가 다섯 명씩 당했으니까…… 구십구혈접이면 일 년도 더 걸릴 거야."

눈빛이 또 교환된다.

원래는 구십구혈접이 시간을 벌어주면 그동안에 본가와 연락을 취할 생각이었다.

목숨은 생각하지 않았다.

그들이라고 살고 싶지 않은 것은 아니지만 그보다는 삼십홀이라는 명예가 더 소중하다.

지금 현재의 상황만 보고한다.

치검령, 추포조두는 확실히 살아 있고, 어느 문파 출신인지 모를 두 여인도 보고한다. 이제 갓 어른이 된 듯한 놈과 키 작고 말라빠진 노파도 보고한다.

이들이 현재까지 드러난 반혼귀성이다.

마지막으로 귀신도 알린다.

귀신에 대해서는 보고할 것이 아무것도 없다. 어떻게 생겼는지, 어떤 무공을 쓰는지, 반혼귀성에서 맡고 있는 직책은 뭔지 알고 있는 게 전혀 없다.

다만 그가 어떤 식으로 몇 명을 죽였는지만 보고해야 한다.

자, 보자!

잠깐 눈길을 돌렸다가 옆을 보니 이미 죽어 있더라. 비수에 폐를 찔려서 비명도 쏟아내지 못하고 죽었다. 바로 옆에서 죽었는데도 못 봤나? 못 봤다. 정말이다.

보고할 게 이것밖에 없다.

한심해도 너무 한심하지 않은가.

그자가 구십구혈접과 싸운다.

자신들은 안쪽에 있을 것이고, 구십구혈접이 외곽을 빙 둘러쌀 것이다. 한 겹으로 다 두를 수가 없어서 세 겹, 네 겹으로 층층이 감쌀 것이다.

귀신을 살피기에 이보다 좋은 여건은 없다.

'보자!'

'그렇지? 보고는 천천히 해도 늦지 않아. 우선 놈이 누구인지…… 아니, 어떤 식으로 죽이는지 알아야 해.'

'추포조두가 먼저 보고하지 않을까?'

'그가 보고하는 것은 우리 선(線)으로 들어가지 않아. 우린 우리대로 보고해야 해. 삼십홀의 자존심이 있지, 어떻게 엉망인 보고를 올리겠어.'

그들은 암암리에 묵계를 정했다.

해가 진다.

붉은 노을이 사방을 휘감는다. 뭉게구름을 포근하게 감싸며 세상을 붉은 빛으로 물들인다.

"왜 안 오지?"

"살수니까 밤에 오겠지. 아니면 이미 와 있거나."

"이미?"

"살수잖아. 어딘가 숨어 있을지도 모르지."

"그럴까?"

이십홀이 수군거렸다.

그런 말을 귓가로 들어야 하는 추포조두는 마음이 바짝바짝 타들어갔다.

구십구혈접은 밤에 이동하지 않는다. 숨어서 지켜보지도 않는다. 그런 적이 없다.

올 시간도 지났다.

자신의 생각대로라면 새벽쯤에 도착했어야 한다. 늦어도 오전 중에는 왔어야 하고, 정말 불의의 사고가 있었다고 해도 두어 시진 전에는 왔어야 한다.

그는 미간을 잔뜩 찌푸렸다.

'너무 늦어.'

삼십년 전, 소무지절(小拇指絶)을 특징으로 삼은 마인이 있다.

그와 부딪친 자는 남녀노소를 불문하고 무조건 새끼손가락을 내놓아야만 했다.

이 세상에 어느 누가 새끼손가락을 잘라가도록 내버려 두겠는가.

무인이라면 더욱 그렇다. 그런데도 새끼손가락을 내놓을 수밖에 없었다. 이는 그가 패한 적이 없다는 뜻이다.

일반인들은 순순히 손을 내밀었다. 그가 너무나 두려워서 감히 대항할 엄두를 내지 못했다.

그는 절검나과(絶劍羅鍋)라고 불렸다. 손가락을 끊어내는 꼽추라는 뜻이다.

이십오 년 전, 그는 지난 악행을 뒤로하고 무림에서 사라졌다.

새끼손가락이 절단되는 사람도 더 이상 나오지 않았다.

그리고 세월이 흘러서 백마비전 열여섯 번째에 이름을 올린 후 영원히 증발했다.

첫눈에도 나무꾼임이 틀림없어 보인다.

걸음걸이, 행동거지, 손의 움직임, 발의 움직임을 세분해서 살펴봐도 무공을 수련한 흔적은 보이지 않는다.

그는 등에 지게를 메고 있다.

방금 전까지만 해도 나무를 지고 있었던 듯 얼굴에는 굵은 땀방울이 식어서 소금 자국을 만들었다.

"저, 어느 분이 추포조두이신지?"

"나다."

추포조두가 나무꾼 앞에 나섰다.

"이걸 전해 드리라고 해서요."

불길한 예감이 자르르 흐른다.

나무꾼은 작은 항아리를 내놓았다. 한데 평범하기 이를 데 없는 항아리가 참으로 요사스럽게 느껴진다.

추포조두는 발끝으로 항아리를 툭 건드렸다.

쨍그랑!

항아리는 바닥에 떨어지며 산산조각났다. 그리고 근 백여

개에 이르는 새끼손가락이 나뒹굴었다.
"윽!"
"으……!"
삼십홀이 너무도 참혹한 광경에 손으로 코를 막으며 물러섰다.

이제 막 자른 손가락에서는 냄새 같은 게 흘러나올 리 없다. 검붉게 굳어버린 피에서는 아직도 진한 피 냄새가 풍긴다. 썩는 냄새 같은 건 풍길 리 없다.

그래도 너무나 참혹하기에 거의 무의식적으로 코를 막고 말았다.

추포조두는 직감적으로 손가락의 임자를 짐작했다.
"누가…… 전하라고 하더냐?"
"그게 저… 분명히 보고 이야기를 했는데 돌아서니 기억이 나지 않는 겁니다. 여기 오는 내내 내가 누구와 이야기를 했나 하고 생각했는데, 생각이 나질 않아요."
"그럴 리가 있냐!"
"이 자식! 똑바로 말 안 해!"
이십홀이 흥분해서 검을 뽑아 턱밑에 댔다.
"저, 정말이라니까요! 정말이에요!"
나무꾼은 사색이 되어서 손을 저었다.
"치워라."
추포조두는 이십홀을 한심한 듯 쳐다봤다.

마공 중에 부식부의(不識不意)라는 게 있다. 일종의 최면으로, 분명히 이야기를 나누고 낄낄대며 웃기까지 했는데 뒤돌아서면 얼굴이 기억나지 않는다.

색마(色魔) 구소양(句昭陽)은 그런 식으로 수많은 여인을 겁간했다.

그가 만정에 갇히지 않았다면 지금도 어느 여인인가는 누구에게 당하는 줄도 모르고 몸을 잃었을 게다.

반혼귀성에 또 한 명을 추가해야 한다.

부식부의를 쓰는 놈, 그가 구소양 본인인지 아닌지 모르지만 부식부의를 쓰는 것만은 틀림없다.

반혼귀성 인원이 점점 늘어간다.

추포조두는 깨진 항아리를 발로 차버리며 말했다.

"알았다. 전해달라는 물건은 잘 받았다."

"저……."

"……?"

"심부름 값을 주신다고 했는데……."

"……."

"아! 예, 알겠습니다. 죄, 죄송합니다."

나무꾼은 머리를 조아리며 물러났다.

이때쯤, 남은 이십홀도 손가락의 주인공을 짐작해 냈다.

"구십구혈접이 몰살당한 거야?"

"한 명도 남김없이 죄다."

"그럼 내일은 아흔아홉 명을 보충하는 거야?"

"보충도 어지간해야지. 이거야 어디 보충이겠어? 새로운 아흔아홉 명을 재투입하는 거지."

"사혈난접에 그만한 살수가 있을까?"

갑자기 답답해진다.

아흔아홉 명이나 되는 살수들이 또 있을 리도 없고, 대체할 만한 살수가 있다 한들 또 투입하겠는가.

백여 명에 이르는 살수를 도착도 하기 전에 길가에서 살해한 놈이다. 살수들이 또다시 투입된다고 해도 이번과 같은 일이 반복될 뿐이다.

힘이 쭉 빠진다. 더 이상 어떻게 해볼 수가 없다.

반면에 추포조두는 다른 걱정부터 했다.

'밀마가 읽혔다!'

어떻게 이런 일이 벌어졌단 말인가.

사혈난접의 밀마는 이백 년 동안이나 지속되어 왔다. 똑같은 밀마를 썼음에도 발각된 적이 없다. 도형이 단순하면서도 복잡해서 사혈난접의 살수들마저 한참 동안이나 해석해야 한다.

그런 밀마가 간단하게 뚫렸다.

반혼귀성, 이놈들은 어떻게 생겨먹은 놈들인가!

이렇게 되면 또 한 명을 추가해야 하나? 밀마를 해독하는 놈, 밀마해자가 있다고 말이다.

'앞으로도 뒤로도 움치고 뛸 수가 없군. 이렇게 되면 죽는 일만 남은 것인가. 후후!'

추포조두는 두 손을 축 늘어뜨렸다. 손을 들어 올릴 힘조차 남아 있지 않았다.

＊　　＊　　＊

"죽일 거면 빨리 죽이자."

어해연이 담담한 음성으로 말했다.

구십구혈접을 죽인 뒤끝이다. 이제 와서 스무 명 정도 더 죽인다고 해서 달라질 것도 없다. 어차피 해야 할 바에는 빨리 끝내고 푹 쉬는 게 낫다.

"아뇨. 저들은 살려두는 게 낫습니다."

신산조랑이 말했다.

"저들을 살려둘수록 반혼귀성에 대한 오판이 늘어갑니다. 만정에서 살아 나온 마인들이 합류한 것까지는 짐작하겠지만, 그 이상… 귀신놀음을 한 사람들은 찾아내지 못할 거예요."

"그래? 그럼 저들은 살려두는 거야?"

어해연이 당우를 보며 물었다.

"하하! 판단은 선배님이 하셔야지요. 선배님이 성주잖아요."

"그런가? 그래, 내가 성주였구나."

당우는 어해연의 말뜻을 이해한다.

그녀는 결정권이 없다. 주위에서 조언들을 쏟아내는데, 반박할 말조차 찾을 수 없을 정도로 완벽하다.

그녀는 무조건 따르는 수밖에 없다. 죽이자. 그럼 죽인다.

살리자. 그래? 그럼 살려야 하나? 그녀는 말만 성주이지 성주의 권한이 전혀 없다.

성주가 되고 싶은 것은 아니다. 그런 것에는 일말의 관심조차도 없다. 다만 무엇인가 일을 하고 있다는 생동감을 느끼고 싶은데, 그런 것조차 없는 게 아쉽다.

이래서 주위에 현자(賢者)가 많으면 피곤한 게다.

당우가 말했다.

"제 생각에는 마저 죽이는 것도 괜찮을 것 같은데요?"

"저들을 모두 죽이자고?"

어해연의 표정에 핏기가 돈다.

삼십홀을 살리고 죽이는 것은 상관없다. 그런 것과는 전혀 상관없다. 당우가 '지혜의 신'인 신산조랑의 말에 반대했다는 사실이 흥미로운 게다.

"어차피 우리가 만정에서 기어나온 사실은 본 문에 알려졌어요. 검련 본문은 두 분 선배님이 귀영단애 출신이라는 걸 눈치챌 겁니다. 그들이 고용했으니까요."

"그렇지."

"그들이 짐작하지 못하는 건 두 가지예요."

"삼십홀이 왜 보고를 하지 못했느냐와 어떻게 살해당했느냐."

"그렇습니다. 본 문에서는 사람을 파견할 것이고, 저들이 살아서 보고한 것보다 더 많은 걸 찾아낼 겁니다. 귀신, 밀마해자…… 나무꾼을 홀린 마공까지 모두 찾아내겠죠. 많이 헷갈

생평(生平) 115

릴 겁니다."

"흠!"

어해연은 침음했다.

신산조랑은 입을 다물었다. 그녀도 당우가 왜 이런 말을 하는지 짐작했다.

"살린 것과 죽인 것, 결과는 같아요."

"어느 쪽이 더 효과가 강해?"

"어느 쪽이 강하죠?"

당우가 신산조랑에게 물었다.

"글쎄요? 반반이 아닐까 싶습니다만."

신산조랑도 말끝을 흐렸다.

어해연을 성주의 직위에 올린 것은 그녀의 차분하고 냉정한 성품 때문이다.

그녀는 언제나 차분하게 결론을 내릴 수 있다.

그녀의 결론이 최선은 아닐지라도 세상의 상식에 비춰서 가장 적당한 행동방침이 될 것이다.

당우나 신산조랑은 최선만 말한다. 때로는 사회로부터 지탄을 받는 일까지 서슴없이 행한다.

구십구혈점을 죽인 일이 바로 그렇다.

그 일은 조금만 냉정했으면 벌이지 않아도 될 일이었다.

밀마는 자신들이 먼저 봤다. 살수들은 나중에 봤다.

자신들이 보고 난 다음에 바로 지워 버렸다면 구십구혈점이 파견되는 일은 없었다.

그들이 파견된 것과 파견되지 않은 것은 그리 큰 차이가 없다.
 양쪽 모두 추포조두는 큰 충격을 받는다.
 파견되었을 경우에는 지금과 같은 일이 벌어지고, 파견되지 않으면 밀마가 해독된 충격에서 벗어나지 못할 게다.
 어차피 비슷한 일이었다.
 그런데 그녀는 냉정한 판단을 내리지 못하고 끌려 다녔다. 그녀 자신이 결정을 내렸어야 하는데, 당우와 신산조랑의 계획이 가장 훌륭하다 여기고 그냥 따라왔다.
 당우도 그런 점을 이제야 깨달은 것 같다.
 "흠! 그렇다면 살려두자. 나, 피곤해. 괜찮지?"
 어해연이 당우를 쳐다보며 물었다.
 "그럼 살려주죠, 뭐."
 당우가 어깨를 으쓱거렸다.

 *   *   *

 긴 밤이 지나고 새벽이 밝아왔다.
 정말 지루하고 긴 밤이었다. 얼마나 살지 모르지만 두 번 다시 겪고 싶지 않은 공포의 밤이었다.
 귀신은 나타나지 않았다. 죽음의 마수도 더 이상 피어나지 않았다. 그리고,
 퍼엉!

삼십여 장쯤 떨어진 곳에서 붉은색에 노란색을 옅게 섞은 폭죽이 솟구쳤다.

어떤 미친놈이 이른 새벽부터 폭죽놀이를 하나?

삼십홀은 폭죽을 보는 순간 낯빛이 해쓱해졌다.

"저, 저건!"

"도, 도주하라는 신호!"

폭죽은 삼십홀 자신들이 쓰던 방식대로 터졌다.

도주하라. 최대한 빨리 물러나라.

삼십홀은 여기에 있는데 누가 삼십홀의 폭죽을 쓰는가. 어떻게 자신들이 쏘아올린 것과 똑같은 폭죽이 쏘아졌는가!

삼십홀의 밀마를 아는 사람은 자신들밖에 없다. 밀마 또한 일 년에 한 번씩 바뀐다. 외인은 도저히 알 수가 없다. 숙지한다고 해서 배울 수 있는 게 아니다.

"도주하라는 뜻인가?"

추포조두가 폭죽을 보면서 물었다.

"네."

"어떤 의미의 도주인가?"

"위험이 나타났으니 보존을 위해서 물러서라는 뜻입니다. 최대한 빨리."

"도주하면 어느 선까지 물러서나?"

"한 시진 거리입니다. 잠시 물러섰다가 위험이 사라지면 다시 들어섭니다."

"후후후! 그럼 아주 잠깐 동안 이 자리만 피하면 된다는 뜻이군."

"그렇습니다."

추포조두의 얼굴이 떫은 감을 씹은 것처럼 일그러졌다.

"반혼귀성, 우릴 살려주는가."

그는 혼잣말로 중얼거렸다.

"그런… 뜻입니까?"

"너희 밀마인데 너희가 해석하지 못하나?"

"도주하라는 뜻……. 음! 그렇군요."

"놀랄 것 없다. 저놈들은 사혈난접의 밀마를 해독했다. 거기에 비하면 너희의 밀마는 단순한 편이지."

누구도 반박하지 못했다.

자신들의 눈으로 직접 폭죽을 봤다.

다른 데서 일어난 일을 말로 전했다면 믿지 못하겠지만 두 눈으로 똑똑히 봤다.

물러서라!

자신들이 왜 물러서야 하는가? 반혼귀성이 왜 물러서라고 하는가? 살려준다는 뜻이지 않나.

"후후! 우릴 살려준다. 살려준다. 자만인가, 또 다른 노림수인가!"

추포조두가 중얼거렸다.

그는 반혼귀성의 호의가 마냥 고맙지만은 않았다.

2

묵혈도는 세상 사람들 앞에 나설 수 없다.

삼 년 동안 무공까지 잃은 몸으로 지옥 속을 헤맸으니 몰골이 어떻게 변했겠는가.

그와 산음초의는 거의 뼈만 남았다.

당우나 치검령, 추포조두는 이리저리 분주히 움직였다. 움직임 자체가 운동이다. 근육의 힘을 강화시킨다. 하지만 묵혈도 같은 경우에는 움직이는 즉시 살해당한다. 그는 움직일 수 없다. 옆에서 부스럭거리는 소리만 나도 마인이 뜯어 먹으러 왔나 싶어서 가슴이 덜컥 내려앉는다.

그러다 보니 거의 앉거나 누워 있는 자세로 삼 년을 보냈다.

지옥 중에 그런 지옥은 없다.

요행히 만정에서 빠져나와 목숨을 건졌고, 당우 덕분에 무공까지 되찾았다. 하지만 옛날의 모습을 찾으려면 앞으로도 삼사 년 정도는 족히 안정을 취해야 할 게다.

"자, 오늘은 토끼탕을 끓여 먹을까?"

산음초의가 저녁 식단을 말했다.

"또… 토끼입니까??"

"또는……. 토끼탕만 한 영양식이 어디 있다고 그래?"

"아휴! 토끼탕은 비린내가 심해서."

"엉? 비린내가 났어? 이상하다. 내 분명히 약초를 넣었는데."

"그러니까 더 죽겠다니까요. 비린내는 비린내대로 풍기고,

약초 냄새는 속을 뒤집고……. 우리 그냥 구이나 해먹읍시다. 내가 노릇노릇하게 구울 테니까."

"입에 단 음식이 몸에는 쓴 법이여."

"이구!"

묵혈도는 인상을 팍 찡그렸다.

산음초의의 고집은 꺾지 못한다. 그의 식단은 뼈만 남은 육신에 살을 붙여준다.

당우는 여러 가지를 생각해서 그에게 산음초의를 붙여주었다.

두 사람은 사람들 앞에 나설 수 없다는 공통점이 있다.

그들과 비슷한 사람으로는 신산조랑이 있다. 하지만 그녀와 그들은 다른 점이 있다.

신산조랑의 몰골은 장장 이십 년 동안 진행되어 왔다. 몸이 변할 대로 변했다. 근골만 변한 게 아니라 생체 구조 자체가 변했다. 그래서 사람들에게 다 좋은 섭식(攝食)이 오히려 장애가 된다.

반면에 산음초의나 묵혈도는 차분히 정양을 취하면 옛 모습으로 돌아올 수 있다.

그래서 두 사람이 함께 다니라고 한 것이다.

사람들 눈을 피해서 산과 들을 다니며 제대로 된 몸을 만들라는 뜻이다.

산음초의의 식단은 살과 근육을 만드는 데 중점을 둔다.

"끄응! 알았소. 토끼나 잡아올 테니 그 약초인지 독초인지 잔뜩 뜯어놓기나 하쇼. 거 정말 비린내 좀 잡을 수 없나? 무슨 놈의 산음초의라는 사람이 비린내 하나 못 잡아."

"이놈아, 내가 의원이지 주자(廚子:요리사)냐?"

"약초의 성질을 그렇게 잘 아는 사람이 비린내 하나 못 잡느냐 이 말이오."

"못 잡는다. 됐냐? 나는 사람 몸에 나는 비린내는 잡아도 음식에서 나는 비린내를 못 잡는다. 됐지?"

"끄응! 내가 말을 말아야지."

묵혈도는 골치 아픈 듯 이마를 손으로 짚었다.

산음초의는 약초를 캤다.

"빌어먹을 놈, 처먹으라면 그냥 처먹지 비린내니 뭐니 해서 비위를 긁을 건 뭐야."

그는 온 산을 헤집고 다니며 땅을 들쑤셨다.

"하! 그놈이 어디 있지? 땅이 촉촉하고 윤기가 흐르니 이쯤 어디에 있을 텐데······."

팍! 팍팍!

호미가 촉촉한 땅을 헤집는다.

"빌어먹을 놈!"

그의 입에서는 연신 욕이 쏟아졌다.

"어휴! 이 비린내! 이걸 어떻게 먹어."

"처먹어."

"비린내 좀 잡으라니까."
"처먹기 싫으면 물러서. 내가 다 먹을 테니까."
"미치겠네. 안 먹을 수도 없고, 먹기는 힘들고."

묵혈도는 투덜거렸지만 산음초의가 끓여준 토끼탕을 싹싹 비웠다.

맛으로 먹은 것이 아니다. 영양으로 쑤셔 넣는 것이다. 빨리 살이 붙고 근육이 생기라고 기원하는 심정으로 술술 마신다.

"잘 처먹는구먼."
"말이나 마쇼. 그냥 들이붓는 거니까."

두 사람은 토끼탕을 싹싹 비우면서 연신 티격태격했다.

다음날도 같은 일이 반복되었다.

그들은 산에 있는 토끼들을 죄다 잡아먹겠다는 듯, 토끼의 씨를 말리겠다는 듯 하루에 한 번은 꼭 토끼탕을 먹었다.

토끼탕 속에 들어가는 약초는 매일 달랐다.

산음초의의 노력은 하늘을 감동시킬 정도였다.

그는 약초가 있는 곳이면 어디든 찾아갔다. 절벽을 기어오르는 것도 마다하지 않았다.

"휴우! 오늘은 이쯤이면 됐지?"

그가 대나무로 만든 광주리를 보면서 말했다.

"발견했어."
"그렇죠?"

"발자국이 네 개."
"그럼 두 명?"
"아니, 그 말을 그렇게 받나? 난 네 명이라는 뜻으로 말한 건데."

두 사람이 나직한 음성으로 속삭였다.

"네 명……. 발자국이 어디 있는데요?"
"왜? 찾아보려고?"
"안 되겠구나."
"안 되지, 그럼. 그게 된다고 생각했어?"
"흠……!"

묵혈도는 침음했다.

언제부터인지 정확히 알 수는 없지만 그림자가 따라붙었다. 그들이 누구인지, 목적이 무엇인지는 알지 못한다. 다만 지옥 끝까지라도 따라올 것 같다는 예감은 든다.

은자의 예감이니 틀림없을 게다.

두 사람은 길을 걷는 내내 그림자의 정체를 파악하기에 부심했다. 하지만 저들은 좀처럼 자신을 드러내지 않았다. 이리 채보고 저리 뒤적여 봐도 언제나 꽁꽁 숨어서 나오지 않았다.

그러나 꼬리도 길면 잡히는 법이다.

산음초의는 온 산을 호미질 했다. 약초 평계를 대면서 땅이란 땅은 모두 들쑤셔 놨다.

산음초의의 행동은 지극히 자연스러웠다.

그를 과소평가해서는 안 된다. 삼 년 전, 만정으로 끌려갈

때의 그와 지금의 그를 같이 보면 큰일 난다.

그는 마인들 틈에서 살아남았다.

식인을 하지 않고 벌레를 잡아먹으며 살았다. 이끼를 뜯어먹으면서 견뎠다.

간단하게 한두 마디로 할 수 있는 고초가 아니다.

의도를 들키지 않고 함정을 파는 것? 그 정도는 눈 감고도 할 수 있다.

드디어 저들이 걸려들었다.

발자국 네 개가 찍혔다. 아! 네 쌍의 발자국이 찍혔다.

추적자는 네 명이다.

몇 명이 쫓아오는지를 알아내는 데만 한 달 가까이 걸린 셈이다.

"어떻게 할래?"

"흠!"

"거 애늙은이처럼 흠흠 거리지만 말고 뭐라고 말 좀 해봐."

"할 말이 있어야 할 것 아닙니까? 뭘 본 게 있어야 어떻게 하든 말든 하죠."

"본 게 없다……. 그럼 이건 어때?"

산음초의가 마른 나뭇가지를 주워 들더니 땅에 기묘한 도형을 그리기 시작했다.

"이건!"

묵혈도가 눈을 부릅떴다.

"알겠어?"

"검련제일가……."

"검련제일가?"

"이 신법은 잘 알죠. 한때는 검련에 몸담았지 않습니까? 검련제일가의 뇌전신법(雷電身法)입니다."

"그럼 쫓아오는 놈들이!"

"검련 본가의 무인들입니다. 만정이 폭파되었을 때부터 감시해 온 것 같아요."

"그럼 저쪽에도 붙었겠네?"

산음초의는 당우 일행을 염려했다.

"그쪽은 달라붙지 못했을 거예요. 홍염쌍화가 있으니까. 저 친구들이 검련 본가 무인들이라면 홍염쌍화의 존재를 알 겁니다. 무공을 잃지 않았다는 것까지도. 우리 쪽만 달라붙은 것 같아요."

"제길! 그럼 검련 본가에 우리 존재가 환히 알려진 거잖아?"

"그렇게 봐야죠."

"흐흐흐! 신산조랑이 그렇게나 잔머리를 쥐어짰는데 말짱 도루묵이 되었군."

"며칠 더 있읍시다."

"왜?"

묵혈도는 대답 대신 의미심장한 표정으로 산음초의의 가슴을 쳐다봤다.

"이거?"

묵혈도가 고개를 끄덕였다.

"이런……. 이러다가 산음초의가 독의(毒醫)로 바뀌는 거 아냐?"

산음초의가 옅은 웃음을 띠었다.

사람을 죽인다는데, 독을 쓴다는데 전혀 거리낌이 없었다. 지난 삼 년간이 그에게 안겨준 변화였다.

"오늘부터는 꿩으로 바꿔야겠어. 봄철에는 뭐니 뭐니 해도 꿩이 제일이지. 수꿩은 맛이 없고, 암꿩이 좋겠지?"

산음초의는 히죽히죽 웃으면서 약초를 캤다.

약초라고는 하지만 그는 주로 뿌리를 캤다. 땅을 깊이 파고 겨우 한두 뿌리를 캐내고는 만족스럽게 웃었다.

"컥!"

숨이 급격하게 막힌다.

피가 어떻게 흐르는지 알고 싶은가? 이곳으로 와라. 뜨거운 기운이 콧속으로 스며들자마자 전신 혈맥을 따라 빠르게 휘돌 것이다. 그야말로 눈 깜짝할 사이에 허벅지, 종아리를 거쳐서 머리 위까지 올라올 것이다.

타탁! 타타탁!

그는 재빨리 전신 혈도를 타격했다. 그 순간,

쉬익! 휘이익!

동행하던 세 명의 무인은 뒤로 황급히 물러섰다.

"독?"

생평(生平) 127

"중독됐다."
"해독은?"
"힘들 것 같아."
"이… 늙은 여우 같으니."
세 명의 무인이 이를 부드득 갈았다.
"후후! 너희 어떡하냐? 미행을 눈치채고 말았으니."
"끝내줄까?"
"그래야 할 것 같다. 점혈을 했는데…… 고통이 밀려오네."
중독된 사내가 두 걸음 앞으로 왔다.
무인 세 명 중 한 명이 검을 뽑더니 순식간에 목을 쳐냈다.
쉬익! 탁!
중독된 자의 머리가 허공에 둥실 떠올랐다.

독은 땅에 뿌려져 있다. 그들로부터 세 걸음 앞에 독분처럼 잔잔하게 흩뿌려져 있다.

독 가루라고 하지만 천천히, 조심스럽게 발로 밟는 것은 아무 탈이 없다. 다만 뇌전신법을 펼쳐서 바람을 일으키면 방금처럼 가루가 둥실 떠오르며 중독된다.

묵혈도와 산음초의는 자신들의 정체를 정확히 파악해 냈다. 몇 명이고, 어떤 신법을 펼치는지까지. 그러니까 이런 식으로 독을 쓴 게다.

"어떻게 할까?"
"쳐야지."
"하나라도 알아내는 게 좋겠지?"

그들은 묵혈도의 처리 문제에 대해서 즉시 결정을 내렸다.

그들은 평소 두 사람이 토끼탕을 끓여 먹던 곳으로 걸어갔다.

산음초의는 보이지 않았다. 하지만 묵혈도는 한 자루 도를 품에 안은 채 세 사람을 기다리고 있었다.

"두 명은 처리해 준다더니. 쯧! 좌우지간 늙은이의 말은 믿을 게 못 된다니까."

묵혈도가 툴툴 웃었다.

세 명의 무인은 아무 소리도 하지 않았다. 묵혈도를 가운데 두고 묵묵히 삼방을 점했다.

"너희…… 나 알지?"

묵혈도가 앉은 자리에서 일어서며 말했다.

"알지. 은자 나부랭이."

차앙!

무인들이 검을 뽑으며 대꾸했다.

"너희가 누군지는 알 필요 없고……. 어때? 한 가지씩 질문할까? 질문할 게 없으면 그때 검을 써도 되잖아? 나도 궁금한 게 많고, 너희도 이만큼 뒤따라 왔으면 뭔가 궁금한 게 있을 거 아냐."

"좋다."

세 무인은 의외로 순순히 대답했다.

그들에게는 싸움을 서둘 이유가 없었다. 싸움을 늦춘다고 해서 묵혈도가 도주하는 게 아니다. 잡을 수 없는 것도 아니다. 묵혈도는 자신들의 상대가 못 된다.

그럼 묵혈도는 왜 이런 짓을 하는 것일까? 기껏해야 산음초의가 몸을 빼낼 수 있도록 시간을 벌어줄 뿐이다.

하나 산음초의도 도주하지 못한다. 그들이 신형을 날리면 한 시진 먼저 출발한 자도 따라잡을 수 있다. 그까짓 무공도 못하는 늙은 뼈다귀쯤이야.

"내가 먼저 묻지. 우릴 따라온 이유는?"

"너희가 화천을 찾으니까."

순간, 묵혈도의 눈에 기광이 번뜩였다.

이들은 자신들이 마인이기 때문에 뒤쫓아 온 것이 아니다. 만정에서 살아났기 때문도 아니다. 무림을 떠돌면서 화천을 수소문했기 때문에 뒤쫓아 온 것이다.

"이번에는 우리가 묻지. 묵혈도, 화천을 찾는 이유는?"

"몰라."

"뭐라고? 우릴 우롱할 셈이냐!"

"이 친구들, 막무가내네. 정말 모르니까 모른다고 하는 건데 뭘 우롱해? 그럼 너 같으면 명령을 받고 사람 찾아주는 사람이 왜 찾는지 이유를 알아야 하나?"

"누구냐, 명령을 내린 사람이?"

"아, 이번에 내가 질문할 차례야. 보아하니 너희도 화천을 찾는 모양인데, 왜?"

"모른다."

"그럴 줄 알았어. 너희도 역시 졸개니까. 그렇지?"
"묻겠다. 명령을 내린 사람이 누구냐?"
묵혈도의 눈빛이 또 한 번 빛났다.
이들은 자신을 안다. 그렇다면 추포조두와 치검령이 살아 있다는 것도 알 것이다. 홍염쌍화는 더 자세히 알 것이고……. 반혼귀성의 대부분이 노출되었다.
당우는 노출되지 않았다.
이들은 당우가 아직까지 살아 있다고 생각하지 않는다. 그도 그럴 수밖에 없는 것이, 당우가 만정에 투입될 때 겨우 열서넛에 불과하지 않았는가.
식인 습관을 지닌 마인들 틈에서 그 어린것이 살아남았다고는 믿기 어렵다.
당우는 숨겨야 한다.
아직 묻고 싶은 것은 많다. 검련 본가가 어떻게 변했는지도 묻고 싶고, 추포조두는 누가 맡고 있는지도 알고 싶다. 검련이 어떻게 변했는지, 무슨 일이 있었는지 모두 다 알고 싶다.
그러나 모두 불필요하다. 알면 어떻고 모르면 어떤가. 화천을 찾는 데 전혀 도움이 되지 않는다.
묵혈도가 말했다.
"내가 말했지? 질문할 게 없으면 검을 쓰자고."
"후후후! 네놈이 그런 말을 할 줄 알았다."
세 무인은 웃었다.
그들은 애당초 묵혈도에게 물을 게 없었다. 묵혈도 같은 자가 묻는다고 제대로 대답할 리도 없다.
 다행스럽게도 묵혈도에게는 일행이 있다.
 그는 의술을 알 뿐 무공은 모른다. 당연히 분근착골(分筋錯骨) 같은 고문도 모르리라. 뼈에 달라붙은 살가죽이 조금씩 벗겨지는 아픔을 모를 것이다.
 묵혈도를 빨리 끝내고 산음초의를 찾는다.
 쉐엑!
 전면의 무인이 먼저 검을 썼다. 검을 쓰기로 작정한 이상 망설일 이유가 전혀 없다.
 뇌전신법에 이어 월광검법(月光劍法)이 번뜩였다.
 하반신은 폭풍을 일으키는데 상반신은 음유롭다. 달빛이 고요히 스며들 듯 사르르 녹아든다. 한데,
 "컥!"
 공격해 오던 무인이 느닷없이 비명을 토하더니 신형을 비틀거렸다.
 "그 친구, 성급하기는!"
 묵혈도가 그 틈을 놓치지 않고 십자표를 쏘아냈다.
 쉐엑! 파악!
 십자표는 정확하게 무인의 목을 꿰뚫었다.
 턱 밑에 또 하나의 입이 생겼다. 십자표가 세로로 길게 살을 찢어놓았다.
 "독이다!"
 뒤쪽 좌우측에 있던 두 무인이 거의 동시에 소리쳤다.

그들은 이제야 발밑에 독분이 뿌려져 있는 것을 발견했다. 하얀 가루가 서리처럼 앉아 있는데 깨닫지 못했다. 그 정중앙에 묵혈도가 앉아 있었기 때문이다.

묵혈도는 크게 움직이지 않았다. 하반신은 움직이지 않고 상반신만 썼다.

독분이 휘날리는 것을 방지하기 위해서다.

그들은 그제야 묵혈도가 기다린 이유를 알았다. 이런 함정을 파놓고 기다렸던 것이다.

"끝까지 비열한 놈이군."

"후후! 저놈에게 물어봐. 비열한 게 좋은지 죽은 게 좋은지."

묵혈도가 죽은 자를 가리키며 말했다.

"후후후!"

두 무인이 웃으면서 검을 거뒀다. 그리고 허리춤에서 단도 두 자루를 꺼내 양손에 나눠 쥐었다.

'단도?'

이제 묵혈도는 이들이 누구인지 정체를 알아냈다.

검련 본가에서 단도를 쓰는 사람은 없다. 아니, 있다. 검련 본가의 무인이지만 본가와는 무관한 사람들, 천검가의 묵비 같은 존재들이다.

묵비는 정보를 관할하지만 이들은 특정한 임무에 배정된다.

하나부터 열까지 철저하게 본문의 일에만 집중한다. 무림에서 일어나는 잡다한 일은 추포조두와 삼십홀에게 맡기고, 이들은 본문의 흥망성세와 관련된 일에 투입된다.

검련 본가는 화천을 그렇게 중히 여긴 것인가.

"받앗!"

쉐엑! 쉐에엑!

한 사람이 두 자루씩 네 자루의 단도가 날아들었다.

머리에 하나, 허벅지에 하나, 몸통에 둘.

묵혈도는 이를 꽉 깨물었다.

신법을 써서 움직이면 자신이 독분에 중독된다. 해약이 없는 독분이니 중독되면 즉사다.

그것은 상대도 마찬가지다.

먼저 크게 움직이는 쪽이 죽는 싸움이다.

묵혈도는 십자표 다섯 개를 꺼내 왼쪽 무인을 향해 쏘아냈다.

쉐엑! 쉐에엑!

십자표가 바람을 일으키며 날았다.

그들이 날린 단도는 무시했다. 온 신경을 십자표에 집중시켰다.

쉐에에에엑!

다섯 자루의 십자표 뒤에 또다시 두 자루의 십자표가 따라붙었다.

"훗!"

무인이 짧은 경악성을 토해내더니 펄쩍 뛰어올랐다.

"됐어!"

묵혈도는 자신도 모르게 버럭 고함을 내질렀다.

한 놈이 먼저 뛰어올랐다. 절대로 피할 수 없는 죽음의 골짜기로 떨어졌다.

그러는 동안, 그들이 날린 단도 역시 묵혈도의 몸을 후려쳤다.

타탁! 타타탁!

머리로 날아오는 비수는 용케 고개를 살짝 돌려서 피해냈다. 하지만 허벅지, 그리고 몸통으로 날아오는 단도는 피할 수 없었다. 몸을 띄우기 전에는 피할 수 없는 공격이다.

그는 이를 꽉 깨물며 몸으로 받아냈다.

비도 세 자루가 여지없이 몸을 후려쳤다.

그런데 기이한 일이 벌어졌다. 단도가 몸에 틀어박히지 않고 송침(松針)이라도 된 듯 힘없이 떨어진다.

"됐어!"

묵혈도는 또 한 번 고함을 질렀다.

당우의 경근속생술은 그의 혈도를 돌처럼 단단하게 만들었다. 정통 무인이 날린 단도조차 꿰뚫을 수 없을 정도로 강했다.

'된 거야! 됐어!'

묵혈도의 눈에서 벅찬 감격이 피어났다.

第六十五章
류인(流人)

1

 길을 걷던 행자(行者)는 갑자기 배가 꾸물꾸물하며 변의를 느꼈다.
 "끄웅!"
 이상한 것이, 변의는 참으려고 하면 더욱 요동친다.
 그는 급히 길가 풀숲으로 뛰어들었다.
 촤아악!
 아침을 잘못 먹었는지, 어제저녁에 먹은 압자(鴨子)가 탈이 났는지 바지를 내리자마자 설사가 쏟아진다.
 "휴우!"
 행자는 쾌감과 편안함을 동시에 느꼈다. 그러나,
 "헉!"

무심히 하늘을 쳐다보던 행자의 눈에 대롱대롱 매달린 시신이 들어온다.
"사, 사람! 사람이 죽었다. 사람이 죽었어!"
그는 바지춤을 움켜잡고 냅다 줄행랑을 쳤다.

마을 사람들이 우르르 몰려들어 숲을 뒤졌다.
나무에 목매달아 죽은 사람은 한 명뿐이다. 하지만 숲 속에는 많은 사람이 죽어 있었다.
"이것 봐. 목에 밧줄 자국이 뚜렷하잖아."
"살인이야."
"이놈들도 범상한 놈들은 아닌 것 같은데?"
"어휴! 이놈들, 칼자국 봐. 보통 험하게 산 놈들이 아냐."
"무인이 다 그렇지, 뭐."
"그런데 이놈… 새끼손가락이 잘렸네?"
"어! 이자도 그런데?"
손가락이 잘린 시신이 무더기로 발견되었다.

또 다른 곳에서도 사달이 벌어졌다.
마을 사람들은 아침에 눈을 뜨자마자 된서리를 맞았다.
"커억! 커어억!"
아침 일찍 산에 올랐던 마을 청년이 목을 움켜잡고 괴로워했다.
"왜 그래?"

"시, 시신…… 숯덩이…… 검게 변한 시신…… 새끼손가락에서 검은 피가…… 커억!"

청년을 진맥하러 왔던 의원이 화들짝 놀라서 물러섰다.

"이 사람들! 뭐하는 거야! 모두들 죽고 싶어! 어서 물러서!"

"왜 그러슈?"

"중독! 중독이야! 어서 손 놓고 물러서지 못해!"

그제야 마을 사람들이 후다닥 물러섰다.

청년은 결국 절명했다.

다행히도 의원이 일찍 도착하는 덕분에 마을 사람들은 해독초를 달여 먹을 수 있었다. 그것도 직접적인 중독이 아니라 간접 중독이기에 살 수 있었다.

"저놈이 봤다는 시신 곁에는 얼씬도 하지 마. 저놈 상태로 보면 아마 땅까지 전염된 것 같은데…… 땅이 자연 정화를 하려면 최소한 한 달은 걸릴 거야."

마을 사람들은 야산을 빙 둘러가며 새끼줄을 쳤다.

"빌어먹을 놈들! 싸우려면 딴 데 가서 싸우지 왜 남의 마을에서 싸우고 지랄들이야!"

욕을 해대면서.

새끼손가락이 잘린 시신.

소문이 날개를 달고 번져 나갔다. 다른 장소에서도 흡사한 시신들이 발견되면서 세상은 온통 손가락 잘린 시신투성이가 되었다.

"반혼귀성에서 온 귀신들이 벌인 짓이래."
누군가의 입에서 시신과 반혼귀성이 연결되었다.
"반혼귀성이 뭐야? 신흥 문파인가?"
"귀신들로 이뤄진 문파라던데?"
"귀신? 그럼 죽어서 저승에 간 자들이 살아왔단 말이야?"
"그러니까 반혼귀성이지."
반혼귀성! 반혼귀성!
눈만 뜨면 반혼귀성이라는 말이 흘러나왔다.

알에서 깨어난 새끼 뱀은 안전한 곳을 향해서 줄달음질친다.
누가 시켜서 한 일이 아니다. 어디가 안전한 곳인지 가르쳐 주지도 않았다. 하지만 본능적으로 달려간다.
천적에게 잡히지 말아야 한다.
당우가 세상에 나와서 한 일도 이것이다.
그는 잘못한 것이 없다. 세상에 죄를 짓지 않았다. 평생 원한이라는 것을 쌓은 적이 없다. 하지만 아무 이유 없이 죄인이 되었고, 죽이려는 사람이 늘어갔다.
이제는 죄업이 늘었다.
죽인 사람이 많기 때문에 그를 죽이려는 사람 또한 훨씬 많아졌다.
"이만하면 안전한 건가?"
"솔직히 말해 드릴까요, 위안으로 말해 드릴까요?"

"됐네요. 말을 해도 꼭……."
당우는 고개를 내둘렀다.
막 만정에서 벗어났을 때에 비하면 훨씬 안전해졌다.

―인불범아(人不犯我), 아불범인(我不犯人).

남이 나를 건드리지 않으면, 나도 남을 건드리지 않는다.
두 골인에 대한 이야기다.
뼈에 살을 붙여놓은 듯한 추레한 몰골의 두 괴물을 건드리지 마라. 건드리면 귀신에게 잡혀간다.

―함소어구천(含笑於九泉).

저승에서 웃음 짓고 싶은가? 두 괴물과는 눈도 마주치지 마라.
반혼귀성에 대한 이야기다.
참으로 이상한 것이 소문이다. 소문은 뜬소문이 대부분이지만 묘하게도 나중에는 진실과 뒤엉킨다.
당우가 살인을 시인한 적은 없다.
신산조랑이 독을 썼지만, 반혼귀성이 벌인 일이라고 떠벌인 적도 없다.
그런데 구십구혈접의 신분이 드러나고, 그들의 죽음에 반혼귀성이 연결된다.

아마도 이 부분은 삼십홀 쪽에서 고의로 흘린 소문이 아닌가 싶다.

반혼귀성의 잔악성을 알리기 위해서다.

새끼손가락이 잘린 시신은 당장 소무지절(小拇指絶)이란 말을 떠올리게 만든다. 또한 남녀노소를 불문하고 무조건 새끼손가락을 내놓아야 했던 과거도 되살려 놓는다. 절검나과(絶劍羅鍋)라고 불리던 꼽추도 연상한다.

구십구혈접을 죽인 사람은 못생긴 꼽추가 되는 셈이다. 즉, '반혼귀성' 하면 '살기로 똘똘 뭉친 못생긴 꼽추'로 연결된다.

이것이 소문을 흘린 목적이라면 정확하게 들어맞았다.

사람들은 반혼귀성을 말하면서도 치를 떨었다. 절검나과의 악몽을 떠올린 것이다.

반혼귀성과 당우가 연결된 것은 당연하다.

신산조랑은 반혼귀성의 존재를 무림에 널리 퍼뜨리고자 했다. 그래서 추포조두와 치검령은 항상 검을 들 때마다 반혼귀성이라는 이름을 들먹였다.

당우와 신산조랑은 무림의 시선을 반혼귀성으로 끌어당기는 미끼였다. 그들이 면면은 시선을 획 끌어당기기에 충분했고, 그 뒤에 살인이 벌어지면 주목하지 않을 수가 없기 때문이다.

삼십홀의 목적은 성공했다. 반혼귀성은 저승에서 돌아온 귀신들의 집단으로 인식되었다.

신산조랑의 목적도 성공했다. 무림은 반혼귀성을 주목한다.

당우와 신산조랑을 건드리는 자가 사라졌다. 객잔에 들어도 골인이라고 놀리는 자가 없다. 시비를 걸어오지도 않는다. 건드리면 죽는다는 것을 알기 때문이다.

당분간은 안전하다.

그들이 안전한 만큼 그들을 주목하는 눈길은 늘어간다. 지금까지는 풋내기들만 상대하면 되었지만 이제는 희대의 마인들을 만정에 가두었던 절세고수들과 부딪쳐야 한다.

싸움은 대폭 줄어들었지만 그만큼 위험해졌다.

"자위(刺猬:고슴도치)가 됐어. 자, 앞으로 뭘 해야 될지 말해 봐. 내가 냉정하게 판단해 줄게."

어해연이 말했다.

당우와 신산조랑은 서로를 쳐다봤다.

앞으로는 어해연을 위해서 서로 상반된 주장을 해야 할 판이다.

* * *

어화영과 치검령, 그리고 벽사혈은 천곡서원에 발을 디뎠다.

그날 이후 천곡서원은 문을 닫았다. 개미굴처럼 바글거리던 유생들은 뿔뿔이 흩어졌다.

향암 선생이라는 거목은 쓰러졌고, 그 뒤를 이을 유생들 또

한 천검사봉의 손에 처참히 죽었다.

천곡서원은 들풀이 무성했다.

"아무리 봐도 그냥 서원인데……."

어화영이 중얼거렸다.

천검가는 향암 선생이라는 거목을 정면으로 조준했다.

왜 그랬을까?

정당한 이유가 없었던 것만은 분명하다. 이유가 있었다면 천검사봉을 그토록 냉정하게 내쳤을 리 없다. 이유없이 거목을 쓰러뜨렸기 때문에 파문이라는 강수를 둔 것이다.

문파를 보존하기 위한 조처다.

그런데 천검사봉은 자신들이 내쳐질 것을 예상하지 못한 듯하다.

그들은 천검가를 위해서 싸웠다. 향암 선생이 천검가의 적이라고 확신했다는 뜻이다.

그들이 천곡서원을 칠 때까지만 해도 확실한 이유가 있었다. 그런데 향암 선생을 죽이자 정당하던 이유가 사라졌다.

모함!

어화영은 길게 자란 들풀에서 음모의 냄새를 맡았다.

그 후 천검가는 극도의 정체기에 접어든다.

"그 후에 천검사봉이 바로 파문당했죠."

벽사혈이 지난 일들을 말해주었다.

덕분에 많은 부분을 알게 되었다. 애써서 조사해야 할 부분들이었는데.

"천검귀차도 몰살당했고…… 현상 유지를 하기에 급급했겠군."

"아뇨. 당당했어요."

"그럴 수도 있나? 천검가 전력 중 거의 절반이 쓰러졌는데?"

"천검가주가 건재하잖아요."

벽사혈의 한마디는 천 근 무게가 되어 가슴을 짓눌렀다.

천검가주, 별호만 들어도 가슴에 묵직한 바윗돌을 올려놓은 것 같다.

그를 어떻게 상대할 것인가.

천검가주가 노환으로 몸져누웠다고 하지만 천유비비검을 상대할 생각은 감히 하지 못한다.

천검가가 막대한 피해를 입고도 검련십가의 위치를 고수할 수 있었던 것은 절대검수가 존재하기 때문이다.

"천검가주…… 뛰어난 사람이지."

어화영이 말했다.

홍염쌍화가 무림에 나섰을 때, 천검가주는 이미 무림의 전설이 되어 있었다.

혈혈단신, 아무것도 없던 사람이 무공 하나만 수련해서 천검가라는 왕국을 건설했다. 사문도 없던 그가 천유비비검이라는 천하절공을 창안해 냈다.

무림의 전설이 되기에 충분한 사람이다.

그때, 무너져 가는 담장 너머에서 나직한 음성이 들렸다.

"그분은 뛰어난 사람이라고 말하면 안 되는 분이오. 어떤 사람이 무림의 신을 뛰어남 정도로 운운할 수 있단 말이오."

"웃!"

벽사혈이 깜짝 놀라 담장을 쳐다봤다. 치검령의 눈에도 놀라움이 스쳐 갔다. 하지만 어화영은 담담하게 담장을 쳐다봤다. 이미 알고 있었던 듯 그녀가 말했다.

"언제쯤 끼어들까 궁금했어."

"소저의 신분이 어찌 되는지 궁금하군. 앙숙인 치검령과 벽사혈이 한자리에 모여 있다는 것만 해도 무림의 기사인데, 어린 소저에게 꼬박꼬박 존대를 하고 있으니……. 후후! 이래서 세상은 오래 살고 볼 일인가?"

"나올래, 죽을래, 꺼질래?"

"훗! 입심도 세군. 나가지."

한 사내가 담장을 뛰어넘어 모습을 드러냈다.

"묵비!"

"비주!"

치검령과 벽사혈이 동시에 말했다.

단단하고 차분한 느낌의 사내는 전임 묵비 비주였다. 마사의 독수에서 간신히 몸만 빼낸 후 멀리 사라졌다고 소문난 사람이다.

그가 이곳에 왔다.

"우릴 따라온 거야?"

"훗! 소저가 말을 잘못 배웠군. 혀가 무척 짧아."

"자식…… 웃기네."

"소저에게 그런 말을 들을 사람은 아니오."

묵비 비주의 눈빛에 광채가 어렸다.

그는 천검십검이다. 묵비 비주라는 성격상 천검십검에 포함되지는 않았지만, 무공만은 뒤떨어지지 않는다.

치검령과 벽사혈이 긴장하는 것도 그 때문이다.

"그래? 그럼 우선 네 무공부터 알아보고."

쒜엑!

어화영은 말이 끝나자마자 신형을 쏘아냈다. 옆에서 누가 말릴 틈도 없었다.

"후후! 사양해서는 안 되겠군."

차앙!

비주가 검을 뽑았다. 그리고 유유히 검무를 추기 시작했다.

"훗!"

어화영은 쾌속하게 뛰어들다가 급히 방향을 꺾었다.

검무는 단순한 춤이 아니다. 검선(劍先)이 사방을 찍는다. 몸을 빽빽한 검기로 가득 채운다.

어화영이 그대로 뛰어들었다면 순식간에 육 검 내지 칠 검을 받아야 했다.

"제법이군."

"허! 천유비비검을 제법이라고 말하는 사람 또한 소저가 처음이오."

"이게 천유비비검인가?"

"천유비비검도 몰랐소?"

"그럼 이건 어때?"

쒜에엑!

어화영의 검에서 몽롱한 연무(煙霧)가 피어났다.

연무는 검을 가렸다. 그녀의 신형도 가렸다. 짙은 안개가 두 눈을 가린다.

"환무검(幻霧劍)! 후후! 귀영단애 은자였군."

비주는 흔들리지 않았다. 한 치 앞도 보이지 않지만 평상심을 잃지 않고 춤을 추었다.

쒜에엑! 쒜엑! 쒜에엑!

검과 검이 비켜간다.

안개에 가려진 검은 검무를 손상시키지 않았다. 검무 또한 안개 검 속으로 파고들지 않았다.

두 개의 검이 자신의 영역을 지키며 난무한다.

"그만두자."

어화영이 느닷없이 검을 거두며 물러섰다.

"같은 생각이오."

비주도 검을 거뒀다.

두 사람은 놀란 눈으로 서로를 쳐다봤다.

"천유비비검이 이 정도일 줄은 몰랐어. 천검가주가 펼쳤다면…… 일초지적도 안 되겠어."

어화영이 순순히 시인했다.

그녀는 천유비비검을 뚫지 못했다.

뚫지 못한 것이 아니라 뚫지 않았다. 억지로 뚫을 수는 있었다. 하지만 한두 검 정도는 맞을 각오를 해야 한다. 아무런 손실도 없이 뚫을 수는 없다.

그만큼 천유비비검이 쳐놓은 검막(劍幕)은 밀밀했다.

비주도 환무검을 건드리지 못했다. 안개 속으로 검을 들이미는 순간부터 치열한 격전이 벌어진다. 어디서 쏟아질지 모를 검우(劍雨)를 상대해야 한다.

그는 이런 검을 상대해 본 적이 없다.

두 사람의 승부는 어떻게 갈릴지 모른다.

생사결전이 아니라면 싸워서는 안 될 상대들이다.

"은자의 무공은 그게 그거라고 생각했소. 결코 무가의 무공을 따라올 수 없다고. 사실 말 그대로요. 적성비가가 지금 이렇게 된 게 그 때문이니까."

비주가 벽사혈을 쳐다보며 말했다.

얼마 전, 천검가는 또 한 번의 변신을 꾀했다.

그동안의 나약함을 단숨에 씻어내고 일약 돌풍의 주역이 되었다.

은가가 무가에 복속되는 기가 막힌 사건도 벌어졌다. 은가도 보통 은가가 아니다. 적성비가다. 물과 기름처럼 섞일 수 없는 관계라고 생각했는데 아니었다. 단숨에 섞였다.

이로부터 천검가는 두 개의 눈을 가지게 되었다.

하나는 묵비다. 전임 비주가 쫓겨나고 그 자리에 마사가 들어섰다. 그녀는 묵비를 관장한다.

또 다른 한 개의 눈은 적성비가다.

적성비가라는 위대한 은가가 무가의 일개 눈으로 전락해 버렸다. 말도 안 되는 쇠락이다.
　만약 적성비가에 환무검 같은 검공이 있었다면 이번과 같은 일은 절대로 일어나지 않았을 게다.
　벽사혈은 듣기 싫은 듯 몸을 돌려 버렸다.
　치검령도 놀란 눈으로 어화영을 쳐다봤다.
　귀영단애의 무공이 뛰어난 줄은 알았지만 천유비비검을 상대할 정도라니!
　이 정도의 검공이라면 지금 당장 무가를 창건해도 통용된다.
　은가라는 위치를 버리고 무가로 탈바꿈할 수 있다.
　극섬문의 섬전도 귀영단애의 무공이라고 했나? 도대체 귀영단애의 실체가 뭔가? 어떤 은가이기에 이토록 뛰어난 무공이 많은 것인가. 그러면서 왜 아직까지 은가로 만족하는 건가.
　"너 이리 와. 이야기할 만하네."
　어화영이 비주에게 손가락을 까닥거렸다.
　"허!"
　비주는 어처구니없다는 듯 헛바람을 토해냈다.
　어화영이 그의 마음을 읽은 듯 툭 쏘아붙였다.
　"마, 할 말이 있으니까 뒤쫓아 왔을 거 아냐!"

　그는 천검가를 주시했다.
　천검가의 무인이 천검가를 출입할 수 없는 기묘한 상황이 벌어졌다. 그래서 더더욱 천검가를 주시한다.
 그런 그의 눈에 어화영이 걸려든 것은 당연하다.
 그녀는 세요독부와 싸웠다. 적성비가의 포위망을 뚫고 달아났다. 그런 과정에서 치검령의 일촌비도를 보게 되었다.
 치검령! 만정!
 그는 너무 놀라 심장이 멎는 줄 알았다.
 이럴 수도 있구나. 죽은 자가 살아서 돌아올 수도 있구나!
 그러다가 요즘 무림에 회자되는 반혼귀성을 떠올렸다.
 '저들…… 반혼귀성이야!'
 그는 드디어 자신에게 기회가 찾아왔음을 알았다.
 저들을 장악한다. 자신의 무공이라면 저들을 장악하기에 충분할 게다. 아무리 반혼귀성이라고 해도 천검십검과 필적하는 자신을 상대할 수 있겠나.
 그래서 따라왔다.
 반혼귀성을 장악해서 마사와 겨룰 수 있는 기틀을 마련하려고.
 그런 그가 입을 쩍 벌렸다.
 "홍염쌍…… 화! 정말이… 오… 입니까?"
 "왜? 너무 늙었어?"
 어화영이 방긋 웃었다.
 비주는 인상을 찡그렸다.
 반혼귀성을 장악하려던 생각은 일찌감치 포기해야 한다. 이런 인물들을 어떻게 장악하겠나.

2

타닥! 타닥!

모닥불이 타들어간다. 모닥불 위에 올려놓은 닭고기가 노릇노릇 익는다.

네 사람은 묵묵히 구운 닭을 뜯어 먹었다.

그들은 서로 이해가 상반된다. 생각하는 바도 다르다. 한 무리로 섞일 수 없는 사람들이다.

비주는 무가 출신이다. 다른 세 명은 은자다. 은자 세 명은 사문이 각기 다르다. 치검령과 벽사혈은 얼마 전까지만 해도 서로의 목숨을 노렸다.

그들이 한자리에 모여 앉아서 닭을 뜯어 먹는다는 사실 자체가 있을 수 없다.

그러나 그들에게는 갈 곳이 없다는 공통점이 있다.

같이 있을 수 없는 수백 가지의 이유는 갈 곳이 없다는 한 가지 사실에 묻혀 버린다.

"술 한잔 있으면 좋겠군."

치검령이 궁얼거렸다.

"배부른 소리 하지 말랬지."

어화영이 툭 핀잔을 주었다.

그때, 비주가 옆구리에서 작은 호로병을 풀어 건네주었다.

"원홍주(元紅酒)가 한두 모금 정도 남아 있을 게다. 이거라도 마시려면 마시······."

그의 말이 끝나기도 전에 어화영이 호로병을 가로챘다. 그리고 귓가에 대고 흔들어보았다.

병 안에 든 술이 찰랑거린다.

비주는 한두 모금 정도라고 했지만 절반 정도는 남은 것 같다.

"원홍주라······. 꽤 오랜만에 마셔보네."

어화영은 마개를 뽑고 냄새를 음미하더니 꿀꺽꿀꺽 크게 마셨다.

"카아! 좋다!"

긴말이 필요없다. 치검령이 호로병을 낚아채듯 빼앗아서 꿀꺽꿀꺽 마셨다.

"카아!"

두 사람은 진한 술 맛에 감탄을 토해냈다. 하지만 더 마시지는 않았다. 딱 한 모금, 한 모금이면 만족했다.

그들은 어느 순간에도 방심하지 않는다.

"그 정도는 마셔도 될 것 같은데."

비주가 말했다.

"뱃속이 화끈거리면 틀린 거예요."

벽사혈이 고개도 돌리지 않은 채 말했다.

네 사람은 구운 닭으로 식사를 마친 후에도 별다른 말을 하지 않고 한참 동안이나 모닥불만 지켰다.

이야기를 먼저 해야 할 사람은 비주다.

그가 드디어 입을 열었다.

"창피한 이야기지만 적성비가의 마사에게 쫓겨났소."

"……."

모두들 조용히 들었다.

현재 천검가가 마사의 손아귀에 들어가 있다는 건 모두가 다 아는 사실이다. 또한 비주가 쫓겨난 것도 공공연한 비밀이다. 죽었다는 소문도 퍼져 있지만, 살아 있다고 믿는 사람이 더 많다.

"막내공자가 마사와 혼인을 할 예정이니…… 후후! 영원히 천검가로 돌아가기는 틀린 몸이오."

"그런 거 말고 쓸모있는 이야기를 해봐."

어화영이 다리를 쭉 뻗으며 말했다.

"후후! 내 머릿속에 천검가의 절반은 들어 있다고 생각하지 않으시오? 묵비 중에는 아직도 연락이 되는 자들이 있소. 상당히 쓸모있는 말 아니오?"

"우리가 줘야 할 건?"

"글쎄… 지금 당장은 생명 보장밖에 없소만. 사람 욕심이란 게 하나를 가지면 또 하나를 갖고 싶은 법이라……."

"용건만 말하자. 피곤해."

"뭐가 필요한지는 나도 모르겠소. 하지만 차차 생각이 나지 않겠소이까. 안전이 보장되면 말이오."

"무엇이든 말하는 걸 들어달라는 소리로 들리네?"

"그만한 값어치는 있을 테니까. 안 그렇소?"

비주가 능글맞게 웃었다.

비주의 소용 가치는 상당히 높다.

어차피 만정 마인들은 천검가와 맞서야 한다. 당장 당우와는 직접적인 연관이 있다. 이런 마당에 천검가를 잘 아는 자가 머리를 빌려준다면 상당한 도움이 된다.

"가라. 네가 필요하긴 하다만 확실하지 않은 건 들어줄 수 없어. 흐리멍덩한 계약은 질색이야."

비주가 미간을 찌푸렸다.

그는 가지 않았다. 모닥불을 쳐다보면서 생각을 거듭했다. 그러다가 마침내 한 가지 조건을 내걸었다.

"나중에… 마사를 쳐주시오."

어화영은 대어(大漁)를 낚았다.

비주가 얼마나 입을 열지는 모른다. 그도 나름대로 계산을 할 것이고 할 말과 하지 않을 말을 고를 것이다. 하지만 그를 얻었으니 천검가를 속속들이 파악할 수 있게 되었다.

"돌아간다."

그녀는 비주가 결심을 굳히기 무섭게 결단을 내렸다.

이곳은 흉지(凶地)다.

세요독부가 적성비가 은자들을 쫙 풀었다. 자신을 잡기 위해 눈에 불을 켜고 있다.

어쩔 수 없어서 머물렀지만, 비주를 얻은 이상 가장 빠른 길로 물러선다. 가장 빠른 시간 안에 이동한다. 그러려면 지금 당장 움직인다.

그녀는 움직이기 전에 마지막으로 물었다.

"천검사봉이 왜 향암 선생을 죽였지?"

"천검가는 받은 건 반드시 돌려주는 문파요."

투골조를 말한다. 백석산 사건, 류명을 건드린 사건을 말한다. 천검가가 아니더라도 그 정도의 모함을 뒤집어쓰고 가만히 있다면 배알도 없다고 욕먹을 게다.

"받은 게 있으니 돌려줘야 하는데…… 그래서 누구에게 받았는지부터 조사했지요."

"그럼 향암 선생이 투골조를?"

"정확하게는 향암 선생이 아니고 흑조라는 조직이 걸려들었습니다."

"흑조?"

어화영이 고개를 갸웃거리면서 치검령을 쳐다봤다. 치검령은 어깨를 으쓱거렸다. 모른다는 뜻이다. 어화영은 다시 벽사혈을 쳐다봤다. 벽사혈도 고개를 살래살래 흔든다.

모두들 흑조를 모른다.

그들의 심정을 읽은 듯 비주가 말했다.

"흑조라는 조직에 대해서는 알려진 게 없습니다. 천검가도 이번 일 때문에 알게 되었죠."

"신흥 조직이란 말이야?"

"글쎄요……. 그것도 아직 모릅니다."

"그런 것도 몰라? 새로 생긴 건지 오래됐는지도 모른다고?"
"네. 많이 알지 못합니다."
"그래서?"
"흑조가 이번 일에 개입한 정황을 찾아냈고, 뒤를 암암리에 캐봤죠. 그 결과 임강부에서 암약하는 흑조 조직원이 일곱 명이라는 사실도 알아냈습니다."
"일곱…… 명? 임강부 전체에서?"
"뭐랄까. 중요 인사들의 모임이라고 할까? 그런 정도의 조직이었습니다."
"그럼 별게 아니잖아?"
"후후! 저희도 그렇게 생각했습니다. 당시에 제일 걸렸던 것은 향암 선생이 지니는 비중이었죠. 향암 선생이 누굽니까? 황상께서도 존경하는 학자 아닙니까."

그런 자는 참 곤란하다.

죽이려면 당장에라도 죽일 수 있는데, 죽인 후에 일어날 후폭풍을 감당하기 어렵다.

황상이 진노하면 어쩔 것인가.

칠 수도 없고 치지 않을 수도 없다.

그녀 같으면 포기한다. 향암 선생이 류명에게 직접 투골조를 전수했을 수도 있고, 아닐 수도 있다. 문제는 확실한 증거다. 그게 잡히지 않은 이상은 건드리지 않는다.

그런데 천검가는 건드렸다.

"흑조가 일곱 명이라고 했는데……."

"다른 여섯 명은 하룻밤 새에 처리했지요. 그중에는 무인도 있었지만…… 후후! 천검귀차가 나선 이상."

어화영은 고개를 끄덕였다.

당시의 상황이 손에 잡힌 듯 읽힌다.

천검가가 무공도 모르는 사람을 죽이는 데 천검귀차를 썼다면 누가 죽였는지 모르게 죽였다는 뜻이다.

천검가도 후폭풍은 염려했다. 그래서 감쪽같이 처단하려고 했던 것이다.

"그런데 어쩌다가……?"

치검령이 호기심을 참지 못하고 물었다.

"여섯 명을 죽이고 돌아서는 길에 암습을 받았습니다."

"천검귀차가?"

"네. 아주 은밀히 움직였는데 어떻게 알았는지……. 그리고 더욱 놀라운 것은 검마, 도마, 그리고 극섬문의 무공까지 줄줄이 터져 나오더라는 겁니다."

이 부분은 들어서 알고 있다.

이제야 비로소 전후 사정이 환히 꿰인다.

암습자를 치기 위해서 천검사봉이 나설 수밖에 없었고, 그 끝에 향암 선생이 걸렸다.

은밀하게 죽이려고 했는데 공개적으로 죽인 꼴이다.

천검가는 천검사봉을 내칠 수밖에 없었다.

향암 선생을 죽였다고 인정할 수밖에 없는 상황이니 다른 방도가 없었다. 그들이 모든 덤터기를 쓰고 물러났다. 천검가에 쏟아질 질책의 화살을 그들이 안고 갔다.

천검사봉은 희생양이다.

무가의 입장에서는 선비 한 명 죽이고 절정 무인 넷을 빼앗긴 결과다.

"그럼 투골조 사건은 어떻게…… 끝난 거야? 흑조가 그랬다는 확실한 증거가 나온 거야?"

"손에 잡힌 건 아무것도 없습니다. 막 알아보려는 순간, 모든 게 너무 급히 닫혀 버렸죠."

"류명은 뭐라던가요?"

벽사혈이 물었다.

류명은 투골조를 수련한 당사자다. 그때의 나이가 상대를 인식하지 못할 정도로 어렸던 것도 아니다. 겨우 삼 년 전이지 않나. 자신이 무슨 짓을 했는지 다 인식할 나이다.

"……"

비주는 침묵했다.

아무도 류명에게는 묻지 못했다. 가주의 눈총이 있기 때문에 투골조의 '투' 자도 꺼내지 못했다.

류명은 투골조와 전혀 상관없다.

백석산 사건은 당우란 놈이 천인공노할 일을 저지른 것으로 귀결 지어져야 한다. 아니, 그렇게 귀결 지어졌다.

죽을 때까지 이 사실은 변하지 않는다. 변해서도 안 되고, 변하게 놔두지도 않는다.

투골조와 류명을 연결시키는 어떠한 말과 행동도 금지다.

"그놈 참 웃기는 놈이야. 천유비비검을 놔두고 투골조를 수련할 생각은 어떻게 했을까?"

어화영이 말했다.

"지금은 천유비비검의 최강자라며? 가주 아니면 상대할 자가 없다던데?"

"맞습니다."

비주가 고개를 끄덕였다.

"그게 이상하단 말이야. 삼 년 전에는 가전무공도 익히지 못해서 마공을 엿보던 놈이 삼 년 만에 너무 컸다고 생각하지 않아? 그런 식으로 무공을 수련하면 고수 아닌 놈이 없겠다."

"그게 가주님의 능력입니다."

"그러니까 말이야. 나도 그런 능력 좀 맛보고 싶다고. 아니, 천검가주는 그런 능력을 왜 썩히는 거지? 나 같으면 류명 같은 놈, 한 서너 놈쯤 만들어놓겠다."

"허허허!"

비주는 할 말이 없어서 실소를 흘리고 말았다.

류명을 키우는 데는 많은 영약이 소용되었다.

그의 내공은 거의 약으로 이루어졌다고 해도 과언이 아니다. 거기에 검에 관한 한 세상에서 가장 진실하다는 일원검문의 검수가 달라붙었다.

강해지지 않을 수 없다.

그런 지원은 백 년에 한 번 나올까 말까 하다. 영약이란 것이 들에서 나는 잡풀처럼 쉽게 구할 수 있는 게 아니니까 말이다.

"그래, 됐어. 듣고 싶은 말이 많지만 가면서 하지. 앞으로 이야기할 날이 많을 것 같으니까."

어화영이 자리를 털고 일어서며 말했다.

적성비가의 눈을 피해서 임강부로 들어선다는 것은 하늘의 별 따기나 다름없다. 마찬가지로 그들을 피해서 은밀히 빠져나간다는 것도 쉽지 않다.

올 때는 두 사람이었지만 갈 때는 네 명으로 불었다.

그렇다고 짐이 될 만한 사람은 없다. 모두들 자기 몫은 알아서 해내는 사람들이다. 힘이 되었으면 되었지 해가 되지는 않으니 움직이는 데 마음이 한결 편하다.

그중에서도 벽사혈이 함께 움직인다는 것은 정말 큰 보탬이 된다.

"이건 모두 다 아는 수법인데⋯⋯ 이게 통할까?"

마방(馬房)에 들어서기 전 어화영이 물었다.

힘들게 숨어서 돌파하지 않는다. 아주 편하게 마차를 타고 유유히 통과한다.

벽사혈의 제안이다.

이런 제안은 자칫 도 아니면 모가 될 가능성이 높다.

벽사혈의 제안이 통한다면 아주 쉽게 탈출하겠지만, 그렇지 않으면 한바탕 결전을 피하지 못한다.

그러느니 차라리 시간이 좀 걸리고 고생이 되더라도 본신 무공으로 포위망을 돌파하는 게 낫다.

그런데 벽사혈이 자신있게 장담했다.

"된다니까요. 저희는… 적성비가는 뒤지지 않아요."

"벽사혈의 말에 일리가 있습니다. 나도 그 부분은 생각하지 못했는데, 가만히 생각해 보니 저희도 그럴 것 같군요. 마차가 온다고 해서 세우지는 않을 것 같습니다.

치검령이 고개를 끄덕이며 말했다.

은자들은 마차 안에 몇 사람이나 타고 있는지 뒤지지 않고도 알아낼 수 있다.

우선 마차 바퀴를 살핀다.

바퀴가 어느 정도의 깊이로 박히는지 살펴보면 대충 인원을 짐작할 수 있다.

두 번째로 호흡을 살핀다. 그러면 인원수뿐만이 아니라 무인이 탔는지까지 알아낼 수 있다.

물론 도주하는 자는 호흡을 숨길 것이다. 그래도 적성비가의 이목은 속이지 못한다. 세 번째로 동원하는 것, 수련된 후각으로 냄새를 맡는다.

사람이 탔는지 짐승이 탔는지, 짐승이 탔다면 개인지 고양이인지까지 알아맞힌다.

마치를 세우고 일일이 섬섬하는 것은 삼류무인들이나 하는 짓이다. 그들은 일절 마차를 세우지 않고도 모든 것을 알아낼 수 있다.

"후후! 난 이거 두 달이나 배웠어."

치검령이 마차를 쓰다듬으면서 말했다.

"두 달이나요?"

벽사혈이 믿을 수 없다는 표정을 지었다.

적성비가 무인들은 아무리 둔해도 한 달이면 모두 깨우친다. 십중팔구도 아니다. 십이면 십 모두 알아맞힌다.

한데 치검령이 두 달이나 걸렸다니!

"우린 이걸 처음에 배워. 무공을 하사받기 전에 통과해야 하는 의례지. 후후!"

치검령은 옛날 일이 생각난 듯 쓴웃음을 흘렸다.

"그렇군요. 수련 체계가 다르군요."

"적성비가도 우리와 같다면 절대로 마차를 뒤질 일은 없겠지. 그만한 자부심은 가지고 있을 테니까."

"자부심이 아니라 확신이에요. 눈 감고도 알아맞힐 수 있다는 확신이죠."

"수련의 부작용이지."

비주가 맞장구쳤다.

그들은 적성비가의 눈과 귀와 감각을 어떻게 속일지에 대해서는 의논하지 않았다.

그 정도는 알아서 할 능력들이 된다.

어화영이 시큰둥한 표정으로 말했다.

"너희는 그런 것도 수련하는군. 잡다한 걸 너무 많이 배워도 못쓰는 법인데."

벽사혈은 사두마차를 빌렸다.

"마부는 두 명이 필요해요."

"저희 마부들은 경력이 십 년 이상들인지라 만일의 경우는 염려하지 않으셔도 됩니다."

"두 명을 주세요."

"정히 그러시다면…… 스무 문을 더 내십시오."

마방 총관은 벽사혈을 힐끔 쳐다봤다.

사두마차를 빌리면서 마두를 두 명이나 빌리는 경우는 없기 때문이다. 하지만 본인이 그러겠다는 것을 어쩌겠는가. 돈이 썩어나서 마구 뿌리겠다는데.

"한 분은 마차를 모시고 다른 분은 저희와 같이 마차를 타고 가야 해요. 괜찮겠어요?"

"그거야 상관없습니다만……."

마부들이 떨떠름한 표정을 지었다.

"어느 분이 안에 타실 거죠?"

"마차가 제 것이니."

마부가 다른 마부의 등을 떠밀었다.

대체로 특별한 부탁은 좋지 않다. 마부는 어자석에 앉아 있는 게 맞지 손님과 함께 안에 타고 가는 것은 가당치 않다. 그런 일에는 반드시 사달이 벌어진다.

벽사혈은 안에 탈 마부에게 옷을 건넸다.

"이 옷을 입어요."

"예?"

"유삼(儒衫)이에요. 오늘 하루 서생이 되어보세요."
"허!"
마부는 인상을 찡그렸지만 벽사혈이 전낭을 꺼내자 눈가에 화색이 돌았다.

그들은 눈치가 빠르다.

분명히 뭔가 나쁜 일을 저지르고 도주하는 자들이다. 유삼을 왜 입으라고 하겠는가. 보나마나 창가에 앉혀서 바깥 이목을 속일 심산일 게다.

이런 자들의 돈은 공돈이다. 얼마든지 받아 써도 된다.

두두두두두……!

마차가 힘차게 달렸다.

창가에는 예상했던 대로 유삼을 입은 유생이 앉아 있다. 그는 편안한 자세로 산천초목을 훑어본다.

"마부까지 두 명."
"나도 두 명."
"냄새…… 이상없지?"
"나는 없는데."
"나도 없어."
"통과?"
"통과시켜."

적성비가 무인들은 사두마차를 가로막지 않았다.

마차 안에는 유생밖에 없다.

밖으로 비친 유생의 몸무게와 바퀴 자국이 대체로 일치한다. 마부까지 두 명분의 깊이다. 냄새도 두 명분이다.

 이상한 것은 땀 냄새인데 유생에게서도 진한 땀 냄새가 풍긴다. 마차를 타기 전에 요상한 짓을 한 것 같다. 아니면 아주 지독한 곳에서 창기(娼妓)와 뒤엉켰거나.

 분명히 두 명이다.

 호흡? 호흡은 물을 것도 없다.

 적성비가 무인들은 마차에서 눈길을 돌렸다.

 혼자만 확인한 것이 아니다. 여러 명이 같이 확인했고, 판단했다. 절대 틀릴 리 없다.

 쫓고 있는 자들은 마차에 타지 않았다.

 귀식대법(龜息大法)은 호흡을 죽인다. 몸을 깃털처럼 가볍게 만들기도 쉽다. 냄새는 더 쉽게 속인다. 마부가 입고 있던 옷으로 전신을 박박 닦으면 땀 냄새가 흘러나온다.

 그 정도는 모두 할 수 있다.

 그들만 할 수 있는 게 아니다. 어느 정도 공부를 갖춘 사람이라면 누구나 할 수 있다.

 적성비가 은사들도 많은 사람이 할 수 있다는 것을 안다.

 몸을 가볍게 하고, 숨을 죽이고, 냄새까지 다른 냄새로 교체하면 마차 안의 인원을 속일 수 있다.

 그것을 모르는 게 아니다. 다만 하지 않는다. 일반 무인들은 적성비가 은자들이 그런 식으로 관찰하는지 알지 못한다. 그렇기 때문에 셋 중 하나는 풀어놓는다.

　귀식대법을 펼친다? 호흡은 완전히 감췄다. 하지만 나머지는 풀어놓았다. 몸이 가벼워서 무게를 느낄 수 없을 지경이다? 그래도 냄새는 남는다.

　무인들 거의 대부분이 냄새만은 간과한다.

　적성비가 은자들이 무엇을 근거로 판단하는지 알지 못한다면 반드시 걸려들게 되어 있다.

　"덕분에 편하게 왔네."

　어화영이 벽사혈을 보면서 씩 웃었다.

第六十六章

마각(馬脚)

1

 평온한 나날이 지속되었다. 마치 무주공산(無主空山)의 주인이 된 느낌이다.
 "시비 거는 사람이 딱 끊겼지?"
 어해연이 말했다.
 "객잔을 가도, 주루를 들어가도…… 영업 시간이 끝난 다음에 들어가도 아무 소리 하지 않아. 밥을 달라면 밥을 주고, 술을 달라면 술을 주고…… 후후!"
 어해연이 쓸쓸하게 웃었다.
 이런 현상은 좋은 게 아니다. 일종의 공포감이 발효된 것으로 보아야 한다. 똥이 더러워서 피하냐. 그저 어서 처먹고 떠나라 하는 심정으로 맞이하는 것뿐이다.

"그럼 우리가 시비를 걸어볼까요?"

당우가 씩 웃으면서 말했다.

"재미 들렸나 봐?"

"후후! 그럴 리가요. 알아볼 게 있어요."

당우는 고관대작이나 드나들 만한 삼층 기루를 쳐다봤다.

"여기?"

"네. 오늘은 여기서 쉬죠."

"그럴 만한 돈이 있어?"

"그러니까 무전취식 아닙니까."

"여기서?"

어해연이 재차 반문할 때, 당우는 안으로 쑥 들어서고 있었다.

금화루(金花樓)는 호북성(湖北省) 황주부(黃州府) 제일의 기루다.

금화루에 적을 둔 기녀만 천여 명에 이른다고 하니 규모의 단면을 엿볼 수 있다.

하나 당우가 들어간 삼층 누각은 한산하기까지 했다.

아직 밤이 되지 않아서일까?

아니다. 금화루의 진미(珍味)는 뱃놀이에 있다.

무창부(武昌府)에서 흘러나온 대강(大江)은 황주부를 거쳐서 구강부(九江府)로 흐른다.

이곳 무창부에서 구강부에 이르는 물줄기는 뱃놀이의 진수로 꼽힌다. 유속이 완만하고 주변 경관이 뛰어나서 시인묵객의 발길이 끊이지 않는다.

 황주부에서 배를 타고 무창부까지 갔다가 돌아오는 하룻밤의 유흥!

 금화루는 삼층에 불과하지만 대강에 떠 있는 배는 물경 오백여 척에 이른다.

 평범한 기루가 아니다. 황주부의 경제를 쥐락펴락하는 대부호라고 봐야 한다.

 금화루는 무림문파와도 인맥(人脈)을 쌓고 있다. 관부(官府)와도 연결된다. 당연한 말이지만 무인도 상시 고용되어 있다. 술장사와 여자 장사에 꼭 끼어드는 게 주먹패, 파락호들이지만 금화루에는 얼씬도 하지 않는다.

 시비? 어림도 없다. 어지간한 사람은 금화루에서 취객 흉내도 내지 못한다.

 당우와 어해연은 입구에서 제지당했다.

 "예약하셨습니까?"

 허리에 대도를 찬 무인이 앞을 가로막으며 정중하게 포권지례를 취했다.

 "예약? 그런 거 모르는데."

 당우의 말투는 분명히 시비조였다.

 "그러시면 아래로 내려가시지요. 선착장에서 배를 사시면 됩니다. 틀림없이 만족하실 겁니다."

 무인은 시종일관 정중했다.

마각(馬脚)

"거절인가?"
"예약을 하지 않으시면 드실 수 없습니다."
"거절이네."
"……."
당우는 손을 들어 무인이 차고 있는 대도를 툭툭 건드렸다.
"꽤 잘하나 보지?"
"시비는 사양합니다."
"내가 죽인다고 해도 사양할 건가?"
너무도 노골적인 시비다. 무인의 얼굴이 붉게 물들었다. 더 이상은 참을 수 없다고 생각한 듯하다. 그때,
"그만 가자. 너도 그렇지. 여자를 이런 데 데려오는 법이 어디 있어? 너 여자하고 놀아나는 걸 지켜보라는 거야?"
옆에 서 있던 어해연이 못마땅한 표정으로 말하면서 옷소매를 잡아끌었다.
"알았어. 갈게. 간다니까. 잡아끌지 마. 어이! 싸움을 꽤 잘하는 모양인데, 오늘 밤 무사히 잘 견뎌봐! 내일 아침에도 살아 있는지 보자고. 하하하!"
당우는 협박을 잊지 않았다.

그 시간, 신산조랑은 눈을 감고 담벼락에 쪼그려 앉았다.
이십여 년 동안 빛 한 점 스며들지 않는 암흑 속에서 살아왔다. 밝은 대낮보다도 어둠이 익숙하다.
눈을 감으면 밝은 세상도 어둠이 된다.

어둠을 밝히는 데는 도구가 필요하지만 밝음을 어둠으로 만드는 데는 눈만 감으면 된다.

스으으읏!

움직임이 엿보인다.

황주부에는 수많은 사람들이 오고 간다. 거의 대부분 기녀와 뱃놀이를 하려는 탕아(蕩兒)들이다.

신산조랑은 그들의 발걸음 소리를 하나씩 지워 나갔다.

사박! 사박!

비단신을 신고 걷는다. 보폭도 짧다. 일반 여자다. 제외!

턱! 턱! 턱! 턱! 턱!

몇 걸음 걷다가 멈추고, 또 몇 걸음 걷다가 멈춘다.

기녀들을 살피는 걸음이다. 제외!

하나씩, 하나씩……. 만정에서 수많은 마인들을 오로지 발걸음 소리만 듣고 구분해 냈다.

만정 마인들의 특징이라면 발걸음 소리가 없다는 것이다. 옷자락 스치는 소리도 흘리지 않는다는 것이다. 소리를 내면 누군가에게 뜯겨 먹히기 때문에 살기 위해서는 조용해야 한다.

신산조랑은 그런 그들의 발걸음 소리를 들었다.

금화루 주위에는 수백 명이 오간다. 무인도 있고 기녀도 있다. 상인도 있고 사공도 있다. 하나 그들의 특징이라면 발걸음 소리를 죽이지 않는다는 것이다.

굳이 그럴 필요가 없으니 조심하지 않는 것이다.

그런 걸음이라면 수백 명이 아니라 수천 명이 있어도 모두 다 구분해 낼 수 있다.

츠으으으웃!

구령마혼이 일어난다.

모든 감각이 두 귀로 모인다. 바람이 불어오지만 느끼지 못한다. 촉감이 사라졌다. 술 냄새, 쓰레기 냄새로 비위가 뒤틀린다. 하지만 지금은 그런 증상이 없다. 후각도 죽었다.

오감(五感) 중에서 청각만 남고 모두 사라졌다. 그리고 그곳에 구령마혼이 모두 집중되었다.

파앗!

걸음 하나!

신산조랑은 스무 걸음 정도 떨어진 곳에서 만정 마인들과 흡사한 발걸음을 찾아냈다.

있는 듯 없는 듯 고요하다.

병기를 차고 있는 듯한데 예기(銳氣)가 느껴지지 않는다.

'이자야!'

신산조랑은 당우가 말한 자를 찾아냈다.

당우와 어해연이 금화루에서 물러나 다루(茶樓)로 들어섰다.

이번에는 제지하는 사람이 없다.

다루 주인은 당우가 들어서자 얼굴색이 파리하게 질려 버렸다. 그리고 일부러 시선을 외면한다. 어쩌다가 눈이라도 마주

치면 황급히 고개를 내리깐다.

당우의 정체를 알고 있다는 뜻이다.

"차!"

"네!"

말이 떨어지기가 무섭게 팔팔 끓인 차를 가지고 왔다.

주문도 하지 않은 차를 벌써 끓였을 리는 없고, 다른 사람이 주문한 것을 가져온 듯하다.

"무슨 차야?"

"노, 녹차(綠茶)입니다."

"난 그 뭐냐… 용정차(龍井茶)나 철관음(鐵觀音) 같은 걸 마시고 싶은데?"

"저, 그런 차는 너무 고급이라서……."

"없다는 거야?"

"죄, 죄송합니다."

다루 주인은 어쩔 줄 모르고 연신 손을 비비적거렸다.

금화루 무인과 비교해 볼 때 사뭇 대조적인 모습이다.

"알았어. 그냥 마시지, 뭐. 아! 돈이 없는데."

"돼, 됐습니다. 제, 제 성의입니다."

다루 주인은 머리까지 조아렸다.

다루에는 손님이 적지 않았다. 대부분이 인근 주민들이지만 병기를 탁자 위에 올려놓은 무인도 보였다. 하지만 당우의 무례한 태도를 지적하는 사람은 없었다.

모두들 반혼귀성을 안다. 당우와 어해연의 생김새, 특징을 파악하고 있다.

금화루의 무인도 알고 있었을 게다.

당우가 어해연에게 눈을 찡긋거리며 말했다.

"어때요? 제 말이 맞죠?"

"맞는데……."

"맞는데 뭐요?"

어해연이 차를 홀짝 마시며 말했다.

"너, 눈 찡긋거리지 마. 꼭 바람둥이 같아."

신산조랑은 발걸음을 쫓았다.

은자나 살수가 뒤를 밟는 추적이 아니다. 오직 집중된 청각으로 사람을 따라나선다.

저벅! 저벅!

발걸음은 나직했다. 절도가 있었으며, 진기로 충만했다.

대단한 강자다.

반혼귀성에서 가장 강한 사람은 홍염쌍화다. 은밀함에서는 당우가 제일이다. 하지만 정식 싸움에서 빛을 발하는 사람은 두말할 것도 없이 홍염쌍화 자매다.

발걸음의 주인은 홍염쌍화를 능가한다.

단지 발걸음만 들었을 때는 그렇다. 만정에서 마인들의 서열을 짐작하던 그의 청각이 발걸음을 홍염쌍화 위에 올려놓는다.

'한 사람에게 일 초씩…… 삼 초!'

그가 반혼귀성의 세 명을 죽이는 데 소용될 초식 수다.
어해연, 당우, 그리고 자신이 합공을 취해도 발걸음의 적수가 되지 않는다.
아무리 그렇더라도 삼 초는 너무했지 않나?
아니다. 신산조랑은 발걸음을 듣고 번갯불을 떠올렸다. 조용함이, 진중함이 진기와 일체가 되어서 힘을 발할 때 번개가 터진다. 천둥이 울린다.
발걸음의 주인은 능히 그러고도 남는다.
이것 역시 오직 소리만 듣고 내린 판단이다.
반혼귀성을 상대하는 데 삼 초면 충분한 이유가 이것이다.
쾌검을 쓰기 때문에 순간적으로 승부가 판가름 난다. 이쪽이고 저쪽이고 두 번 검을 쓸 일이 없다. 한 번의 승부에 어느 한쪽은 쓰러져야 한다.
신산조랑은 쓰러지는 쪽이 자신들이라고 생각되었다.
저벅! 저벅! 저벅!
발걸음이 금화루로 향했다.
신산조랑은 거기까지 추적한 후 눈을 떴다.
밝은 햇살이 눈부시게 쏟아졌다.
"끌끌! 날씨가 참 좋구나, 좋아."

세 사람은 금화루가 내려다보이는 언덕에서 편하게 앉아 봄볕을 즐겼다.
"역시 네 말이 맞았어."

어해연이 당우를 쳐다보며 말했다.
"그럼요. 제가 언제 틀리는 거 봤어요?"
"잘난 체한다."
"후후! 제가 여기서나 잘난 체해야지 어디서 합니까? 딴 데 가서 하면 구박받아요."
"어디 갈 데나 있고?"
"그러고 보니 없네요. 쯔읍!"
"호호호!"
당우와 어해연은 근심없이 웃었다.
신산조랑의 판단은 맞을 것이다. 그녀가 발견한 사람은 쾌검의 달인일 것이다.
누군가 지켜본다는 느낌, 맞았다. 아주 강한 자가 지켜보고 있었다. 그리고 그자는 검련 본가의 무인이다. 어정쩡한 무인이 아니라 최강 무인이다.
그런 자가 뒤를 밟고 있었다.
당우는 두 가지를 알고 싶어했다. 하나는 정말로 누가 뒤를 밟고 있는지 확인하고 싶었다. 단지 찝찝한 느낌뿐인지 아니면 정말 누군가가 뒤따르고 있는지.
그자는 먼 길을 따라오면서도 들키지 않았다.
어디서부터 따라붙었는지는 짐작조차 하지 못한다. 어쩌면 구십구혈접을 죽일 때 가까운 곳에서 독수리의 눈으로 세밀하게 지켜봤을 수도 있다.
그는 지켜보기만 한다.

두 번째로 알고 싶은 것은 그가 어디 사람이냐는 것이다.

금화루를 건드린 것은 그런 맥락이다.

천검가나 검련 본가 같은 무가는 지역 최대 상권을 놓치지 않는다. 부(富)와 무(武)와 권력(勸力)은 늘 함께 간다. 어느 하나가 부족해도 구멍이 뚫린다.

황주부는 검련 본가의 관할이다.

황주부의 경제를 좌지우지하는 금화루가 과연 누구 것이겠는가. 검련 본가의 돈줄이지 않겠나.

이를 알아보는 방법은 간단하다.

당우가 했던 것처럼 고의적으로 시비를 거는 게다.

반혼귀성의 살겁을 두려워한다면 당장 꼬리를 내릴 것이다. 하지만 검련 본가와 연관이 있다면 눈앞에서 벼락이 떨어져도 꿈쩍하지 않을 게다.

금화루를 건드려 본 결과, 역시 금화루는 검련 본가의 돈 맥이다.

이제는 뒤따르는 무인을 살핀다.

그가 검련 본가의 무인이라면 금화루의 무인에게 약간의 충고를 해줄 수 있다. 그가 보고 들은 내용들을 말해줌으로써 적절한 대응책을 강구하게 한다.

틀림없이 그럴 것이다.

그가 구십구혈접의 죽음을 목격했다면 아무리 비밀스런 임무를 하달받았다고 해도 약간은 간여하게 되어 있다.

이것이 정도 문파 무인들의 약점이다.

그들은 자파의 위험을 무시하지 못한다. 비밀 임무를 하달 받았으면 오로지 임무에만 집중해야 하는데, 약간이라도 빈틈이 생겼다 싶으면 즉시 움직인다.

무인은 빈틈을 찾았다.

당우와 어해연은 다루로 들어가서 시비를 벌이고 있다. 신산조랑은 눈에 띄지도 않는다.

자신이 발견하지 못한 것은 아닐까?

천만에! 그는 무공이 높다. 자신의 무공에 대해서 자부심을 가지고 있다. 자신이 뒤를 밟을지언정 누군가에게 감시받고 있다는 생각은 추호도 못할 게다. 또 누가 뒤를 밟으면 그걸 모르겠는가? 당장 알아차린다.

그는 금화루 무인에게 약간의 충고를 했다.

반혼귀성의 귀신이 오늘 밤에 금화루를 덮칠 것이라고. 그들은 은자의 밀법을 사용하며 기척을 흘리지 않는다고. 감각에 의존하지 말고 오로지 직접 눈으로 식별할 생각을 하라고.

그 밖에도 여러 가지 방편을 알려줬으리라.

그가 만약 검련 본가의 무인이 아니라면 금화루의 위기를 못 본 척할 것이다.

정도 무인들도 자파와 연관되지 않으면 비정, 냉혹, 잔인하다.

만약 그랬다면, 금화루의 위기를 못 본 척했다면 그는 어느 문파의 누구일까?

천검가일 수 있다. 귀영단애, 적성비가, 풍천소옥일 수도 있다.

자신들과 연관된 모든 사람들을 떠올린다. 모든 문파들을 폭넓게 생각한다.

누군가는 자신들의 존재를 파악했고, 뒤따른다.

이것이 당우가 알고자 했던 것이다.

"검련 본가라면 오히려 속 시원하지?"

"그렇죠. 아니었으면 전전긍긍했을 거예요."

"엄노, 엄노는 저자가 누구일 것 같아?"

"글쎄요? 무림에 나와본 지 오래되어서."

신산조랑이 머리를 긁적였다.

당우는 무림을 알지 못한다. 두 여인은 무림과 떨어져서 산 게 이십 년이다.

이십여 년 전에도 활약했던 무인이라면 몰라도 그 이후에 두각을 나타낸 무인은 모르는 게 당연하다.

"누군지 알아볼 거야?"

"알아봐야죠."

"어떻게?"

"후후! 우리가 상대를 알아보는 방법이야 딱 한 가지뿐이잖아요?"

제압! 그리고 추궁!

"이번에는 느낌이 안 좋아. 그냥 가자."

어해연의 얼굴에 그늘이 졌다.

신산조랑의 판단은 틀리지 않다. 세 사람을 상대하는 데 삼

초라고 말했으니 그 말이 맞다.

상대가 안 되는 거목이다.

그런 자를 어떤 식으로 상대한단 말인가. 자신들의 움직임을 속속들이 살핀 자인데, 무슨 수로 제압한단 말인가.

"반혼귀성의 전통이 무너지면 안 됩니다. 아까 제가 소리쳤잖아요. 오늘 저녁에 조심하라고. 그렇게까지 말했는데 물러선다면 말이 안 되죠. 안 그래, 엄노?"

신산조랑이 희미하게 웃었다.

"이 여우!"

어해연이 짐짓 성난 표정을 지었다.

그녀는 당우가 물러설 때까지 소리 지르는 이유를 알지 못했다. 어린아이들이나 할 법한 공갈 협박을 하는 이유도 몰랐다.

당우는 반혼귀성의 공격을 예견한 게다.

그렇게 해놓고 아무 일도 없다면 당장 내일부터 수많은 시비에 휘말려야 한다.

반혼귀성의 전통은 인불범아(人不犯我), 아불범인(我不犯人)이다. 네가 나를 건드리지 않으면 나도 너를 건드리지 않는다는 것이다. 내가 너를 건드려도 너는 나를 건드려서는 안 된다는 거다.

그런 터무니없는 말이 어디 있나! 넌 건드려도 좋은데, 난 건드리면 안 된다? 그런 말을 누가 수긍한다고 떠들고 다니는 겐가.

반혼귀성이 지금까지 해온 일이 그것이다.

정도의 상식이 통하지 않는 행동이기에 마인이라 칭한다.

그렇다. 반혼귀성은 굳이 정도를 지향하지 않는다. 사마외도라는 말도 기꺼이 감수한다.

어떠한 경우에도 건드리지 마라. 신경을 돋우지 마라.

이런 전통을 이어가려면 단 한 번의 예외도 인정해서는 안 된다. 인정하는 순간부터 전통이 깨진다.

당우가 웃었다.

"걱정 마세요. 제가 누굽니까? 구령마혼 이거… 엄노, 엄노 별호 중에 신산이라는 말, 떼어줄 생각 없어?"

"없습니다. 아직은 저도 신산인 걸요."

"끄응! 그럼 앞으로 이십 년은 신산이라는 말을 못 쓰는 거야?"

"이십 년?"

어해연이 이해하지 못하고 되물었다.

"아, 엄노의 나이가 지금 환갑이 넘었으니까 이십 년 후에는 죽을 것 아닙니까. 설마 그때까지 살아 있으려고요. 그러니 신산이라는 말을 쓰려면……."

따악!

당우의 머리에 달콤한 손가락이 퉁겼다.

2

어해연은 상당히 뛰어난 여자다.

만정 마인들을 우습게 보면 큰코다친다. 그들은 그야말로 닳고닳은 너구리들이다. 약간만 방심하면 그대로 치고 들어올 승냥이들이기도 하다.

홍염쌍화는 이십 년이라는 세월 동안 그들을 통제했다.

필요한 일이 아니면 불간섭한다는 전제가 깔려 있기도 했지만 마인들이 범접할 생각을 못하게 만들었다.

그것이 단순히 강한 무공 때문일까? 푸른 야광주 때문일까?

그녀들이 가진 게 그것뿐이라면 이십여 년의 세월을 견디지 못했다. 진작 먹잇감이 되었을 게다.

그녀들은 만정을 통제할 정도로 뛰어난 면이 있다.

그럼에도 세상 밖에 나와서는 자신들이 가진 능력을 제대로 쓰지 못하고 있다.

성주라는 직책만 해도 그렇다.

만정에 있을 때는 굳이 누가 말해주지 않아도 되었다. 성주라는 직책을 맡기면 그녀 스스로 알아서 움직였다. 성주답게 수하들을 통솔하고 이끌었다.

지금은 그런 면을 일절 보이지 못하고 있다.

이십 년 만에 나온 세상은 너무나 많이 변했다. 밝은 세상에 적응하는 것도 쉽지 않다. 아직도 낮보다는 밤이 더 편안하고 정겹다. 밝은 불빛보다는 희미한 구석이 좋다.

서서히 적응을 하고 있지만 완전히 적응하기까지는 시간이 좀 걸릴 게다.

그래서 말하지 않은 게 있다.

낮에 발견한 무인이 중간에서부터 따라온 것이 아니라 만정에서부터 따라오지 않았을까 하는 염려다.

자신들은 검련 본가의 눈을 죽였다. 천검가의 눈도 죽였다. 자신들을 지켜보는 눈은 모두 죽였다. 하지만 죽이지 못한 자가 있다. 자신들보다 월등히 뛰어나서 뒷짐 지고 지켜보는 자는 죽이지 못했다. 발견하지도 못했는데 어떻게 죽이랴.

그자가 만일 만정에서부터 지켜보고 뒤따라온 것이라면, 그리고 지금도 지켜보기만 한다면…….

그렇다면 그는 자신들과 상관이 없다. 그는 만정 무인들과 연관이 있다. 마인들의 혈도를 뭉개 버린 채 백 장 땅 밑에 처박은 이유, 제대로 된 식사를 주지 않고 식인, 그것도 산 사람을 그대로 들여보낸 잔인무도한 행위와 연관이 있다.

그는 자신들이 만정에서 빠져나온 사실을 안다. 그런데도 지켜보기만 한다.

중도에서 많은 사람을 죽였다. 그중에는 검련 본가의 삼십홀도 있다. 서른 명 중 열 명을 죽였다. 구십구혈접은 검련 본가와 상관없으니 신경을 끊는다고 해도, 삼십홀의 죽음은 간여했어야 한다. 그가 검련 본가의 무인이라면.

그는 지켜본다.

삼십홀이 당우의 발톱에 걸려들었기 때문이다. 충고를 해주면 안 되는 상황이었기 때문이다. 만정에서 전서구를 날리던 본가 무인이 죽었을 때와 같은 경우다.

마각(馬脚)

그런 경우가 아니라면 지금처럼 간여한다.

사실이 그렇다면 이건 정말 큰 사건이다.

만정에 대한 모든 열쇠는 그자가 쥐고 있는 셈이다. 그러니 무슨 일이 있어도 생포해야 한다. 어해연은 상대하는 것을 염려하지만 당우는 생포하는 일을 고민한다.

이런 사실을 어떻게 어해연에게 말하랴. 말하면 아마도 미쳤다고 할 게다.

그걸 알아보기 위해서 금화루를 친다.

지금까지 보여주었던 손속보다 더 치열하고 잔인한 수법을 사용한다. 비명 소리가 대강에 가득 넘치도록, 뱃놀이를 하던 기녀들이며 취객들이 모두 보고 들을 수 있도록 처리한다.

그래도 그는 나타나지 않을 것이다.

만정에서부터 뒤따라온 놈이라면, 식인 습관에 길들여진 만정 마인과 연관있는 놈이라면 금화루의 모든 무인이 난자당해도 결코 나타나지 않으리라.

당우는 한마디만 했다.

"엄노, 무인은 한 명도 빠져나오지 못하게 입구를 틀어막아. 독은 충분하지?"

금화루는 불야성(不夜城)을 이뤘다.

오늘만 그런 것이 아니다. 원래 대강 주변은 낮보다도 밤이 더 화려하다. 오색 등불을 총총히 단 배가 강심에 유유히 떠 있고, 아름다운 탄주가 유흥을 북돋운다.

낄낄거리며 웃는 소리, 아양 떠는 소리, 인간이 낼 수 있는 모든 소리가 한꺼번에 피어나는 듯하다.

금화루 삼층 누각은 일 장 거리마다 횃불이 밝혀져 있다. 그래서 누각 전체가 불덩어리로 보인다. 오죽하면 '낮보다 밤에 더 밝은 금화루'라는 말이 나왔겠는가.

한데 조용하다.

횃불은 있는 대로 밝혀놨는데 그 흔한 칠현금(七絃琴) 소리조차 울리지 않는다.

"손님을 받지 않았네."

"우리가 올 줄 알고 있는 거죠. 그런데 공격을 하지 않는다면 얼마나 맥 빠지겠어요."

"불이 너무 밝아."

"연무혼기가 있으니까 어느 정도는……."

"연무혼기를 너무 믿지 마. 초령신술을 수련한 자에게는 깨진다는 거 알지?"

"알죠."

"무림에는 초령신술을 능가하는 무공이 숱하게 널려 있어."

"널려 있다……. 그런데 왜 나는 하나도 줍지 못했을까?"

"까분다."

"곧바로 들어가실 거죠?"

"십 장까지만. 우리 거리가 십 장 이상 벌어지면 내가 앞서 나간 이유가 없어져."

"미안해요. 번번이."

"그런 말 하기 싫으면 그놈의 종자인지 껍질인지 그거나 깰 생각해. 그건 그 좋은 구령마혼으로도 안 되는 거야?"

"지금은 이 싸움에 집중."

"나 먼저 간다!"

쒜엑!

어해연이 곧바로 신형을 쏘아냈다.

"적이다!"

"나타났다! 이놈의 귀신 새끼들!"

사방에서 무인들이 우르르 쏟아져 나왔다.

'역시……'

당우는 고개를 끄덕였다.

일반적으로 어해연이 공격해 들어가면 반혼귀성이 전면전을 걸어온 것으로 착각한다. 그래서 숨어 있던 자들이 한 명 남김없이 모두 튀어나온다.

이번에는 그렇지 않다. 멀리 있는 자들은 쏟아져 나왔는데 문 곁에 있는 자들은 여전히 숨어 있다.

차앙! 차아앙!

어해연과 뛰쳐나온 자들 간에 싸움이 붙었다.

검광이 휘날린다. 살벌한 예기가 서로를 휘어 감는다.

그래도 숨어 있는 자들은 움직이지 않는다. 뒤에서 벌어지는 싸움은 일절 무시한 채 전면만 노려보고 있다.

확실히 조언을 들은 모습이다.

'그래도 변하는 건 없어.'

당우는 도미나찰을 떠올렸다.

도미나찰은 신공이 아니다. 심공(心功)이다. 진기의 무공이 아니라 깨달음의 무학이다. 그가 알고 있는 모든 무공이 진기를 필요로 하지만 몇몇 개만은 깨달음으로 운용할 수 있다. 그가 전체 되는 법을 알고 있기 때문이다.

파앗!

바람도, 땅도, 풀도 모든 생명체의 기운이 느껴진다.

그 속에 무인들의 호흡이 거칠게 피어난다. 숨어 있는 모습뿐만이 아니라 눈길을 어디로 두고 있는지도 느껴진다.

스으읏!

주변의 모든 기운을 전신으로 느끼면서 움직인다. 빨리 움직일 필요는 없다. 생명의 기운을 최대한으로 읽어들이는 게 중요하지 속도는 중요치 않다.

이것은 미행자가 조언한 무기지신과는 사뭇 다른 모습일 게다.

무기지신을 쓰는 자는 연무혼기부터 일으킨다. 왜냐하면 진기를 일으킬 수 없기 때문이다. 그래서 연무혼기만 잘 피하면 놈을 잡을 가능성이 매우 높다.

이것이 미행자가 일러준 조언일 테지만 그는 모습을 당당히 드러낸 채 정면에서 들이친다.

스읏! 스으읏!

그의 모습은 마치 초상비(草上飛)를 쓰는 듯 유연하다. 그러면서 진기를 엿볼 수 없다. 걸어오는 모습만 보면 절대고수가 무방비 상태로 유유히 다가오는 것처럼 비친다.

꿈틀!

숨어 있던 자들이 잠시 흔들렸다.

일어설까? 기다릴까?

당우의 모습은 분명히 무인이 일러준 것과 다르다. 진기조차 일으키지 못한다고 했다. 그런 자가 싸움판을 향해서 이토록 당당하게 걸어올 리 만무하다.

사내들이 인내를 갖고 눌러앉았다. 그 순간,

쉬익!

사내들의 뒤로 돌아간 당우는 재빨리 금잠사 채찍을 꺼내 휘둘렀다. 편마를 칠마의 일인으로 우뚝 세워준 녹엽만주를 사내들의 등짝에 후려갈겼다.

쉐에엑! 쫘아아악!

"웃!"

"엇!"

숨어 있던 자들이 불 만난 메뚜기처럼 뛰어올랐다. 하지만 미처 피하지 못하고 얻어맞은 자도 있다.

"커억!"

무인 한 명이 목을 움켜쉬더니 풀썩 쓰러졌다.

헝겊 채찍이 기이한 방향에서 꺾어져 들어오더니 사내의 목을 휘감았다. 그리고 순간적으로 낚아챘다. 마치 양손으로 머리를 움켜쥐고 혹 돌려 버리듯이 목뼈를 단숨에 분질러 버렸다.

"노… 옴?"

황급히 뛰쳐나간 사내들이 공격자를 향해 뒤돌아섰다.

한데 없다? 방금 전까지 채찍을 휘두른 놈이 감쪽같이 사라졌다?

"귀신!"

"그놈이다!"

숨어 있던 무인들은 그제야 당우가 누구인지 알아챘다. 본련 무인이 일러준 바로 그놈이다.

"이놈 어디 있…… 엇! 컥!"

당우를 찾던 사내가 갑자기 목을 움켜쥐더니 비틀거렸다.

"엇! 컥!"

다른 자도 깜짝 놀라 돌아섰지만 목을 움켜잡아야만 했다.

그런 꼴은 분분히 뛰쳐나간 무인 모두가 경험해야만 했다.

목구멍 깊은 곳에서 갑자기 뜨거운 불길이 치밀어 올라 뇌리를 강타하는 아픔!

"꺼어어억!"

사내들은 숨을 쉬지 못하고 털썩 주저앉더니 피까지 토하면서 쓰러졌다.

"밖으로 뛰쳐나온 놈은 내 몫이야."

어둠 속에서 키 작고 말라빠진 노파가 실실 웃으면서 걸어나왔다.

"아악!"

"크아악!"

처절한 비명 소리가 밤하늘을 찢었다.

유시(酉時) 경부터 쏟아지기 시작한 비명이 해시(亥時)가 되도록 그치지 않았다.

세상의 온갖 소리를 모두 모아놓은 듯한 대강이 쥐 죽은 듯 침묵을 지켰다.

취객은 숨소리조차 내지 않았다. 기녀는 탄금하지 않았다. 술잔을 덜그럭거리지도 않았다. 조금이라도 소리를 내면 금화루를 피로 물들이고 있는 악귀들이 달려들 것 같았다.

"지, 지독한 놈들!"

누군가 중얼거렸다. 그러자 옆에 있던 자가 즉시 입을 틀어막았다.

"쉿! 죽으려면 자네나 죽어. 저놈들 몰라? 인불범아, 아불범인. 누구든 건드리면 죽는다고!"

그 말은 공갈이 아니었다.

금화루의 무인은 단지 출입을 저지했을 뿐이다.

예약하지 않은 자는 금화루에 오를 수 없다는 건 황주 사람이라면 모두가 아는 사실이다. 아무도 그 부분에 대해서 시비를 거는 사람이 없다.

그런데 웬 비렁뱅이 같은 자가 다짜고짜 들어가겠다고 소란을 피우더니 오늘 밤 조심하란다.

그리고 이 난리다. 사람들의 비명이 끊이지 않는다.

도대체 금화루에서 무슨 일이 벌어지고 있는 것인가. 어떤 귀신이 사람을 어떻게 죽이기에 저런 비명이 터지는가.
 반혼귀성! 인간 말종들!
 그들을 욕할 말이 없다. 자신들 스스로 지옥에서 뛰쳐나온 귀신들이라고 칭하는 판에 무슨 말을 더 하랴.
 "검련이 가만 안 있을 거야."
 "그걸 말이라고! 저 지경이 되었는데도 가만히 있는다면 검련이 아니지. 안 그래?"
 사람들도 금화루가 검련 본가와 불가분의 관계에 있다는 사실을 안다. 정확하게 알지는 못해도 막연히 추측은 한다.
 많은 사람이 들고일어날 게다.
 반혼귀성! 그래, 마음대로 설쳐라! 오늘만 지나면 내일부터는 네놈들이 지옥을 맛볼 차례다.
 대강에 둥둥 떠서 비명 소리를 듣는 사람들은 자신들이 지옥에 빠진 기분이었다.
 금화루는 왜 이렇게 밝은가!
 보보마다 깔린 횃불들이 금화루를 활활 불태우는 것 같았다. 다른 때는 느끼지 못했는데 오늘 보니 금화루가 불길에 휩싸였다는 느낌이 든다.
 아아아악!
 처절한 비명이 길게 이어졌다.
 두웅! 두웅! 두웅……!
 저 멀리서 자시(子時)를 알리는 북소리가 들려왔다.
 그리고 정적!

비명이 뚝 끊긴 금화루는 활활 불타는 지옥의 모습으로 대강을 밝게 비췄다.

"당우! 뭔지 말해!"
어해연이 딱딱하게 굳은 얼굴로 물어왔다.
그녀의 의복은 이미 옷이 아니다. 피로 얼룩졌다는 표현은 약하다. 핏물에 흠뻑 젖었다.
그녀는 당우의 부탁대로 잔혹한 죽음을 펼쳤다. 단번에 숨을 끊지 않고 최대한 죽음을 길게 유지시켰다. 목을 베어버리거나 심장을 찌르면 즉사할 것을 옆구리에서부터 치고 들어가서 반대쪽 어깨 위로 빼냈다.
그녀가 죽인 자들은 모두 그런 식으로 죽었다.
그들도 절대 약한 자들이 아니다. 금화루라는 명성에 맞게 검을 제대로 쓸 줄 아는 자들을 모아놓았다.
그래도 귀영단애의 은자를 상대할 수는 없다.
근본적으로 금화루는 무공으로 지키지 않는다. 그들이 존재하는 것은 취객을 상대하기 위함이고, 무인들은 검련 본가라는 위명으로 상대한다.
그렇기 때문에 조절정 무인들을 배치할 필요가 없었던 게다. 또 검련 본가의 무인이 기루에 거주하는 것도 꼴사납기 때문에 일부러 배제한 면도 있다.
그들을 잔인하게 죽이기는 쉬웠다.
한데 자신이 죽인 것보다 더 잔인한 손속이 당우의 손에서 튀어나왔다.

헝겊 채찍이 다리를 휘어 감는다. 한쪽 다리, 그리고 다른 쪽 다리, 두 다리를 휘감을 때쯤 정강이뼈는 이미 부러진 상태다. 두 다리가 완전히 감겨진 후에는 무릎 뼈를 부러뜨린다. 그 상태 그대로 목을 휘감아 목뼈를 분지르고 허리뼈까지 꺾어버린다.

당우의 전신은 마치 문어처럼 휘어진다. 무인들의 검을 찰나의 틈으로 비켜내면서 잔혹한 채찍을 쓴다.

진기도 일으키지 못하면서 어떻게 정면승부를 걸었을까?

도미나찰!

생명의 기운을 읽으면 죽음의 기운도 감지한다. 생명의 기운이 죽음의 기운으로 바뀌는 순간을 알아차린다. 상대가 쳐오기 전에 살기가 일어날 것을, 검이 쳐오는 것을 감지한다.

미리 알기 때문에 미리 피한다. 그러면 때맞춰 공격이 시작된다.

검은 상대가 훨씬 빠르지만 먼저 움직였기에 간발의 차이로 비켜낼 수 있었던 게다.

그런 점은 아무래도 상관없다.

잔인하게 죽이자고 했지만 이토록 잔인할 줄은 몰랐다. 아무 은원도 없는 사람들이다. 단지 반혼귀성의 전통을 이어가야 한다는 측면에서 죽인 것치고는 너무나 잔인하다.

뭔가가 있다는 것을 그때야 알았다.

"뭔지 말 안 할 거야!"

어해연의 표정이 싸늘하게 굳었다.
"저…… 마님, 괜찮으시다면 노신과 몇 마디 나누시지요."
신산조랑이 생각에 잠긴 당우 대신 어해연의 옷소매를 잡아 끌었다.
"뭐야? 엄노도 알고 있었어?"
"싸움이 시작된 후에야 깨달았습죠, 이번 싸움의 의미를."
신산조랑, 그녀도 당우의 고민을 짐작하고 있었다. 그렇기에 망설임없이 독분을 흩뿌렸던 것이다.
사실 이들보다는 구십구혈접이 훨씬 잔혹하다. 정작 죽일 사람은 구십구혈접이다.
그녀는 그들을 죽이면서도 죄책감을 느꼈다. 괜한 사람을 죽인다는 마음이 들어서 견딜 수 없었다. 더군다나 난생처음 사람을 죽였지 않나.
이들을 죽일 때는 그런 마음이 없다. 다른 것은 차치하고 자신이 발견한 무인이 만정 마인과 관계가 있다는 것을 짐작하자 흥분이 치솟았다.
그녀는 어해연을 데리고 전각 난간에 앉아 자그마한 소리로 속삭이기 시작했다.
"마님, 오늘 낮에 발견한 무인 있잖습니까? 사실 그자는……"

'나타나지 않았어!'
당우의 얼굴이 차게 굳어졌다.

금화루를 인정사정 보지 않고 짓뭉갰다. 사람만 죽인 게 아니다. 영혼까지 죽였다.
　사람을 죽이면 시신만 치우면 된다. 영혼까지 죽이면 시신을 치워도 사람이 살지 못하는 땅이 된다. 시귀(屍鬼)가 땅속에 스며들어서 음산한 기운을 뿜어내기 때문이다.
　금화루는 죽음의 땅이 되었다. 그런데도 놈은 나타나지 않았다. 코빼기도 비치지 않았다.
　금화루가 검련 본가의 돈줄인 이상 검련 본가는 어떤 식으로든 응징을 가해야 한다.
　이르면 당장 내일 추격조가 편성될 게다.
　검련 본가에서 반혼귀성을 뿌리 뽑기 위해 직접 무인을 파견하는 것이다.
　상황이 이런데도 무인은 나타나지 않았다.
　그가 나타나면 단번에 전세가 역전될 텐데, 금화루 무인은 죽지 않고 반혼귀성 잡귀들은 일 초 만에 나가떨어질 텐데 여전히 숨어서 구경만 했다.
　놈은 금화루의 몰락을 바라지 않았다.
　금화루가 검련 본가에 미치는 영향이 크다는 뜻이다.
　낮에는 위험을 무릅쓰고 직접 나타나서 조언을 해주기까지 했다. 물론 지켜보는 사람이 아무도 없다는 확신을 가졌다. 그래서 그런 행동도 한 게다.
　그런데 막상 몰락하는 지경에 이르자 구하러 오지 않았다. 몰락하도록 내버려 두었다. 처참한 비명이 밤하늘을 찢어놓고 있는데, 지켜보는 모든 사람들이 분노로 치를 떠는데 검련 본가와 관계가 있는 자는 나오지 않는다.

검련 본가는 괜히 사람을 통째로 집어넣은 게 아니다.

'뭔가 노리는 게 있어!'

그게 뭘까?

지금은 그 결과를 보고 있는 게 아닐까?

그렇다면 아주 잘못되었다.

반혼귀성 사람들 중에 식인을 한 사람은 없다. 온몸이 말라 비틀어지는 고통을 감수하면서 벌레와 이끼만 먹고 견뎠다. 신산조랑 같은 경우에는 무려 이십 년을 그렇게 살았다.

식인의 결과를 보고자 했다면 아주 큰 실망을 하게 될 게다.

하지만 역시 그렇다. 식인을 시킴으로써 얻고자 하는 게 있다. 그것이 무엇인지 모르지만, 지금은 결과를 탐색하고 있다.

아무리 생각해도 그렇게밖에 생각이 되지 않는다.

"저놈을 잡아야겠어."

당우가 중얼거렸다.

"미쳤어!"

신산조랑에게 설명을 들은 어해연이 발갛게 달아오른 얼굴로 소리쳤다.

사람을 죽이면서도 흥분하지 않았는데, 낯선 무인에 대한 설명을 들으면서도 열기가 뻗쳤다.

그녀도 분노하고 있는 것이다.

신산조랑은 아마도 자신이 생각한 부분까지 설명을 한 것 같다. 사내가 식인 결과를 보고자 한다는 것까지.

"우린 저놈 일초지적도 안 돼!"

당우가 어해연의 입에 손가락을 댔다.

"쉿! 저 믿죠?"

어해연은 고개를 끄덕였다.

"후후! 믿으세요. 믿어도 돼요."

당우는 확신에 찬 음성으로 말했다.

第六十七章
맥생(陌生)

1

 신산조랑이 찾았다면 그도 찾을 수 있다. 사실 이런 부분에서는 그가 신산조랑보다 낫다.
 일단 몸에 깃든 모든 기운을 빼낸다.
 자연과 동화된다. 하나가 된다. 일부러 하나가 되려고 하지도 말고, 거부하지도 말고, 느끼지도 않는다. 그냥 그렇게 언제부터인가 놓여 있던 돌처럼 그저 그렇게 있는다.
 일순 세상이 사라진다.
 눈의 기능은 보는 것이다. 눈을 뜨기만 하면 무엇이든 보인다. 그렇게 본 것은 머릿속에 잔상을 남기고, 잔상은 눈을 감아도 여전히 세상이 존재하는 것처럼 여기게 만든다.
 그런 잔상마저도 완전히 지운다.

자연과 하나가, 전체가 된 것이다.

자, 그럼 다시 현실로 돌아오자. 감각을 일깨우자. 전체의 상태는 유지하면서 특정한 목표에 집중한다. 도미나찰로 움직임을, 흐름을 감지한다.

신산조랑이 청각에 의지한 것보다 한결 깊은 경지다.

스으읏! 스으읏!

움직임들이 보인다. 아니, 느껴진다. 어떤 것은 부드럽게 움직이고, 어떤 것은 강렬하게 움직인다.

조금 멀리 떨어진 곳에서 강렬한 기운이 발산된다.

주변의 어떤 것들도 그것만큼 강렬한 기운을 내뿜지 못한다.

'이렇게 가까이…… 있었단 말인가!'

당우는 그의 무공을 새롭게 평가했다.

지척에 있을 줄은 알았는데 아주 가까운 곳에 있다. 사내 걸음으로 이십여 보쯤 걸으면 닿을 것 같다. 아주 가까운 거리다. 그런데도 찾을 수가 없다.

그는 늘 이런 식으로 추적해 왔을 것이다.

아주 가까운 곳에서 먹고, 자고, 싸우는 모습들을 관찰했다.

반혼귀성, 말이 좋아서 귀신이지 어디 귀신이라고 할 수가 있나. 정작 귀신은 그가 아닌가.

신산조랑이 일초지적 운운할 때도 믿지 않았는데 이제는 믿어야 할 것 같다.

자신이 직접 느껴본 결과, 그는 단연 최강이다.

계획을 전면 수정한다.

저런 자를 쉽게 잡을 수 있다고 생각한 건 아주 큰 오산이다.

당우는 구령마혼을 펼쳤다. 그리고 자신이 알고 있는 모든 무공을 뒤지기 시작했다.

"진기도 없으면서……."

어해연이 중얼거렸다.

당우가 펼치고 있는 공부들은 단순히 깨달음만으로는 전개할 수 없는 진기(珍技)다. 반드시 진기의 도움을 받아야만 어느 정도 흉내라도 낼 수 있는 공부다.

그런데 당우는 분명히 진기를 쓸 수 없음에도 불구하고 자연스럽게 펼친다.

이런 일이 가능한가? 절대 가능하지 않다.

진기가 필요한가, 필요하지 않은가. 답은 하나다. 필요하다고 하면 필요한 게다. 진기 없이는 절대로 운용하지 못한다는 뜻이다. 그렇지 않다면 필요하지 않다고 답해야 한다.

당우는 어디선가 진기를 끌어내고 있다.

무인들이 생각하는 진기는 아닐지라도 그와 흡사한 어떤 힘이 뒷받침되고 있다.

신산조랑이 고구마를 구우면서 말했다.

"희한하죠? 조마와 편마의 진전을 이었는데 정작 그들의 무공은 전혀 쓰지 못하니. 오늘 편을 쓰는 건 봤습니다만 순수한 녹엽만주가 아니더군요."

"낚아챌 때까지는 녹엽만주이지만 그 후에는 전혀 다른 거야."

"아시는 절기입니까?"

"편을 밧줄로 사용했어."

"밧줄로……?"

"훗! 신산조랑도 모르는 게 있나 보군."

"아는 것보다 모르는 게 더 많죠."

"적성비가에 칠십이 매듭의 포승법이 있어."

"특별한 포승법이 있다는 건 알고 있습죠. 그게 일흔두 매듭이나 되나요?"

"신산조랑."

"네, 듣고 있습죠."

"정말 가족의 복수가 목적이야?"

"무슨 말씀이신지?"

"검련 본가가 목적이냐고?"

"그거야 이미 진작 말씀드렸잖습니까. 이 죄인…… 아무것도 하지 않고는 저승에 가지 못합니다. 그놈들 얼굴을 어찌 보라고요. 복수를 못할 바에는 나도 차라리 자식 놈들처럼 그놈들 손에 죽는 게 낫죠. 그래야 자식 놈 앞에서 면이라도 설 게 아닙니까."

"그 말이 진심이면 적극 도와주겠어. 하지만 다른 뜻이 있다면……."

"다른 뜻 같은 건 없습죠. 자, 다 익었습니다."

신산조랑이 노릇하게 구워진 고구마를 건네왔다.

밀면 물러나고 당기면 다가온다.

사내는 늘 일정한 거리를 유지한다. 당우가 한 걸음이라도 다가서면 그만큼 물러선다.

당우 일행은 그를 상대할 수 없다.

신산조랑이 말했듯이 세 명이 합공을 펼쳐도 일초지적밖에 안 된다. 검련 본가에서도 비중이 꽤 높은, 상당한 위치에 있는 진짜 검사라는 뜻이다.

그런 그가 스스로 충돌을 피한다.

'흠!'

당우는 미소를 지었다.

포포점지(蒲包粘地)라는 행법(行法)이 있다.

여기서 행법이라고 말한 것은 신법이나 보법으로 분류될 정도로 고명하지 못하기 때문이다.

포포점지는 배를 땅에 바짝 붙이고 포포(蒲包:굼벵이)처럼 느리게 기어가기만 하면 된다.

사람이라면 누구나 할 수 있는 간단한 동작이다.

그러면 왜 이런 것에 포포점지라는 이름까지 붙였는가. 왜 공들여서 수련하는가?

포포점지를 행하다 보면 뜻하지 않은 변수에 부딪친다. 열이면 열, 백이면 백 틀림없이 크고 작은 난관에 봉착한다.

너무 느려도 안 되고, 빨라도 안 되며, 소리가 나서도 안 되고, 몸을 일으켜서도 안 된다.

완벽한 포포점지를 만들어내려면 고단한 수련을 거쳐야 한다.

백마비전 중 스물일곱 번째의 마경(魔經)은 살법(殺法)을 모아놓은 것이다.

백참도살(百斬屠殺)!

백참도살의 골자는 포포점지로 귀결된다.

잡다한 것을 다 버리고 포포점지만 완벽히 익혀라. 세상에 죽이지 못할 자가 없을 것이다.

생각을 정하자 즉시 행동에 옮겼다.

"그만 잡시다."

당우는 군고구마를 굽기 위해 피워놓은 모닥불을 꺼버렸다.

"잠이 와?"

초저녁부터 자정까지 금화루를 쑥대밭으로 만든 끝이다. 또 새벽이 다가오고 있다. 잠자기는 틀렸다고 생각하고 아침 대용으로 고구마까지 구워 먹지 않았나.

"할 일도 없고…… 태양이 중천에 뜰 때까지 푹 잡시다."

당우는 벌렁 드러누웠다.

스윽!

몸이 움직인다. 머리끝에서부터 발끝까지 긴장을 풀지 않은 채 스륵 움직였다.

그 시간, 신산조랑은 두 다리를 가슴 앞에 모으고 무릎 사이에 얼굴을 파묻었다.

가면(假眠)을 취하는 중이다.

당우가 잠을 자자고 했다. 하지만 숙면을 취하기에는 너무 늦어버렸다. 부지런한 사람 같으면 벌써 일어나서 논에 나갈 시간이다. 그런 시간에 깊은 잠을 청하기는 좀 어색하다.

"후웁! 후! 후웁! 후!"

그녀가 숨을 쉴 때마다 어깨가 들썩인다.

가면을 취한다고 했지만 피로가 심했는지 어느새 깊은 잠에 빠져 버렸다.

어해연은 이것저것 가리지 않고 누워버렸다.

당우도 눕고, 그녀도 눕고, 누워서 깊은 꿈나라로 들어갔다.

스윽!

당우가 또 움직였다. 아니, '또' 라는 말은 무의미하다. 그는 끊임없이 움직이고 있다. 다만 움직임이 너무 미미하기에 눈에 보이지 않을 뿐이다.

신산조랑은 잠을 자지 않는다. 그녀는 청력을 최고조로 끌어올려 당우의 기척을 잡아내려고 애쓰는 중이다.

당우는 무기지신이다.

애당초 눈으로 보지 않으면 종적을 찾아낼 수 없다. 지금도 그렇다. 눈을 감고 잠자는 척하고 있지만 세상 모든 것이 환히 보인다. 하지만 당우는 보이지 않는다.

그래도 그를 볼 수 있는 방법이 있다.

그는 땅을 밟는다. 밟고 있는 발은 볼 수 없지만 밟히는 땅은 볼 수 있다.

그가 움직인다. 풀도 건드리고, 바위도 건드리고, 옷자락도 부스럭거린다. 당우는 보지 못해도 주변에서 일어나는 반응으로 그의 위치를 짐작할 수 있다.

'찾지 못하겠어.'

그렇다면 다행이다. 그녀가 찾지 못해도 미행자는 찾을 수 있다. 하물며 그녀가 찾을 정도라면 미행자는 십 중 십 찾아낸다.

사라라라락!

풀잎이 바람에 스친다.

당우는 어디 있는가? 그가 움직이고 있고, 건드리는 것이 있을 것이다. 한데 왜 아무 소리도, 느낌도 울리지 않는 것인가.

신산조랑은 온 신경을 당우에게 쏟았다.

어해연도 잠들지 않았다. 잠들지 못했다.

그녀는 당우를 가로막았다.

미행자 쪽에서 보면 어해연의 등이 보이고, 그 안쪽으로 당우의 시커먼 모습이 보인다.

탈각(脫殼)!

당우는 껍질을 벗었다.

옷을 벗고, 신발을 벗고, 몸에 지닌 모든 것을 벗었다. 아무도 눈치채지 못하게 슬그머니 벗었다.

그는 알몸이다.

그래서 어해연은 눈을 뜨지 못한다. 그녀에게 비하면 당우는 사내로 볼 수 없을 정도로 어린 사내다. 하지만 이미 건장한 청년이 되어버렸지 않나.

눈은 당우의 나신(裸身)을 보게 될 게다. 그러면 잠시나마 호흡이 달라질 수 있다.

미행자는 그런 점도 놓치지 않을 것이다.

그저 눈을 감고 탈각된 옷만 지킨다. 알몸인 당우가 무사히 빠져나가기만을 고대한다.

'갔나?'

당우가 어디쯤 가고 있을까? 굼벵이가 기어가는 것처럼 느릴 거라고 했으니 어쩌면 일 장 앞에 있을지도 모르겠다. 설마? 그런 속도로 언제 빠져나가려고. 십여 장쯤 빠져나갔지 않을까? 그건 너무 빠른가?

어해연은 온갖 생각으로 머릿속이 가득 찼다.

스윽!

당우는 움직이고, 움직이고, 또 움직였다.

탈각된 옷을 남기고 풀숲 속으로 부드럽게 스며들었다.

신산조랑이 청각에 온 신경을 모으듯 그도 전신 감각을 활짝 열어놓았다.

하지만 그는 누구에게도 집중하지 않았다.

손에 닿는 땅, 등에 닿는 풀, 머리에 닿는 돌멩이, 자신의 육신만 살폈다.

스윽! 스윽! 스윽!

맥생(陌生)

굼벵이가 기어가는 모습은 누구나 한 번쯤 봤을 것이다.

너무 느려서 지켜보기가 지겹다. 하지만 잠시 눈을 다른 곳으로 돌렸다가 다시 찾아보면 어느새 저만큼 기어가고 있다.

당우가 그렇다. 한 시진에 일 장도 나아갈 수 없을 것 같은 굉장히 느린 움직임인데, 삼 장 밖으로 기어가고 있다.

그는 미행자에게 곧바로 다가서지 않았다.

일직선으로 다가가는 것은 위험천만하다. 대신 그에게는 비장의 무기가 있다. 무기지신이 있지 않은가. 어느 쪽으로 움직이든 미행자의 시야만 벗어나면 된다.

어둠이 밀려났다.

동녘에서 붉은 태양이 세상을 발갛게 물들이며 솟구친다.

하늘이 온통 새빨갛다. 붉은 불이 화악 피어난다.

'됐어!'

당우는 간신히 시간을 맞췄다.

태양이 뜬다고 하지만 아직은 어둠이 존재한다. 태양이 솟구쳐서 온 천지에 밝은 빛을 뿌리려면 아직도 일다경(一茶頃) 정도는 더 기다려야 한다.

일다경, 뜨거운 차 한 잔 마실 시간, 그야말로 금방 지나갈 짧은 시간이다.

그 시간이 되어서 당우는 포포점지를 풀고 몸을 일으켰다.

미행자의 시야에서 벗어나는 사각지대로 들어섰다.

사각지대라고는 하지만 은폐물이 많은 것은 아니다. 어린아이가 앉아 있는 정도의 아담한 바위들이 놓여 있을 뿐이다.

그 정도로도 충분하다.

물론 미행자가 이상한 기미를 눈치채면 당장 들킨다. 시선만 돌려도 그를 볼 수 있다.

움직이기가 망설여지는 순간이다.

당우는 움직였다. 자신에 대한 확고한 믿음이 없다면 구십구혈접과의 싸움도 치르지 못했을 게다.

만정에서 탈출했을 때, 모두가 입을 맞춘 듯한 음성으로 이야기했다.

절대로 밝은 대낮에는 싸우지 마라.

진기를 쓰지 못한다는 것은 치명적인 단점이니 어떠한 모욕이나 핍박을 당해도 꾹 눌러 참아야 한다.

그러나 그들은 그 말을 할 때 요즘 세상은 밤도 낮이라는 사실을 잊었다. 횃불과 등불이 있는 한 밤은 낮이나 다름없다. 큰 도읍일수록 더욱 그렇다.

일행의 충고를 따랐다면 그는 아무것도 못한 채 질질 뒤만 쫓고 있을 것이다.

그는 귀영단애의 신법인 신무신법(迅霧身法)을 펼쳤다.

사사사삿!

한 줄기 빠른 운무가 미끄러지듯 움직인다.

미행자가 보인다.

등 뒤로 돌아오는 데 성공했다. 드디어 느낌으로 확인했던 자와 실체로 만났다.

'기회는 한 번!'

두 번의 기회는 있을 수 없다. 첫 번째 공격에 실패하면 끝이다. 미행자가 일말의 경계심도 느끼지 않고 무방비 상태에 있을 때 급습해서 허를 찔러야 한다.

사사사사!

그는 망설임없이 쏘아갔다.

스륵!

헝겊 채찍이 유령처럼 풀려 나와 미행자의 두 발을 노렸다.

걸리기만 하면 끝이다. 금잠사가 발에 닿는 순간, 칠십이 포승법이 사내를 둘둘 말아 감을 것이다.

'어떤 자도 빠져나오지 못해!'

그런데!

"훗!"

미행자가 느닷없이 경각심을 떠올리더니 훌쩍 뛰어올랐다.

'들켰다!'

쒜에에엑!

채찍의 공세가 급변했다. 은밀함을 유지하면서 스르륵 미끄러지던 채찍이었다. 한데 손목 한 번 비틀자 허공을 향해 번갯불처럼 퉁겨져 올라갔다.

미행자는 허공에서 운룡번신(雲龍翻身), 멋지게 신형을 비틀더니 발끝으로 채찍을 걷어차 버렸다.

그 순간, 채찍은 또 한 번 변했다. 걷어차 오는 발을 향해 둥

근 올가미가 되어 덮쳐 갔다.

"사십사편혈이군. 웅? 후후! 운용만 사십사편혈, 기세는 전혀 새로운 것. 온갖 편법을 다 뒤섞어놨군."

사내는 여유있게 웃었다.

당우는 그제야 사내를 봤다.

키가 크고 근육이 돋보이는 사내다. 팔 근육이 웬만한 사람 허벅지만 하다.

호남형의 중년 사내다.

'졌어.'

당우는 편을 거뒀다.

기습에 실패했으면 더 해볼 게 없다. 편법을 무리하게 펼칠 수는 있다. 하지만 진기가 깃들지 않았기 때문에 큰 위력이 없다. 미행자의 눈에는 장난처럼 비칠 것이다.

"끝난 건가?"

사내가 싱겁다는 듯 웃으면서 말했다.

"한번 찔러봤는데 통하지 않으면 끝난 거지. 뭐, 더 기대한 거라도 있어?"

사내는 당우의 태연한 응대에 다소 놀랍다는 표정을 지었다. 그때,

쉬잇! 쐐엑!

격전이 벌어진 것을 확인한 두 사람이 쾌속하게 달려와 당우 옆에 내려섰다.

신산조랑이 손을 품에 넣은 채 사내를 노려봤다. 여차하면

독분을 살포하겠다는 위협이다.

어해연은 당우의 알몸을 겉옷으로 감싸주었다.

"옷 입어."

그녀의 포근한 말에는 어떤 위험에서도 너만은 지켜주겠다는 단호한 의지가 엿보였다.

"긴장할 것 없어요. 이자는 우릴 죽이지 못하니까."

당우는 사내를 쳐다보며 씩 웃었다. 그리고 태연히 옷을 입기 시작했다.

"대단하군. 기습이라니. 후후! 솔직히 이번에는 많이 놀랐다. 대단한 기습이었어."

사내가 감탄했다.

그의 이번 말은 대단히 중요하다. 자신이 미행자라는 사실을 시인한 것이다. 또한 반혼귀성의 정체에 대해서도 소상히 파악하고 있다는 뜻이다.

그는 세 사람의 무공에 대해서 잘 알고 있다. 그래서 기습을 받았을 때 헛바람을 토해낼 만큼 놀란 게다. 전혀 생각하지 못했던 뜻밖의 일이었으니까.

"어떻게 알았어? 난 성공하는 줄 알았는데. 거의 다 됐었거든."

당우가 옷을 다 입고 허리띠를 졸라맸다.

"성공할 뻔했다. 그건 인정한다."

"인정 같은 건 필요없고…… 어떻게 알았냐니까?"

"혓바닥이 반 토막이군."

"우리가 어떤 사이일 것 같은데? 친구? 후후후! 우린 언젠가 서로를 죽일 사이잖아. 나중에 우리 안 죽일 거야? 그렇다면 당장에라도 말을 올려줄게."

"역시… 만정에서 살아날 만하다."

짝! 짝!

사내는 손을 들어 박수까지 쳤다.

하나 사내의 눈은 웃지 않았다.

전신에서 거역하지 못할 기세가 뭉글뭉글 피어난다. 두 눈에서는 사나운 살기가 뿜어져 나온다. 여차하면 단칼에 베어 버리겠다는 심산이 똑똑히 읽힌다.

어지간한 사람 같았으면 지독한 살기에 몸을 떨었을 게다.

하나 세 사람은 만정에서 나온 귀신이다. 만정 마인들의 살기는 사내보다 훨씬 지독하다. 사내는 목적을 위해서 살기를 띠지만, 만정 마인들은 사람을 뜯어 먹으려고 살기를 띤다.

본질이 다르다.

사내가 말했다.

"언제부터 알았나?"

"어제."

"그랬군. 그래서 금화루를 건드린 거군. 너희의 행동 형태로 볼 때 금화루를 건드릴 이유가 전혀 없었거든. 후후! 나의 존재를 알아내기 위한 사전 공작이었다?"

"뭐야? 지금 우리에게 묻는 거야? 이거 대화를 나누자는 거지?"

"너희와 나눌 대화 같은 건 없다. 너희는 묻는 말에 대답만 하면 된다."

사내가 고압적인 자세를 취했다.

당우가 픽 웃으며 말했다.

"그런 헛소리는 그만하고…… 대화를 할 것 같으면 하고 말 것 같으면 가야겠어. 오늘은 꽤 피곤해."

당우가 길게 기지개를 켰다.

서로가 서로에게 묻고 싶은 게 많다.

사내가 알고 싶은 게 있을 터이지만 당우도 알고 싶은 게 산더미 같다. 무엇보다도 왜 만정 마인들에게 정상적인 식사를 제공하지 않았는지, 다른 것은 다 제쳐 놓고라도 그것만은 묻고 싶다.

하지만 두 사람은 서로가 대답하지 않을 것도 안다.

그들은 어떠한 물음에도 대답해 주지 않는다. 어느 한쪽이 한쪽을 완전히 제압해도 대답을 들을 수 없다.

고문? 그것이 어느 정도나 통할지 모르겠다.

당우는 그것이 통한다고 생각해서 기습했다. 사내를 사로잡아 놓고 지독한 고문을 가하면 한두 마디라도 모르는 것을 알게 되지 않을까 싶었다.

설혹 대답하지 않아도 상관없다.

이번 일에 검련 일가가 깊숙이 간여했다는 사실을 알았으니 그쪽을 들이치면 된다.

그때는 미행자를 제거한 것으로 만족하면 된다.

반면에 미행자는 사정이 다르다. 당우 일행을 제압했다가 원하는 것을 얻지 못하면 곤란해진다.

만정에서 살아남은 사람은 이들 외에도 또 있다. 하지만 그들은 이들만큼 신비롭지 못하다. 그들 대부분이 은자이며, 은가의 무공을 사용한다.

그쪽은 돌아볼 게 없다.

미행자가 알고 싶은 비밀은 이들 세 명이 움켜쥐고 있다. 그래서 함부로 치지 못한다.

당우는 여기까지 읽은 후에 공격을 개시했던 것이다.

"가라."

미행자가 귀찮다는 듯 손을 내저었다.

당우는 그의 말을 듣고 있지 않았다. 그가 말하기도 전에 모닥불을 피워놨던 곳으로 휘적휘적 걸어갔다.

그 뒤를 어해연과 신산조랑이 따랐다.

그녀들은 혹여 사내가 급습을 취해올까 봐 경계심을 잔뜩 끌어올린 채 천천히 움직였다.

"하하! 앞으로는 조심해야 할 거야. 당신을 알았으니까. 누가 알겠어? 돌아가는 즉시 또 기습할지. 하하하! 당신도 사람인 이상 잠은 자야 할 거고……. 축하해, 지옥 속으로 들어온 걸."

당우가 낭랑하게 말했다.

2

무기지신은 완벽했다.

중년 사내는 등 뒤에 사람이 있다는 것을 알지 못했다.

지금쯤 그도 상당히 놀라고 있을 것이다. 반혼귀성 따위는 언제든 잡을 수 있다고 자신만만하다가 느닷없이 뒤통수를 얻어맞은 기분일 게다.

지금부터는 그도 긴장을 풀지 않는다.

시야에서 누군가 잠시만 사라져도 촉각을 곤두세우리라.

그것은 기습을 더 어렵게 만들지만, 그의 신경을 자극한다는 면에서는 나쁘지 않다.

당우는 털썩 주저앉아 고개를 떨어뜨렸다.

"괜찮아. 너도 느꼈잖아. 우린 상대가 안 됐어."

중년 사내는 한 자루 검이었다.

사람은 보이지 않고 검만 보였다. 그가 인상을 찡그리면 검이 울음을 터뜨린다. 그가 입을 열면 검날이 웃는 듯하다.

검신일체(劍身一體).

그런 경지가 있다는 말은 많이 들었다. 하지만 정작 그런 사람을 본 것은 그가 처음이다.

그는 검도 뽑지 않았다. 기껏해야 당우의 채찍을 피하고, 신형을 돌려 채찍을 걷어찬 것에 불과하다.

그의 무공을 짐작하기에는 움직임이 너무 짧다.

그래도 세 사람은 단숨에 그의 경지를 읽어냈다. 읽을 수밖에 없었다. 상대와 대면했을 때, 숨이 턱 막히는 경우는 흔치 않다. 싸우기도 전에 죽음을 느끼는 경우도 거의 없다.

철벽을 대한 느낌.

당랑거철(螳螂拒轍)이라는 말이 있는데, 의미를 조금 바꿔서 달려오는 수레바퀴를 어쩔 수 없이 막아서야 하는 사마귀의 절박한 심정이라고 할까?

사내와 만나는 순간 그런 느낌이 들었다.

싸웠으면 틀림없이 졌다. 신산조랑의 말대로 일초지적의 승부밖에 되지 않는다.

당우가 쓴웃음을 흘리며 말했다.

"상대가 안 된다는 건 기습을 하기 전에 알았고…… 저자… 누군지 짐작 가는 거 없어요? 저만한 검사라면 무명(武名)도 만만치 않을 텐데."

"오면서 그걸 생각해 봤습니다만…… 소신이 알고 있는 것은 이십 년 전 것이라서……."

신산조랑이 말했다.

두 사람은 그녀를 쳐다봤다.

"이십 년 전, 검련 일가에 이남이녀의 후기지수가 있었죠."

"아!"

어해연이 뭔가 생각난 듯 탄성을 토해냈다.

"설마 그들이!"

"그때도 무림을 질타했는데, 이십 년이 흘렀습니다. 변고가 없었다면 문파를 세우고도 남겠죠."

"이남이녀…… 그들이 누구죠?"

당우가 물었다.

신산조랑은 머리를 긁적였다.

"생각이 잘……. 이십 년 전의 일이고 별로 중요하지도 않았으니까요. 더군다나 살기 바빠서……. 하지만 알아보기는 쉬울 겁니다. 워낙 드러난 사람들이니."

"흠!"

당우는 고개를 끄덕였다.

무기지신은 완벽했다.

구령마혼의 다른 머리는 계속 사내와의 결전을 생각했다.

사내를 치기 위해 도약하는 순간까지도 그는 돌아서지 않았다. 무방비 상태였다. 찰나 손톱만큼의 시간만 더 주어졌다면 사내를 잡았을지도 모른다.

그런데 마지막 순간에 발각되었다. 왜?

당우는 그와 싸우던 광경을 단편적으로 쪼개서 살폈다.

금잠사가 발목을 휘어 감으려는 순간, 그는 놀랐다. 짧은 경악성을 토해냈다. 그제야 기습을 눈치챈 것이다.

이런 경우 보통 사람 같으면 그대로 당한다.

기습을 눈치챈 것과 기습에 대응하는 동작 사이에는 약간의 시간 차이가 발생한다.

한 명의 예외도 없다. 누구나 그렇다.

알고도 당한다는 경우가 이런 경우다. 순간적으로 기습을 깨달았지만 대응할 시간이 없어서 그대로 당하고 만다.

사내는 아는 순간 움직였다.

깨닫고 반응하는 순간까지의 시간 차이가 무척 짧다. 아니, 거의 찰나적이다.

그러한 움직임으로 검을 쓴다면 베지 못할 자가 없다.

'채찍이 발목을 휘어 감는 순간……'

당우는 그 부분에 주목했다.

자신이 도약하는 데까지는 이상이 없다. 채찍을 휘두르는 순간까지도 괜찮다. 한데 채찍이 발목을 잡아채려는 순간, 그 순간에 문제가 있다.

'흠!'

원인을 찾은 것 같다.

채찍에는 경기(勁氣)가 담겨져 있다.

경기를 최대한 뺐지만, 진기가 깃들지 않은 채찍은 거리가 멀어질수록 본색을 드러낸다.

경기가 드러났다.

그런 경우라도 여타의 무인들 같으면 잡아챘다. 중년 사내가 달랐을 뿐이다.

채찍을 쓰지 않고 수리검을 들었다면 어땠을까?

시도해 볼 만하다.

수리검에서 발산되는 경기를 죽여야 한다. 대충 죽이는 선에서 그치면 안 된다. 티끌만 한 기운도 흘러나와서는 안 된다. 무기지신처럼 완벽하게 죽여야 한다.

그렇다면 다시 한 번 해볼 만하다.

구령마혼의 다른 머리가 생각을 접었다.
'수련할 게 생겼군.'

날이 밝자 산 아래 동네가 부산해졌다.
금화루 주위로 많은 사람들이 몰려들었다. 아마도 황주부에 사는 사람이라면 모두 모인 것 같다.
"개미들 같네."
"후후! 전 저들의 분노가 느껴지는데요."
"호호! 겁나?"
"겁나죠. 이제부터 우린 백 년 이래 최악의 마인으로 낙인찍힐 테니까요."
"그래 봤자 죽거나 만정밖에 더 가겠어?"
"만정은 사라졌으니 죽는 것밖에 없는데······."
"만정 마인들은 이런 말을 하곤 했죠. 지옥은 우리를 단련시킬 뿐이다. 더 강한 힘을 가지고 다시 태어나마."
신산조랑이 말했다.
"약간 변형된 말이 '빨리 죽여라. 죽어서 지옥 불에 단련된 후 다시 태어나마' 이거였지."
어해연도 생각난 듯 말했다.
만정 생활을 일 년만 하면 죽음이 덤덤하게 느껴진다.
죽지 않으려고 발버둥치지만, 죽더라도 어쩔 수 없는 일로 받아들인다. 어제 남에게 일어났던 일이 오늘 나에게 일어날 뿐이다. 그리고 내일은 또 다른 자가 겪을 것이다.

두두두두……!

힘찬 말발굽 소리와 함께 기마 십여 필이 보였다.

"관군(官軍)까지? 금화루가 아부를 꽤 잘했나 봐?"

"무인들은 벌써 뛰어들었어요."

당우가 손가락으로 점 하나를 가리켰다.

그곳에는 날랜 신법을 펼치며 금화루를 재빨리 훔쳐보는 인영이 있었다.

도둑일 수도 있고 번잡함을 싫어하는 무인일 수도 있다.

그가 가리킨 점 하나는 쉽게 찾았다. 그런데 하나를 찾자 또 하나가 보인다. 둘을 찾자 수두룩하게 보인다. 상당히 많은 무인들이 금화루를 뒤지고 있다.

"우리 흔적을 찾는 거지?"

"우리라기보다는 반혼귀성의 흔적을 찾는 거죠."

"그건 했어?"

당우는 고개를 끄덕였다.

반혼귀성의 상징은 소무지절이다. 죽은 자의 새끼손가락을 끊어서 보관한다.

소무지절은 구십구혈접에게 처음 사용했다. 여러 번 쓴 것도 아니다. 그때 딱 한 번 썼다. 그런데 사람들 사이에서는 반혼귀성 유령들은 반드시 새끼손가락을 떼어간다고 소문났다.

소무지절은 약간의 공포를 조장하기 위해 사용한 것뿐인데, 의도하지 않게 상징성을 띠게 되었다.

당우는 금화루 무인들의 새끼손가락을 잘랐다.

금화루를 뒤지고 있는 사람들은 반혼귀성이 어떤 무공을 사용하는지 알고 싶을 것이다. 그리고 죽은 자는 종종 그 물음에 대답을 해주곤 한다.

일차로 귀영단애의 무공이 노출될 것을 각오해야 한다.

어해연은 자파의 무공을 숨기면서 적을 죽일 정도로 여유가 있지 않았다.

달려드는 무인들을 무조건 베어내기에도 급급했다.

당우는 감지할 수 없고, 눈에 확 띄는 사람은 어해연이니 무인들 거의 대부분이 그녀를 향해 달려들었다. 당우가 뒤에서 처리하려면 당당하게 맞서주어야만 했다.

그녀는 노출된 표적이었고, 당우는 숨은 약탈자다.

귀영단애는 노출된다. 어느 부분에서든 귀영단애의 특징이 반드시 나타날 것이다.

당우의 무공은 노출되지 않는다.

그는 진기를 사용하지 않았기 때문에 무공의 고유 특징이 사라졌다. 녹엽만주를 써서 목 졸라 죽였다고 해도 결국은 밧줄로 목매달아 죽인 것과 다를 바 없다.

편을 썼다는 사실은 드러날지언정 녹엽만주는 짐작도 하지 못한다.

반혼귀성에 유령은 여전히 존재하게 된다.

"이런 꼴을 보고도 가만히 있지는 않겠지? 이제는 우릴 무서워하는 게 아니라 잡아 죽이려고 난리를 치겠군."

어해연이 말했다.

그것은 반혼귀성의 운명이었다.

네 사람은 황주부로 들어섰다.
반혼귀성의 뒤를 쫓는다는 건 모래사장에 떨어진 바늘을 찾는 것보다 어렵다.
그들은 숨으려고 작심하면 얼마든지 숨을 수 있다.
인원이 세 명뿐이라서 단출하다. 어느 곳에서든 생존할 수 있는 능력을 갖췄다. 막말로 쌀 한 톨 나지 않는 황무지에서도 몇 년이고 버틸 수 있다.
사라졌다 나타나고, 나타났다 싶으면 또 사라지는 게 반혼귀성이다.
네 사람은 황주부 금화루에서 살인이 일어났다는 소식을 듣자마자 부리나케 달려왔다.
말들을 갈아타면서 오십 리 길을 단숨에 달려왔더니 숨이 턱에 닿는다.
"이렇게 급히 몰아치는 이유가 뭐요?"
비주가 물었다.
"따라오기나 해."
어화영의 대답은 언제나 그렇듯 무뚝뚝했다.
"저곳이 금화루예요."
벽사혈이 인파로 둘러싸인 금빛 누각을 가리켰다.
누각은 사람들로 인해 가까이 접근할 수조차 없었다. 길은 물론이고 대강에도 배를 타고 구경하는 사람들로 빼곡했다.

금화루의 살인은 구십구혈접의 살인과는 차원이 다르다.

살수들은 숲에서 죽었다. 인적이 없는 곳에서 시신으로 발견되었다. 금화루는 번화가 최중심처에 위치한다. 무인들은 참담한 비명을 내지르면서 죽어갔다.

완전히 다른 죽음이다.

그날 뱃놀이를 하던 사람들은 비명 소리가 뇌리에 뚜렷이 박혀 있어서 아직도 공포에 떤다고 한다.

그만큼 황주부의 죽음은 사람들을 놀라게 했다.

숲에서의 죽음은 무인끼리의 싸움이니 어떤 짓을 벌이든 욕 한마디 하고 나면 그만이지만, 금화루의 죽음은 지켜보는 사람들로 하여금 너희도 이렇게 죽을 수 있다는 공포감을 심어주었다.

"됐어. 우린 외곽으로 빠지자."

어화영이 치검령을 흘깃 쳐다본 후 말했다.

치검령의 몰골은 반혼귀성의 골인들과 흡사하다. 만정에서 영양을 충분히 섭취하지 못했기 때문에 바짝 말라 있다.

사람들이 하나둘 치검령을 쳐다보기 시작한다.

주위에 있는 세 사람이 워낙 정상적이기 때문에 아무 소리도 하지 않지만 만약 그늘이 없다면 반혼귀성의 유령이 다시 나타났다고 고함을 질렀을 게다.

다각! 다각! 다각!

네 사람은 말머리를 돌려서 천천히 황주부를 빠져나왔다. 그렇다고 무조건 빠져나오기만 한 것은 아니다.

그들의 움직임에는 일정한 규칙이 있었다.

북(北)!

북쪽을 향해 움직인다.

집이 나오면 돌아가고, 산이 나오면 가로지른다. 인간이 만든 인위적인 장애물은 비켜가고, 자연적인 장애물은 강이 되었든 평야가 되었든 무조건 가로지른다.

방향은 언제나 북쪽이다.

'봉사 문고리 잡기……'

비주가 보기에는 참으로 답답한 움직임이다. 하지만 반혼귀성으로서는 이것이 최선이다.

이들은 조직이 없다. 방조자도 없다. 그 흔한 전서구 한 마리 갖고 있지 않다.

서로가 연락을 취할 방도가 전혀 없다.

그래서 정한 것이 방향이다.

묵혈도는 동쪽으로 간다. 당우는 북쪽으로 간다.

그들이 서로를 알 수 있는 것은 이것밖에 없다.

출발점은 어디인가? 사건이 일어난 현장이다. 구십구혈접이 죽었으면 그곳이 출발점이다. 지금은 금화루 사건이 일어났으니 금화루가 출발점이다. 그곳에서 북으로 간다.

그들은 이런 식으로, 정말 봉사 문고리 잡기 식으로 서로를 찾는다.

한시도 움직이지 않을 수 없는 무림에서 그나마 서로를 찾을 수 있는 유일한 방법이다.

맥생(陌生) 233

네 사람은 번화한 도읍을 가로질러 야트막한 야산으로 올라섰다. 그리고 그곳에서 한가롭게 모닥불을 피워놓고 수다 삼매경에 빠져 있는 세 사람을 찾았다.

"허!"

비주는 놀라움에 경탄을 터뜨렸다.

금화루 같은 큰 사건을 터뜨려 놓고 아직도 황주부를 떠나지 않았단 말인가? 황주부의 모든 사람들이 피바다가 된 금화루를 쳐다보고 있다. 분통을 터뜨리고 있다. 그런데 그 옆에서 한가하게 잡담이나 늘어놓고 있는 건가.

이 사람들은 겁이 없는 건가, 아니면 죽음을 망각한 건가.

비주는 어화영이 바삐 서두른 이유를 알았다.

사건이 벌어진다. 그리고 북쪽으로 이동한다. 야산이든 평야든 한적한 곳에서 일정 시간을 기다린다.

이것이 이들의 약조다.

봉사 문고리 잡기 식이 아니다. 이들은 틀림없이 찾을 수 있는 방책을 마련해 놨다.

하나 아무리 그렇다고 해도 이렇게 가까운 곳에서 머문다는 건 자살 행위다. 지금은 무인들이 전열을 가다듬지 못했으니 천만다행인 줄 알아라.

무인들은 곧 추격조를 편성한다.

금화루를 저 지경으로 만들어놓고 아무런 일이 없을 것이라고 생각하면 큰 오산이다.

솜씨있는 자들이 뒤를 쫓을 것이고, 치열한 혈전이 코앞에

닥쳐왔다.

'여우를 피해서 호랑이 굴로 들어선다더니…… 마사를 피하려다가 검련 본가와 맞닥뜨리지 않았나.'

비주는 미간을 찡그렸다.

"어서 와. 수고했어."

"내가 없는 사이에 난리를 쳤네?"

어화영 일행과 당우 일행은 서로를 반겼다.

서로가 보고 들은 것을 모두 이야기했다.

천검가는 주인이 바뀌었다. 천검가주가 건재하지만 마사와 류명이 실질적인 주인이다.

무엇보다도 적성비가가 천검가의 수족이 되었다.

"저 사람의 무공은 어때요?"

당우가 비주를 쳐다보면서 말했다.

"내가 목숨을 걸어야 돼."

어화영은 쉽게 설명했다.

"흠! 선배님이 목숨……."

"누님!"

"……."

"누님!"

"끄응! 누님이 목숨을 걸어야 할 정도라면…… 우리 중에 류명을 상대할 사람은 없다는 뜻이군요."

당우가 어화영에게 결국 굴복했다.

맥생(陌生) 235

비주는 어화영이 목숨을 걸어야 할 정도로 강하다. 류명은 그런 비주를 가볍게 다뤘다.

류명을 보지 않았지만 그의 성취가 짐작된다.

"이쪽도 재미있게 됐어요."

신산조랑이 그동안 겪은 일을 쭉 늘어놨다.

비주는 이런 말들을 하는 것조차 한가롭게 보였다. 이들이 나누고 있는 이야기는 분명 중요하다. 하지만 지금 당장 시급한 일은 안전한 곳을 찾는 것이다. 금화루에서 가급적 멀리 떨어진 곳으로 자리를 옮겨야 한다.

당우 일행은 해가 지도록 움직이지 않고 이야기만 나눴다.

치검령과 벽사혈은 적일까, 아닐까? 그들은 가장 어색한 사이이다. 동행도 어색할 수밖에 없다.

'너?'

'너……'

그들은 서로의 존재를 눈으로만 확인한다.

같은 은자이되 입장이 다르다. 그렇다면 언젠가는 목숨을 노려야 할 사이라는 뜻이다. 실제로 삼 년 전에 그랬다. 서로 목숨을 노린 적이 있다.

그들의 동행은 정말 불편하고 어색하다. 하지만 그런 식으로 말하면 어색한 사람이 참 많다.

비주는 당우를 만정까지 압송했다. 직접 만정에 집어넣은 것과 다를 바 없다.

그보다 더 어색한 만남이 있을까?
벽사혈이 먼저 고개를 돌렸다.
같이 동행하고 있지만 당신하고는 할 말이 없다는 듯…….
치검령도 무표정한 얼굴로 다른 곳을 쳐다봤다.

 밤이 깊어 술시(戌時)가 될 무렵, 가까운 곳에서 묵직한 발걸음 소리가 울렸다.
 저벅! 저벅! 저벅!
 아무런 주의도 하지 않고 거침없이 걸어온다.
 '이 깊은 밤에 누가!'
 비주와 벽사혈은 바짝 긴장했다. 한데,
 "후후! 많이 피곤했나 봅니다. 다리에 힘이 풀려 있네요."
 신산조랑이 걸어오는 사람을 아는 것처럼 말했다.
 "나이가 있으니까."
 당우도 발걸음의 주인공을 알아봤다.
 "그래도 용케 찾아왔잖아? 노인네가 죽을힘을 다해서 찾아왔으면 따뜻한 물이라도 내줘야지."
 어화영이 모닥불 위에 주담자를 올렸다.
 저벅! 저벅! 저벅!
 발걸음 소리가 가까워지더니 산음초의가 모습을 드러냈다.
 신산조랑처럼 깡마른 몰골인데다가 먼 길을 걸어와서인지 피곤에 절어 있다.
 노인은 당우 일행을 보고 손을 번쩍 들었다.

"잘들 있었나?"

"어서 와요."

어해연이 반겼다.

산음초의는 모닥불 옆에 털썩 주저앉았다.

"너희가 말썽을 부리는 바람에 나만 죽을 고생을 했잖아. 사람들 눈을 피해서 다니느라고 얼마나 고생했는지 알아? 내가 무공을 할 줄 아나, 쌈박질을 할 줄 아나."

"후후! 독은 쓰잖수."

신산조랑이 놀리듯 말했다.

"어! 할멈! 내 독 잘 썼다며? 소문 들었어."

산음초의가 환하게 웃었다.

무공을 모르는 사람, 무림을 모르는 사람.

비주는 산음초의를 기억한다. 그와 일침기화를 직접 잡아온 사람이 자신이다. 일침기화를 죽이고, 산음초의를 만정에 집어넣은 사람도 자신이다.

그 당시 산음초의는 그저 그런 의원이었다. 한적한 시골구석에서 흔히 볼 수 있는 평범한 의원이었다.

지금은 달라졌다. 얼굴에 평온함이 깃들어 있다. 죽음의 공포가 사라졌다.

만정에서 무슨 일이 있었던 건가.

산음초의가 비주를 봤다.

"얘는 여기 웬일이야?"

'얘?'

第六十八章
취회(取回)

'만정…… 지옥이었군.'

두웅! 두웅! 둥!
멀리서 자정을 알리는 북소리가 울렸다.
당우가 그제야 말했다.
"갑시다."
비주도 그제야 기다리는 시간을 정확하게 파악한다.
사건이 종결된 시간으로부터 하루를 기다린다.
하루…….
굉장히 긴 시간이다. 사건을 일으킨 자의 입장에서 보면 백 년, 천 년처럼 길게 느껴질 게다. 당장에라도 추격자가 나타나서 뒷덜미를 낚아챌 것 같은데 어찌 하루를 기다리겠나.
비주는 생각했다.
'이놈들과 같이 있다가는 제 명에 못 죽겠어.'

비주는 기가 막혔다.

자신에게 목숨을 애걸하던 때가 엊그제 같은데, 애?

자신을 어린아이 취급하고 있지 않나. 그렇다고 산음초의가 확 변한 것도 아니다. 절정고수로 탈바꿈하지도 않았다. 그는 아직도 평범한 의원이다. 무공을 수련한 흔적도 없다. 삼 년 전에는 살이나 쪘지, 지금은 바짝 말라서 보기도 흉하다.

아무것도 바뀐 것이 없는데 배포만 커진 건가?

"갈 곳이 없대."

신산조랑이 대답했다.

"훗! 그 이야기도 들었지. 너, 천검가에서 쫓겨났다며? 쯧! 좀 잘하지 그랬어."

산음초의는 어화영이 건네준 뜨거운 물을 받아 마시며 남의 말 하듯 태연히 말했다.

'이거야 원……'

비주는 아무 소리도 못했다.

산음초의는 단검에 벨 수 있다. 자신이 검을 뽑으면 지금이라도 죽일 수 있다. 그러나 아무 의미도 없다. 죽음으로 산음초의를 겁박하지는 못한다. 더 이상은.

비주는 산음초의의 상식 밖의 말과 행동에서 죽음을 넘어선 담담함을 읽었다.

그러고 보니 이들 모두가 그렇다. 한낱 어린아이에 불과했던 당우까지도 죽음을 염려하지 않는다.

비주는 눈을 감았다.

1

　마사는 화사하게 핀 꽃들 사이를 걸었다.
　나비도 너울거린다. 꿀벌도 분주하게 오간다. 간혹 손가락만 한 말벌이 나타나 위협하지만 곧 멀리 사라진다.
　마사는 손을 내밀었다.
　나비야, 손 위에 앉아봐. 괜찮아.
　나비는 손가락을 피해 다른 꽃으로 옮겨갔다.
　마사는 괜히 꽃술을 툭 건드렸다.
　"호호호! 한 폭의 그림이 따로 없네."
　세요독부가 말했다.
　"꽃이야 아름답지. 그런데 나도 아름다워?"
　"아름답지. 꽃은 아름다운지 모르겠는데 마사는…… 어휴!

어떻게 말로 다 해."

"고마워. 말만이라도 듣기 좋네."

"호호호! 말만 그런 게 아닌데."

세요독부의 눈가에 빨간 열기가 들끓었다.

그는 열기 띤 눈으로 마사를 쳐다봤다. 분가루를 칠해놓은 듯한 하얀 목덜미, 갸름한 허리, 둥그스름한 엉덩이, 그리고 쭉 뻗은 다리까지 천천히 더듬었다.

"귀영단애는?"

마사가 꽃을 만지작거리며 물었다.

"호호호! 고것들? 염려할 거 없어. 그놈들이 전쟁을 벌일 생각이 아닌 바에야 감히 깝죽거리겠어?"

순간, 마사가 미간을 살짝 찌푸렸다.

세요독부는 아직도 은자 한 명 잡지 못한 일을 마음에 두고 있는 건가.

그런 것들은 작은 일이다. 무림을 전체적으로 보아야 한다. 귀영단애와 적성비가를 크게 봤을 때, 어떠한 현상이 벌어지는지가 정작 중요한 것이다.

마사의 신경을 자극하는 건 그런 것들이다.

귀영단애는 은가의 종주(宗主)임을 자부한다.

세요독부는 전쟁이라는 말을 썼지만, 귀영단애는 징벌이라는 말을 쓴다. 귀영단애에게 풍천소옥이나 적성비가는 징벌의 대상이지 전쟁의 대상이 아니다.

그런 오만은 어떻게 잠재울 수 있을까?

전쟁을 벌인다고 해서 잠재울 수 있는 게 아니다. 지략으로, 힘으로 설명할 필요가 없다.

어느 산이 높은 줄은 쳐다보기만 해도 안다.

자신의 존재를 높였을 때, 어느 정도까지 높아졌는지는 쳐다보는 사람이 더 잘 안다.

적성비가는 변했다.

은가에서 무가로 탈바꿈했다.

지금은 적성비가와 천검가로 양분되어 있지만 세월이 흐를수록 둘 사이의 구분은 모호해질 것이다.

적성비가의 비술이 무공에 녹아든다.

천검가의 천유비비검이 은가의 바탕이 된다.

그때가 되면 천검가와 적성비가를 구분하는 게 무의미해진다.

사람들은 뭐라고 말할까? 천검가가 적성비가를 잡아먹었다고 말할까, 아니면 적성비가가 천검가를 집어삼켰다고 말할까? 어느 쪽이 이겼다고 말할까?

마사는 그 부분을 이해할 수 없다.

어느 쪽이 이기든 무슨 상관인가.

천검가가 적성비가를 잡아먹었다고 하자. 그게 뭐가 어쨌다는 건가. 뭐가 달라진 것인가.

적성비가 은자들은 고스란히 존재한다.

적성비가의 비술도 대를 이어 전수되리라.

적성비가라는 이름에서 천검가라는 이름으로 탈바꿈한 것

뿐인데 뭐가 잘못되었다는 건가?

 적성비가를 고집할 필요가 없다. 그렇다고 천검가로 만족하는 것도 아니다. 천검가를 잡았으면 이제 검련을 잡아야 한다.

 이렇게 순차적으로 나아간다.

 이제 겨우 그 기틀을 마련한 것뿐이다. 어차피 적성비가든 천검가든 모두 없어져야 할 문파라는 뜻이다.

 검련을 장악했다고 하자. 그때 적성비가가 무슨 의미가 있는가. 천검가는 의미가 있는가? 검련이란 이름으로 통합되면 모든 이름이 무의미해진다.

 귀영단애는 적성비가의 이런 점을 보지 않는다. 그저 은가의 몰락으로만 본다.

 그런 점은 적성비가 은자들도 마찬가지다.

 세요독부마저도 귀영단애를 적수로 생각한다. 전쟁이라는 말을 들먹거리면서 날카로운 각을 세운다.

 그럴 필요가 없다. 이제는 가는 길이 달라졌다.

 이런 점을 설명해야 하나? 하나는 이렇고 둘은 이렇다고 세세하게 말해주어야 하나?

 설명할 필요도 없다. 그저 보면 알 수 있도록 만들어야 한다.

 적성비가는 변하지 않았다. 모든 사람들의 마음속에는 아직도 은가의 한 부분으로 남아 있다. 변화를 볼 수 없는 것이다. 보이지 않는 것이다.

 신경을 쓰려면 이런 점에 초점을 맞춰야 한다. 이미 임강부를 벗어나 버린 은자 한 명에게 꽁하니 사로잡혀서는 안 된다.
 마사는 꽃 한 송이를 꺾어서 냄새를 맡았다.
 "어머! 향기가 없어."
 "호호호! 꽃이 향기가 왜 없어, 옅어서 그렇지?"
 "향기가 옅다······."
 "옅은 향기가 좋지 않아? 은은하고 오래가고."
 "황련산은 어때?"
 "거의 열 명이 추려진 모양이야. 휴우! 류명 그 인간······ 굉장히 혹독하게 다그치나 봐. 들리는 말로는 검수가 아니라 살인병기들 같다고 하더라고."
 '살인병기······.'
 마사는 그 말을 몇 번이고 중얼거렸다.
 듣기 좋은 말이다. 참 마음이 편안해지는 말이다. 이토록 정다운 말도 있었던가? 살인병기······.
 류명은 그들로 하여금 천검십검을 상대하게 만들 심산이다. 뒤 물결이 앞 물결을 밀어낸다. 그래서 천검가의 세대교체를 완벽하게 이룬다.
 생각의 폭이 좁다.
 천검십검은 쉽게 만들어지지 않는다. 기재라고 판단된 놈들을 서른 명이나 데려가서 이제 막 십여 명이 추려졌다. 지옥의 불길을 열 번도 넘게 들락거린 후이다.
 그렇게 만든 천검십검을 고작 앞 물결을 밀어내는 데 쓴다면 너무 허무하지 않은가.

천검십검은 그야말로 살인병기가 될 것이다.

'아니…… 열 명으로는 너무 부족해.'

천검십검의 무용을 익히 짐작하지만, 그녀가 하려는 일에 비하면 세력이 너무 취약하다.

그런 자들을 더 만들어야 한다. 그리고 그녀에게는 그런 자들을 만들 만한 재원(財源)이 있다.

그녀가 뒤돌아서며 말했다.

"천유비비검은 받았지?"

"받았지. 벌써 아이들에게 쭉 돌렸어."

마사는 붉은 입술 사이로 하얀 이를 드러내며 웃었다.

류명이 가주에게 준 비급은 진본이었다. 천유비비검의 구결에서 한 글자도 바꾸지 않은 원형 그대로를 내줬다.

대단한 자부심이지 않은가.

완전한 것을 주마. 수련할 수 있으면 해라.

가주는 수련하지 못했다. 적성비가 무인 중에도 수련할 사람이 없다고 판단했다. 그래서 태워 버렸다. 몸에 맞지 않은 화려한 의복은 오히려 독이 된다고 판단했던 게다.

마사의 생각은 다르다.

천검가 무인 대부분이 바로 그 비급으로 수련을 한다. 크게 성취한 사람도 있지만 그렇지 못한 사람도 있다. 간단한 공부부터 심오한 공부까지 모두 한 권에 담겨 있는 셈이다.

누가 어느 정도까지 성취를 이룰지는 지켜봐야 한다.

"이미 돌렸다니…… 생각도 들었겠네?"

"호호호! 들었지. 마사 네 생각대로야. 아주 환장을 하더라고. 벌써 구결을 달달 외운 놈이 나타나기 시작했어."

"지금 바로 적성비가를 모두 빼도록 해."

"뭐? 기껏 자리 잡았는데…… 어디로?"

"본가."

"뭐? 다시 돌아가라는 거야?"

"응. 가서 천유비비검을 수련해."

세요독부의 눈에서 광채가 솟았다.

"너 혹시!"

"류명은 류명 식으로, 우리는 우리 식으로. 아주 강한 무인들을 만들어. 시간을 얼마나 주면 돼?"

"글쎄……."

"참고로 류명이 다음 달에 돌아와. 그전에는 와야겠지?"

"……!"

세요독부의 눈에서 발산되던 광채가 더욱 짙어졌다.

마사의 뜻을 확실히 알았다. 마사가 어떤 자를 원하는지 알았다.

한 달이라는 짧은 시간 동안에 은자를 절정고수로 탈태환골시킬 수는 없다. 그런 일은 천신(天神)이 직접 수련을 지도해도 일어나지 않는다.

그런데 마사는 하란다. 그리고 할 수 있는 방법이 딱 하나 있다.

"마사, 너 정말……."

"한마디만, 할 수 있겠어?"

"해야겠지. 못한다고 하면 나를 칠 테니까. 내 자리에는 할 수 있다고 대답한 놈이 서 있을 게고."

"할 수 있다니 좋네."

세요독부는 뜨겁게 타오르던 눈길을 접었다.

마사는 아름답다. 육감적이다. 이런 여자와 평생을 같이하면 얼마나 행복할까 하는 생각이 절로 나게 만든다.

그런데 그녀는 너무 높은 곳에 있다.

세요독부는 본가에서처럼 또 한 번 좌절을 맛봤다.

마사의 뜻은 천검가를 넘어 훨씬 높은 곳에 있다. 그런 여인이 자신 같은 자를 거들떠보기나 하겠나. 그저 이용물일 뿐이다. 이용 가치가 없어지면 가차없이 제거되는 소모품일 뿐이다.

"류명이 오기 전에 반드시 돌아오지. 간다."

세요독부는 대답도 듣지 않고 신형을 쏘아냈다.

마사는 거처로 돌아왔다.

그녀는 류명의 거처인 천유각에 머무르고 있었으나, 류명이 독존대를 만들기 위해 천검가를 떠난 이후에는 묵비 비주의 거처를 정비해서 쓰고 있었다.

그녀는 책상 앞에 놓인 서신들을 빠르게 훑어나갔다.

"금화루?"

요즘 들어서 그녀의 신경을 긁는 자들이다.

그들이 만정 마인들로 추측되기 때문에 더 신경이 쓰인다.

치검령이 보인다. 추포조두와 묵혈도도 보인다. 세요독부가 언급한 귀영단애도 그 속에 있다.

세요독부는 단편적인 사실밖에 알지 못한다. 사실 소모품에 불과한 자가 많은 것을 알 필요는 없다. 자신에게 주어진 일을 해낼 수 있을 정도만 알면 된다.

그래서인지, 아니면 그가 우둔해서인지는 몰라도 그는 귀영단애에서 은자를 보내 천검가를 염탐했다고 보고해 왔다.

묵비의 보고와는 거리가 있는 보고다.

그가 왜 그런 엉터리 보고를 했을까? 또 방금 전 뜰에서까지 전쟁 운운하면서 귀영단애를 들먹인 목적은 뭔가?

마사는 피식 웃었다.

웃기게도 그는 자신의 존재감을 확인하려고 했다. 자신이 마사에게 얼마나 유용한 존재인지 알려주고 싶었던 것 같다.

귀영단애가 적성비가를 우습게 생각하는 건 맞다. 묵비의 모든 보고가 그런 쪽으로 사실을 말해온다. 그렇다고 그들이 스스로 나서서 천검가를 건드리려고도 하지 않는다.

귀영단애는 철저하게 은가로 군림한다. 은가를 벗어난 일에는 일체 개입하지 않는다.

천검가를 살피고 간 여인은 반혼귀성이다.

만정에서 살아나온 마인이다.

그녀가 놀란 것은 귀영단애의 은자가 만정에 있었다는 사실이다. 추포조두와 치검령은 알았지만 귀영단애까지 있는 줄은 몰랐다.. 그들은 누구의 사주로 만정에 들어갔던 것일까?

이 부분에 대한 해답은 어느 구석에서도 찾을 수 없다.

그녀가 천검가를 살피고 갔다.

무림에 많은 문파, 가문이 있는데 유독 천검가만 들여다본다.

치검령과 추포조두가 있기 때문일까, 아니면 또 다른 이유가 있는 겐가?

마사는 한참 동안 생각에 잠겼다.

어쨌든 이런 식이라면 언젠가는 반혼귀성과 부딪친다. 반혼귀성의 주축은 멀리 황주부에 있다. 그런데 은자 한 명만 살며시 보내서 천검가를 살피고 돌아갔다. 천검가에 용건이 있다는 뜻으로 보이지 않는가?

"반혼귀성을 주의해서 살펴."

"절대고수가 따라붙어 있어서 가까이 접근하기는 곤란합니다."

"유령이라는 자를 말하는 건가?"

"유령은 보지도 못했습니다. 저희가 본 건 반혼귀성을 미행하는 검사인데, 무공이 상당합니다."

"상당하다는 말은 모호하다. 어느 정도야?"

"천검십검과 승부를 결할 정도입니다."

"흠!"

마사는 미간을 찌푸렸다.

반혼귀성. 그저 무림에 이런 인간들도 있구나 하고 흘려들을 존재가 아니다.

묵비는 무인이 미행한다고 했다. 반혼귀성의 일원이 아니라 미행자라고 분명히 못 박았다.

반혼귀성은 무림의 독버섯이 되어가고 있다. 많은 사람을 죽인다. 더욱이 금화루의 몰락은 검련 본가에 치명적이다.

그런데도 뒤따르는 무인은 미행만 할 뿐 치려고 하지 않는다?

뭔가가 있다.

"그자의 내력은 살펴보았나?"

"저희가 파악할 수 있는 인물이 아닙니다."

"신법이라도 펼쳤을 것 아냐?"

"죄송합니다. 현재까지는 아무것도……."

"됐어. 반혼귀성을 잘 살펴. 거기 뭔가 있을 거야."

"네."

묵비가 충직하게 대답했다.

그녀는 비주를 따로 뽑지 않았다. 대신 자신이 그 자리를 꿰찼다.

묵비는 천검가의 눈이다. 제일 먼저 장악해야 할 것이다. 천검귀차라는 존재가 사라졌지만, 그들이 존재한다고 해도 묵비부터 차지했을 게다.

문제는 충성도다.

이들이 정말로 자신에게 충성하고 있는지는 알지 못한다. 엄밀히 말하면 이들은 천검가의 충복이지 자신의 충복은 아니다. 천검가의 이득에 반하는 행동을 할 때, 그런 정보들이 있을 때, 과연 자신에게 보고할 것인지는 미지수다.

이 부분만큼은 이중으로 점검해야 한다.

그래서 적성비가의 눈을 해체하지 않았다.

묵비도 적성비가의 눈이 있음을 안다. 일부러 알게 해줬다. 그래야 정보를 농락하는 쓸데없는 짓을 하지 않는다.

다음으로, 마사는 한 통의 서신에 주목했다.

빨간색 봉투에 빨간색 인장이 찍힌 초대장이다.

검련사십가의 회합을 알리는 초대장으로 금년 오월에 황산(黃山)에서 대회를 개최한다는 내용을 담고 있다.

마사는 초대장을 들고 일어섰다.

"아버님."

"응? 왔어?"

천검가주는 금방이라도 급사할 듯 골골거린다. 그런데도 죽지 않고 버틴다. 젊어서 보약을 많이 먹은 사람처럼 끈질기게 삶의 끈을 잡고 있다.

"검련 초대장이 왔네요."

"그래?"

"금년 오월에 황산에서 개최한답니다. 가시겠어요?"

천검가주가 손을 휘휘 저었다.

"귀찮아. 네가 알아서 해."

"그럼 저와 공자님만 참석할까요?"

"공자님이 뭐야? 쯧! 요즘 것들은 촌수도 제대로 몰라서 탈이야. 제대로 부르도록 해."

마사는 가주의 정겨운 질타에 살포시 미소를 지었다.

"아직 혼례를 치르지 않았잖아요. 남의 눈이 있으니…… 천천히 할게요."

"빨리빨리 해. 나 죽기 전에 손자 좀 보여줘."

"최대한 노력해 볼게요, 아버님."

"쿨룩! 쿨룩!"

천검가주는 심한 기침을 쏟아내기 시작했고, 마사는 그 곁에서 등을 쓸어주었다.

2

세요독부가 돌아왔다.

그는 약속대로 한 달이 채 안 되는 이십육 일 만에 천검가 문턱을 넘어섰다.

그러나 그는 혼자였다.

"오셨습니까?"

"응."

"혼자…… 이시네요?"

"신경 쓸 것 없어."

"네. 물론 그렇죠."

수문 무인은 세요독부를 공손하게 맞이했다.

천검가의 위계질서는 완전히 바뀌었다.

가장 높은 상위에 마사가 존재한다. 그리고 그 밑에 적성비가 무인들이 있으며, 천검가는 가장 밑바닥에 깔려 있다.

세인들은 천검가가 적성비가를 흡수했다고 말하지만, 실은 적성비가에게 먹힌 꼴이 되었다.

자연히 천검가와 적성비가 은자들 사이에 알력이 생겼다.

그래도 천검가 무인들은 하소연할 곳이 없다. 천검십검 같은 절대고수들이 없기 때문에 은자들의 꼴 같지 않은 행태를 지켜볼 수밖에 없는 실정이다.

모두 류명이 자리에 없기 때문이다.

천검가의 알맹이가 모두 빠지고 그 자리에 적성비가 은자들이 들어섰으니 당연한 결과다.

천검가 무인들은 이런 상황이 오래가지는 않을 것이라고 생각한다.

류명만 돌아오면 정상이 될 거야.

류명이 모든 걸 제자리로 돌려놓을 거야.

그런 희망도 없다면 견디지 못한다. 천검가의 생활이 하인의 삶이 아니고 무엇인가.

수문 무인들은 안으로 들어서는 세요독부를 보면서 씁쓸한 웃음만 흘렸다.

마사는 거침없이 다가오는 세요독부를 차분히 살폈다.

세요독부의 눈이 섬뜩하도록 깊게 가라앉았다. 걸음걸이는 물 흐르듯 유연하다. 얼굴에는 아직 아물지 않은 검상(劍傷)이 두 군데가 길게 파여 있다.

세요독부는 날이 잘 선 검이다.

"너도 수련한 거야?"

"호호! 내가 수련하지 않으면 통솔할 수 있을 것 같아? 어림도 없지. 저놈들이 어떤 놈들인데."

세요독부가 차게 말했다.

기묘한 느낌이 든다.

음성은 간지럽다는 느낌을 주는데 눈은 웃고 있지 않다.

'마음이 죽었다!'

마사는 세요독부의 상태를 한눈에 읽어냈다.

세요독부의 성적 취향은 상당히 독특하다. 그는 남자와 여자 양성을 모두 좋아한다. 남자와 잠자리를 같이하는 경우가 많지만, 그렇다고 여인을 탐하지 않는 것도 아니다.

그러면 세상 사람들을 모두 좋아하느냐? 아니다. 이 부분에 대한 호불호는 극명하다. 좋아하는 사람은 지극히 좋아하지만 그렇지 않은 사람들은 또 그만큼 싫어한다.

그에게는 중간이 없다. 좋은 사람과 싫은 사람만 존재한다.

그런 마음이 죽었다.

천유비비검이 세요독부의 성적 취향마저 짓이겨 버렸다.

그가 아직도 간드러진 음성을 내는 것은 오랜 세월을 치치면서 몸에 붙은 습관일 뿐 성적인 모습은 아니다.

"몇 명이나 살아남았어?"

"나까지 넷!"

"그래……."

마사는 짐작하고 있었다는 듯 담담하게 말했다.

세요독부는 적성비가의 주축이다. 적성비가를 지탱하는 기둥이다. 하지만 류명 같은 고수와 정면에서 부딪치면 일 초 만에 나가떨어지고 만다.

이것이 은가의 현실이다.

은자는 은자의 방식대로 싸워야 한다. 서로가 수련한 것이 다른데 어찌 같은 방식으로 싸우겠나.

은자가 무인을 은자의 세계로 끌어들이면 은자의 승리가 보장된다. 반대로 무인의 세계로 끌려 나가면 여지없이 도륙된다. 그런데 무림의 싸움은 늘 무인의 방식대로 진행된다.

은자가 뛰어난 절기를 지니고 있으면서 세상 밖으로 나설 수 없는 한계가 여기에 있다.

세요독부는 은자의 무공을 수련했다. 숨고, 추적하고, 정탐하고, 암살에 능하다.

그런데 이제는 천유비비검까지 수련했다.

류명이 나타나도 검을 맞대볼 수 있을 정도로 강한 고수가 되어서 나타났다.

그가 어떻게 해서 이런 고수가 될 수 있었을까? 한 달 만에 천유비비검을 수련한다는 게 가능키나 한 말인가.

적성비가에는 차령미기(借靈謎氣)라는 마공이 있다.

공력이 비슷한 두 사람이 서로 장심(掌心)을 맞대고 마주 앉는다. 그리고 동시에 진기를 내뿜고 받아들인다. 오른손으로는 밀어주고 왼손으로는 받아낸다.

두 사람 사이에 진기의 순환이 이루어진다.

두 사람의 진기가 이신일체(二身一體)가 되어서 빙글빙글 순환한다.

자, 이제 끝낼 때다. 순환하는 속도를 늦춘다. 진기 발출을 조금씩, 조금씩 줄인다. 그러다가 순환이 완전히 끝나면 진기를 수습한 후 장(掌)을 거둔다.

이것은 무인이라면 모르는 사람이 없는 내상 치료법이다.

진기가 굳건한 사람이 내상 입은 사람을 치료해 주는 방편으로 진기 순환을 사용하곤 한다.

한데 처음에 뭐라고 말했는가? 공력이 비슷해야 한다고 말하지 않았나.

진기 순환까지는 내상 치료법과 동일하지만 그 후는 전혀 달라진다.

어느 한순간, 발출하는 진기를 완전히 끊어버린다. 그리고 받아들이는 진기에만 모든 심력을 집중시킨다.

양손이 불에 덴 듯 화끈거리면서 극렬한 싸움이 일어난다.

서로가 빼앗으려고 하고, 빼앗기지 않으려고 발버둥 친다. 하지만 두 사람의 공력이 비슷하기 때문에 어느 한쪽이 일방적으로 승리를 취하는 경우는 드물다. 거의 대부분 팽팽한 균형을 유지하면서 집중만 높여간다.

그때, 육신에서는 어떤 일이 일어나는가?

내부의 진기는 순환을 멈췄다. 오른손은 철저히 닫혔다. 상대의 왼손이 빨아들이려고 하지만 내주지 않는다. 왼손은 죽을힘을 다해 빨아 당긴다. 하지만 빨려오는 게 없다.

두 손이 진공 상태에 이르면 내부의 진기는 움직일 곳을 잃고 정체된다.

끊임없이 움직이던 생령(生靈)이 갈 곳을 잃고 정체된다.

이런 순간은 오래가지 않는다. 인간이 숨을 쉬지 않고 살 수 없듯이, 숨을 참는 데 한계가 있듯이 움직일 곳을 잃은 진기는 어느 곳이든 뚫고 나가려고 발악한다.

그럼 신체 중에서 가장 취약한 곳은 어디일까? 오른손 장심이다. 그곳은 전쟁 상태다. 바깥에서 빨아들이는 힘이 끊임없이 작용하고 있다. 내부에서 빗장만 열어주면 득달같이 빨려 나간다.

결과는 어떨까?

둘 중 한쪽이 빗장을 연다. 그리고 빨려 나간다. 다른 손에서는 빨아들이는 것이 없는데 이쪽만 빨려 나간다. 그것도 일순간, 찰나라는 지극히 짧은 순간에 끝난다.

퍽!

그리고는 끝이다.

공력이 강한 자가 약한 자의 것을 빨아들이는 방법은 많다. 하지만 그런 방식은 오직 진기만을 흡취할 뿐이다.

차령미기는 모든 것을 빨아들인다. 갈 곳 잃은 진기가 내부에서 팽팽하게 부풀어 오르는 동안, 혈맥 깊숙이 숨겨져 있던 잠력(潛力)까지 모두 끄집어낸다.

이런 과정을 거쳐야 하기 때문에 공력이 비등해야 한다는 전제 조건이 붙은 것이다.

진기 갈취는 단순히 공력 몇 푼 늘리는 것에 지나지 않는다. 하지만 차령미기로 진기를 받아들이면 일약 한 배 반에서 두 배까지 급성장한다. 물론 상대는 그 즉시 절명한다.

차령미기는 어느 쪽이 승리할지 장담할 수 없다. 그래서 죽음의 유희라고 불리기도 한다. 차령미기를 시작하면 둘 중에 한 명은 반드시 죽기 때문에 절대 마공으로 분류된 것이다.

적성비가 무인들은 이 방법으로 내공을 늘렸다. 그리고 천유비비검을 이해했다.

어린아이가 장검을 들고 검법을 배운다. 항우장사가 똑같은 장검을 들고 똑같은 검법을 배운다. 어느 쪽이 성취가 빠를까? 묻는 사람이 바보가 아닐까?

네 명, 이들은 한 달 전과 비하면 적어도 다섯 배 이상 강해졌다. 본인들 스스로 천유비비검을 완성했다고 말할 정도로 무공이 깊어졌다.

마사가 말했다.

"수고했어. 솜씨는 류명이 돌아오면 보도록 할게."

"호호! 살아남은 사람이 궁금하지 않아? 누군지 묻지도 않네?"

"하나, 둘, 셋."

"…뭐야?"

"방금 이름 지어준 거야."

"마사, 너 정말 우릴……."

"후후후! 차령미기를 수련할 때부터 우린 인성을 버렸어. 우리 모두 전부. 사람다운 소리는 그만해. 내가 필요한 건 사람이 아니라 수족이야."

"본가에 있으면서 이런 생각을 했지. 이 정도의 무공이면 차라리 문파를 창건하는 건 어떤가."

"해. 안 말려."

"……."

"한마디만 할게. 개는 영원히 개가 되어야 해. 주인이 예뻐해 준다고 사람처럼 굴면 안 돼. 귀여움 받는 개가 되든지 사람 흉내 내는 개가 되든지…… 선택해."

세요독부는 가타부타 대답없이 돌아섰다.

뚜벅! 뚜벅!

돌아가는 발걸음 소리가 묵직하게 들린다.

그런 모습을 보면서 마사는 피식 웃었다.

사람은 참 묘한 동물이다. 힘이 없을 때는 아무 생각이 없다가도 힘이 생기면 금방 다른 생각을 한다. 주인을 깨물기도 하고 집을 뛰쳐나가기도 한다.

세요독부가 딴생각을 품는 건 당연하다. 하지만 그는 움직이지 못한다. 지금은 갈등이 심하겠지만 그것도 얼마 지나지 않아서 잠잠해질 게다.

'넷…… 겨우 네 명……. 그래도 열 명쯤은 돌아올 거라 생

각했는데… 넷…….'

네 명과 열 명은 큰 차이가 있다.

정상적인 수련이라면 네 명이 월등히 낫지만, 차령미기를 통한 수련은 열 명이 훨씬 낫다.

천검사봉 대 나머지 여섯 명의 싸움이라고 생각해 보면 쉽다.

묵비 비주는 천검십검과 어깨를 나란히 한다고 소문났지만 류명에게 무너졌다. 결과가 끝난 건 아니지만 무너진 것이나 진배없다. 시간이 조금만 지체했어도 형편없는 모습을 보일 뻔했다.

네 명과 열 명은 이만한 차이를 불러온다.

네 명은 '죽음의 유희'에 중독되었다. 그래서 십여 명으로 좁혀졌을 때, 그만 멈추지 못하고 계속 진행했던 것이다.

한 번 더 하자. 한 번만 더 하자.

오늘 밤이 지나면 저들 네 명이 두 명으로 줄어들 수도 있다.

저들의 공력은 비슷하다. 일신 무공은 논외로 하고 진기만 놓고 보면 거의 대등하다.

차령미기를 계속 펼쳐 나갈 가능성이 전혀 없다고 할 수 없다.

네 명에서 두 명으로, 두 명에서 한 명으로, 그렇게 탄생한 무인은 자신이 절대자라는 착각을 하게 될 게다.

여기서 중단시켜야 한다.

마지막 한 명이 되어도 절대자가 될 수 없음을 알려주어야 한다. 그러면 딴생각을 품는 일도 없어질 것이다. 개가 사람처럼 행동하는 일도 없을 게다.

'류명이 돌아와야 해.'

그녀의 계산은 들어맞았다.

세요독부가 돌아온 이틀 후, 황련산 독존대가 당당하게 정문을 밟고 들어섰다.

"어서 오세요."

마사는 수수한 연초록 화복을 입고 맞이했다.

"별일 없지?"

류명이 그녀의 허리를 와락 껴안으며 말했다.

"아무런 일도…… 후읍!"

그녀는 말도 잇지 못했다.

많은 사람들이 지켜보고 있다. 자식이 온다는 말에 정명부인까지 마중 나와 있다.

류명은 남의 시선을 아랑곳하지 않고 거칠게 입맞춤을 했다.

"보고 싶었다."

"어머님께 인사부터……."

"후후! 그럴까?"

류명은 싱긋 웃은 후 그녀의 허리를 놓고 정명부인에게 걸어가 읍했다.

"소자, 이제 돌아왔습니다."
"수고했네. 들어가세."
정명부인은 섭섭한 기색을 숨기지 않았다. 하지만 그럼에도 류명은 태연하기만 하다.
"너희들, 수고했다. 원하던 대로 해. 모든 걸 승낙한다."
류명이 뒤따르던 독존대 다섯 명에게 말했다.

'다섯······.'
여기도 변수가 생겼다.
류명 또한 그녀가 생각했던 것보다 한 걸음 더 깊이 들어갔다.
독존대는 딱 열 명이 알맞았다. 한데 다섯 명으로 줄었다. 무공과 중요도가 그만큼 깊어졌다는 뜻이다.
천검십검으로 알맞았는데, 천검사봉을 만들어가지고 왔다.
마사는 속이 환히 비치는 얇은 나삼(羅衫)을 입은 채 잠을 자지 않고 기다렸다.
집에 돌아온 첫날, 류명은 어디서 잠을 잘까?
천유각에서 머물까? 그녀가 새롭게 거처로 정한 소향원(蘇香院)으로 들어설까?
그녀는 그를 찾아가지 않았다. 그가 찾아오게 만든다.
덜컥!
방문이 열리며 류명이 들어섰다.
"어서 오세요."

마사는 두 손 모아 허리를 숙였다.
"기다렸어?"
"그럼요."
"천유각에 있을 줄 알았는데?"
"우린 아직 혼전이에요."
"그게 그렇게 중요해?"
"여자에게는요."
류명은 매미가 껍질을 벗듯 순식간에 알몸이 되었다.
"이건 남자에게 중요해. 아주 중요하지. 하하하!"
류명이 그녀를 번쩍 들어서 침상 위로 던졌다.

第六十九章
소성(笑聲)

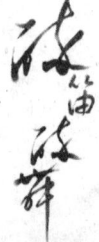

1

"오늘은 뭐 할 거예요?"
아침상을 물리고 차를 마실 때, 마사가 문득 말했다.
"오자마자 할 일이 뭐 있나?"
"오자마자 일부터 저질렀으면서."
"뭐? 내가?"
"그럼요."
"난 마사하고 운우지락을 즐긴 기억밖에 없는데?"
"가가께서 데려온 다섯 명 말이에요. 벌써 전각 하나씩 꿰찼던데요?"
"아, 그거? 내가 허락했어. 가지고 싶은 게 있으면 다 가지라고 했어. 그 정도 보상은 해줘야지."

"그래도 대공자의 처소까지 차지한 건……."
"대공자가 어디 있는데?"
"제가 실언했군요."
"그래, 실언이야. 없는 사람 이야기는 하지 말자고."
"저 사람들…… 지금은 전각만 차지했지만 나중에는 제 자리까지 탐낼 걸요."
"하하하! 마사가 그런 걸 염려할 때도 있나? 하하하!"
류명은 통쾌하게 웃었다.
그럴 것이다. 그는 지금 거대한 힘을 쥐고 있다. 황련산에서 고련(苦練)을 치러낸 자들이 다섯 명이나 곁에 붙어 있으니 천하라도 움켜쥔 기분일 게다.
이런 자가 며칠 전에 또 있었다.
이들은 서로가 지신이 천하인 줄 안다.
마사가 말했다.
"상공께서 황련산 고련을 하실 때 저도 조그만 걸 만들어봤어요."
"그래? 뭔데?"
"고수."
"고수? 하하하! 마사, 오늘은 아침부터 웃겨 죽이려고 작정한 거야? 한동안 못 봤더니 많이 변했네?"
"할 일도 없겠다…… 그럼 우리 오늘 무공 참관이나 해요."
"하하하! 저 친구들 무공이 보고 싶었던 게군."
마사가 방긋 웃었다.

"제가 만든 고수의 무공도 보여 드리고요."

류명의 얼굴에서 웃음기가 사라졌다. 그는 비로소 마사가 농을 하는 게 아니라는 사실을 안 것이다.

"저 친구들은 생사결전이 아니면 검을 뽑지 않아."

마사가 웃으면서 말했다.

"어머! 저도 그렇게 가르쳤는데……. 역시 상공과 저는 마음이 통하나 봐요."

은자의 방식은 없다.

장소는 사방이 환히 트인 연무장이다. 싸움은 연무장 안에서만 벌인다. 연무장 밖으로 밀려나거나 고의로 벗어나는 순간 천검가에서 축출당한 것으로 간주한다.

천검가의 모든 무인이 일시에 달려들어 죽이겠다는 뜻이다.

병기는 검으로 한다.

검 이외에는 아무것도 사용할 수 없다. 검법은 천유비비검으로 제한한다. 따라서 여타의 암습을 가할 수 없다. 암기를 비롯해서 여타의 다른 병기들을 사용할 수 없다.

지극히 제한된 결전이다.

두 명의 검수가 연무장 반대편에 섰다.

스웃! 스으웃!

누가 먼저라고 할 것도 없이 검무를 추기 시작한다.

류명이 내놓은 검수는 검이 매우 부드럽다. 그런데 부드럽다는 느낌보다도 더 인상적인 게 있다.

검이 몸에서 이 척 이상 떨어지지 않는다. 검을 쭉쭉 뻗지 않고 몸 가까이 붙어서 움직인다. 뻗는가 하면 휘돌리고, 휘돌리는가 하면 베어낸다.

그런데 그런 모습이 매우 자연스럽다.

마치 평생토록 저런 검법만 수련해 온 사람 같다.

세요독부가 내놓은 검수도 특징있는 검무를 춘다.

맹렬하게 달려오던 사람이 제자리에 우뚝 멈춰 설 수 있는가?

그럴 수 있다. 그런 검초가 있다. 맹렬하게 뻗어내다가도 우뚝 멈추고, 각도를 바꿔서 또다시 맹렬하게 뻗어낸다.

선과 점이 모여서 매우 아름다운 형상을 그려낸다.

"놀랍군."

류명이 감탄했다.

검무는 아름다운 형상을 그려낼 수 있다. 하지만 검무가 검초로 바뀌는 순간, 멈추는 순간은 지극히 빨라질 것이다. 눈에 보이지 않는 속도로 변화를 이끌어낼 것이다.

"어떻게 보세요?"

"글쎄……."

류명의 얼굴에서 여유가 사라졌다.

사실 마사가 결전을 제의해 올 때만 해도 무시하는 측면이 없지 않았다.

마사는 영단(靈丹)을 쓰지 않았다.

류명은 온갖 약재를 버무려서 만든 영단을 하루에 한 알씩

복용시켰다. 하루에 전각 한 채 지을 돈이 뱃속으로 들어갔다고 생각하면 맞을 게다.

류명은 자신의 심득(心得)을 전했다.

혹독하게 다그친 면이 있지만, 그 이면에서는 따라올 수 있게끔 상세하게 지도하기도 했다.

마사는 아무것도 하지 않았다. 단지 천유비비검의 비급만으로 혼자서 수련하게끔 만들었단다.

상대가 안 된다.

그런데 막상 뚜껑을 열어보니 그게 아니다. 솔직히 말하면 두 검 모두 나무랄 데가 없다. 굳이 승부를 결하면 승패야 갈라지겠지만 누가 상할지는 알지 못한다.

"굉장한 자들을 만들었군."

"상공 역시 굉장해요."

"후후! 놀리는 소리로 들리는데?"

"아뇨. 진심이에요. 저희에게는 영단에 비견될 만한 비기가 있었어요. 그러니 저런 자들을 만들 수 있었지만…… 영단이 얼마나 큰 도움이 됐겠어요? 전부 상공이 노력한 결과인데, 정말 강해요."

마사가 감탄했다.

"그만두지. 이러다가 사람 상하겠어."

류명이 말했다.

그는 두 사람이 아까웠다. 둘이 결전을 치르면 둘 중 한 명은 크게 상한다. 아니, 목숨을 잃을 가능성이 매우 크다.

쒜엑! 쒜에엑!

두 사람이 일으키는 검풍이 멀리까지 번져 온다.

이미 두 사람 사이에는 적개심이 불타오르고 있다. 상대를 반드시 꺾어버리겠다는 집념이 흘러나온다.

이런 상태에서 부딪치면 반드시 피가 솟구친다.

그럴 필요가 있을까? 어차피 두 명 다 천검가의 무인인데. 자신이 키웠든 마사가 키웠든 모두 다 자신이 활용할 소중한 자산인데. 무공이 어느 정도인지 알았으니 된 것 아닌가.

마사가 말했다.

"결전은…… 결전인 거예요. 결전을 치르라고 했다가 이제 그만두라고 하면 면이 안 서요. 가주가 입 밖에 낸 말은 절대적으로 지켜져야 해요. 무슨 일이 있어도."

순간, 류명의 뇌리에 삼 년 전 사건이 스쳐 지나갔다.

천검십검은 향암 선생을 치려고 하지 않았다. 무엇인가 다른 게 있다고 생각했다. 그런데 아버님이 한마디 했다. 날 치려고 했어. 그 한마디에 모두 검을 들었다.

류명은 마사를 쳐다봤다. 그녀도 그를 쳐다보고 있었다.

눈앞에서는 두 사람이 결전을 치르고 있다. 한데 정작 결전을 명한 두 사람은 싸움에서 눈길을 돌린 채 서로만 마주 보고 있다.

류명이 피식 웃으면서 말했다.

"말로 해도 됐는데……."

"피부로 느끼는 게 더 낫죠."

"그런가? 그럼 보지."

류명은 비로소 고개를 돌려 싸움을 주시했다.

이 싸움, 적성비가의 존재를 드러내는 싸움이 아니다. 형식은 그렇지만 안에 깊은 뜻이 또 하나 숨겨져 있다.

류명은 황련산에서 데려온 검수들에게 최대한의 아량을 베풀었다. 가지고 싶은 것은 다 가지라고 말했다. 그들을 천검십검으로 대우하는 의미에서다.

즉, 그들은 수하가 아니다. 류명과 같은 배분에서 형제애(兄弟愛)로 맺어졌다. 류명의 뜻에 반하는 명령에는 거침없이 반대할 줄 아는 자들이 되어서 돌아왔다.

그래서는 안 된다. 가주의 명은 천명(天命)!

이 싸움, 그들의 위치를 확인시켜 주는 싸움이다.

쒜엑! 쒜엑! 깡깡깡!

한 사람이 공격하고, 한 사람은 방어한다. 그런 공방이 일 초, 이 초, 십여 초까지 지속된다.

금방 끝날 싸움으로 보였다. 굉장히 빠른 검들을 지녔기 때문에 찰나 만에 승부가 갈릴 것으로 보였다. 그래서 순간의 부딪침에 두 눈 크게 뜨고 지켜봤다.

숨 한 모금 들이쉴 동안에 십여 초가 진행되었다.

쒜엑! 쒜엑! 깡깡!

공격하는 검은 변(變)을 이해한다. 길게 뻗는 검과 짧게 끊는 검에도 수십 가지의 변화를 가미한다. 그리고 어느 변화든 순간적으로 그려낼 수 있다.

막는 자는 철벽이다. 거북이가 단단한 껍질을 둘러쓴 것처럼 몸 주위를 온통 검으로 에워쌌다.

검무 때는 그래도 검신이 이 척 정도까지는 뻗어나갔다. 한데 실전에 들어서자 일 척 이상을 나아가지 않는다. 지극히 비좁은 공간 속에서 이리저리 신비롭게 검을 휘돌린다.

쒜엑! 쉑! 깡깡! 쒜엑! 까앙!

공격하는 검이 쉴 틈을 주지 않는다. 방어하는 검도 방어만 하는 게 아니다. 지금은 방어만 하지만 공격이 그치는 순간 틀림없이 반격을 취할 것이다.

공수(攻守)가 바뀌면 어떤 모습이 될지 자못 궁금하다.

'이 정도였던가!'

류명은 적성비가의 비술에 흥미가 높아졌다.

적성비가의 은자들은 일부러 신경 쓸 정도로 대수롭지 않았다. 그들이 산을 내려와 천검가에 합류했을 때도 좋은 수속들이 생겼다고 기뻐했다.

그렇다. 적성비가는 말 잘 듣는 개일 뿐이다.

그런데 개가 사람이 되어 나타났다.

이건 굉장하다. 어떤 비술인지는 몰라도 평범한 무인들을 일약 절정고수로 키웠으니 이걸 천검가에 응용하면 최단 시간 이내에 군대까지 양성할 수 있다.

절정무인으로 이루어진 군대!

누가 감히 앞을 막을 수 있는가!

다른 한편으로는 가슴이 텅 비는 느낌도 들었다.

마사를 사랑한다. 그녀도 자신을 사랑한다. 이것은 의심의 여지가 없다.

한데 마사가 자신 모르게 이들을 키웠다. 그리고 당당하게 드러낸다. 무엇 때문인가?

그는 마사를 힐끔 쳐다봤다.

그녀는 묵묵히 싸움만 구경하고 있다.

승패에 연연하는 모습은 보이지 않는다. 사실 그럴 필요가 없다. 적성비가에도 독존대에 버금갈 만한 무인이 존재한다는 사실을 알렸으니 소기의 목적을 달성한 것이다.

이 싸움은 여러 가지 복합적으로 버무려져 있구나.

마사가 자신의 지분을 요구하는 건가? 적성비가에 이런 자들이 몇 명이나 존재하는지 아는 바가 없다. 이건 뭔가? 자신을 함부로 대하지 말라는 경고인가?

무림에는 부부 사이에도 일정한 경계가 있다.

그런 점을 어려서부터 보아왔기 때문에 마사가 지분을 요구하는 모습이 귀엽게 보인다.

딱 거기까지다.

귀여움에서 한 걸음 더 나아가면 피가 튄다.

무림 가족사는 늘 그렇다. 부부 간에도 위아래는 있어야 한다. 아내가 남편을 짓밟고자 할 때, 늘 피가 흘렀다.

마사를 베고 싶지 않다.

오직 사랑으로 자신을 따르는 줄 알았는데, 자신을 무림에 우뚝 서게 하는 게 그녀의 꿈인 줄 알았는데…….

그때, 마사가 급히 속삭여 왔다.

"일갈을 질러서 싸움을 멈추세요. 더 지체하면 정말 승부가 나요."

"멈추라고? 끝을 보자고 하지 않았나?"

"나중에!"

"그러지. 멈춰!"

류명은 쩌렁 일갈을 내질렀다.

내공을 가득 실은 사자후(獅子吼)가 한참 싸움 중인 두 사람의 뇌리를 강타했다.

두 사람은 누가 먼저랄 것도 없이 거의 동시에 물러섰다.

"헉헉!"

"후읍! 후읍!"

두 사람은 땀에 흥건히 젖은 모습으로 그제야 편안하게 깊은 숨을 들이쉰다.

"이 정도면 됐다. 구경 잘했다."

류명이 자리를 털고 일어섰다.

마사가 그 뒤를 조용히 따랐다. 그녀는 한마디도 하지 않았을 뿐만 아니라 눈길도 주지 않았다.

세요독부의 충격은 컸다.

적성비가는 이제 다섯 명만 남았다. 그들을 제외하고는 모두 죽었다. 절정 무공을 탄생시키기 위해서 자신을 희생했다. 아니, 도박에 운을 걸었다.

 그런데도 류명의 일갈에 내공이 흩어진다.

 류명, 그는 얼마나 강한 존재인가. 도대체 그가 터득한 천유비비검은 무엇인가.

 그는 정말 절봉(絕峰)을 뛰어넘어 하늘이 되었단 말인가.

 하늘이 된 자는 하늘이 될 수 있는 방법을 기꺼이 알려준다. 내가 이렇게 해서 하늘이 되었으니 너도 해보라고 한다. 하지만 가능하지 않다.

 그게 가능하다면 무림제일인은 늘 한 문파에서만 배출되어야 한다.

 용자(勇者) 밑에 견자(犬子) 없다고 하지만, 용자 밑에 용자(勇者)도 나지 않는다.

 청출어람(靑出於藍)은 존재할 수 있다. 아버지를 능가하는 자식이 왜 없겠는가. 하지만 오래 지속되지 못한다. 삼대(三代)가 뛰어나다는 소리는 들었어도 사대(四代)가 뛰어나다는 소리는 듣지 못했다.

 이제는 인정해야 한다.

 류명은 천검가주의 진전을 고스란히 이어받았다.

 청출어람에 해당되는 경우다. 이대가 연이어 뛰어난 경우다.

 자신들도 높은 성취를 이뤘다. 하지만 아직 멀었다. 류명에 비하면 한 수 아래가 분명하다.

'한 번 더?'

차령미기를 또 쓰면 어떻게 될까?

내공이 포화상태에 이를 것이다. 받아들인 진기를 융화시키는 데만 수년이 걸릴 게다.

그만큼 그들의 내공은 강하다.

또한 한 번 더 한다면 정말로 죽음의 유희가 된다. 서로의 내공이 정말로 비슷하기 때문에 누가 이기고 누가 질지는 승부가 끝난 다음에나 알 수 있다.

세요독부, 그가 질 수도 있다.

더군다나 그는 한 팔이 없다. 장심을 맞댈 수 없어서 발을 썼다.

발로 운용되는 진기는 손으로 운용되는 진기보다 충격에 대한 반응 속도 면에서 훨씬 느리다.

'한 번 더'는 그가 당할 공산이 높다.

'마사… 후후! 졌다. 뛰어봤자 벼룩……. 그걸 이런 식으로 잔인하게 알려주다니. 참 독한 계집.'

그는 술병을 집어 들고 꿀꺽꿀꺽 마셨다.

독존대가 자신들과 겨룰 수 있을 만큼 강하다. 더군다나 그들은 숫자도 많다.

적성비가라는 존재가 무림에서 사라지지 않으려면 마사의 명령을 충실히 좇아야 할 것이다.

"제가 너무 경망되게 굴어서……."

마사가 다소곳이 머리를 숙였다.

그래도 류명은 웃지 못했다.

마사가 고운 미소를 띠며 말했다.

"적성비가…… 그들을 모두 죽여서 네 명을 만들었어요."

"모두 죽여…… 넷?"

류명은 눈을 부릅떴다.

도대체 어떤 방법으로 수련시켰기에 그 많은 은자들이 사라졌나.

"네. 네 명밖에 안 돼요. 하지만 일기당천(一騎當千), 좋은 수족이 될 거예요."

"수족……."

"저들을 좌호(左虎), 독존대를 우룡(右龍)으로 삼으세요. 우룡 중에 한 명을 빼서 뒤를 막는 후구(後龜)로 삼고…… 제가 길을 여는 전학(前鶴)이 될 게요. 괜찮죠?"

"마사!"

"이런 진형으로 오월 황산지회(黃山之會)에 참석하세요."

"으음!"

류명은 침음했다.

열 명의 무인과 한 명의 여인이 황산 집회에 참석한다.

검련십가의 위치를 벗어나 검련 일가의 위치를 노려볼 수 있다.

황산지회는 검련사십가만 참석한다. 여기서 논하는 의제 중 가장 중요한 것 중의 하나가 검련십가를 선정하는 것이다.

지금까지는 그랬다.

검련십가 중에 어느 문파도 검련 일가의 아성을 무너뜨리지 못했기 때문이다.

하나 이제는 다르다. 충분히 넘볼 수 있을 것 같다.

마사가 말했다.

"그전에 하실 일이 있어요."

"뭐요?"

"아버님과 의논하세요."

"그건 나보다 마사가 낫지 않나?"

"전 인정받았어요. 저라면 괜찮다 하시더라고요."

"그래? 하하하! 축하해. 그 노인네, 좋은 말은 여간해서는 하는 분이 아닌데."

"상공은 무공으로 점검받으세요. 실전으로 평가받는 게 좋을 거예요. 검을 맞대기만 하면 아버님이 직접 일러주실 거예요. 상공의 무공으로 이번 일이 가능한지, 아니면 더 기다려야 되는지."

"그러지."

류명은 모든 경계심을 누그러뜨리고 마사를 껴안았다.

이보다 더 사랑스러운 여인이 어디 있겠는가.

2

금화루가 무너졌어도 무인들은 추격조를 편성하지 않았다.

그뿐만이 아니다. 반혼귀성을 마도(魔道)로 규정한다는 공문(公文)도 나붙지 않았다.
 관군은 제자리로 돌아갔다.
 수많은 사람이 참혹한 살인을 지켜봤는데, 아무런 움직임도 보이지 않는다.
 검련 일가의 입김이 강하게 작용했다.
 당우는 신산조랑과 머리를 맞대고 구령마혼을 일으켰다.
 츠으으읏!
 머리가 불이 날 만큼 바쁘게 돌아간다.
 "검련이 우리를 지켜보고 있어. 왜?"
 "모르죠."
 "정말 몰라?"
 "아무런 단서가 없어요."
 "단서는 있잖아. 만정."
 "만정 마인들은 무공을 일으킬 처지가 못 됐죠. 그런 사람들의 무공을 살핀다는 건 시간낭비. 차라리 그러려면 무공을 폐쇄하지 말았어야 했고요."
 "식인은?"
 "그것도 별다른 단서가 되지 못해요. 식인을 하나 소고기를 먹나 마찬가지. 단지 심성에 변화가 일어날 텐데…… 인성이 상실되는 정도? 정말 그걸 살피려는 걸까요?"
 "아니지. 너무 약해."
 "알 수 있는 방법이 없죠?"

"단서가 없어."

당우는 신산조랑이 했던 말을 했다.

얼핏 보면 어린아이 장난 같은 놀이이다. 하지만 그들은 결코 그렇지 않다. 아홉 개로 나눠진 머리가 오로지 한 가지 일에만 집중한 끝에 내린 결론이다.

"그럼 검련 본가는?"

"소득 무(無)."

"처음부터 가야죠?"

"시작으로 돌아가야지. 백석산으로."

"백석산에서 투골조를 류명에게 전한 사람은?"

"흑조."

"흑조의 배후는?"

여기서 또 막힌다.

아는 것이 전혀 없으니 막힐 수밖에 없다.

백석산에는 투골조의 흔적이 전혀 남아 있지 않다. 물에 씻은 듯 완전히 씻겼다.

결국 남은 사람은 류명이다.

당우의 곁에는 투골조 사건과 관련있는 사람들이 거의 대부분 있다. 치검령, 추포조두, 묵혈도, 벽사혈, 묵비 비주까지 있어서 그때의 상황을 종합적으로 정리할 수 있다.

류명에게 투골조를 전한 사람은 흑조가 분명해 보인다.

그러면 흑조는 어떤 이유에서 그런 일을 한 것인가? 류명에게 마공을 수련했다는 누명을 씌울 속셈이었나? 천검가를 입장 곤란하게 만들려고?

천검가는 그 정도로 무너지지 않는다.

정말 마지막에는 류명을 버릴 수도 있다. 마공을 수련한 사람은 류명 개인이지 천검가가 아니지 않은가. 류명을 파문시키고 자신이 직접 척결한다면 오히려 전화위복(轉禍爲福)이 되어서 만인의 칭송을 받을 수도 있다.

흑조가 그런 점을 간과할 리 없다.

보다 깊은 내막이 있다. 더 중요한 것을 노리고 달려들었다.

"지금 할 수 있는 일은?"

"딱 하나."

"그렇지?"

"그렇습니다."

신산조랑의 아홉 머리가 일제히 한 가지 사실을 말해준다.

투골조를 전수받은 류명 본인에게 사실 확인을 하라고. 당사자를 직접 대면하라고. 누가 그 일을 할 수 있는가? 당우가 할 수 있다. 당우는 류명에게 투골조를 전이받았고, 삼 년이란 세월을 만정에서 보냈으니 그만한 일쯤은 추궁할 수 있다.

그러나 문제는 역시 무공이다.

지금 상태로 류명 앞에 나서면 즉각 처치된다.

누가 과거의 잔재를 남기고 싶어할까?

특히 지금의 류명은 욱일승천(旭日昇天)의 기세로 타오르는 중이다. 천검가를 이어받았을 뿐만 아니라 천검가의 성세를 옛날보다 더 융성하게 만들고 있다.

임강부 주변에는 마인들이 발을 붙이지 못한다.

누구라도 발만 들여놓으면 절대고수가 나타나서 목숨을 취해간다.

그들에게 용서란 없다. 마(魔)의 정도가 가볍든 무겁든 간에 마(魔) 자만 붙어 있으면 무조건 죽인다.

살인자도 발을 붙이지 못한다.

무가에서 일어난 살인은 물론이고 일반 민가에서 일어난 살인도 간여한다.

이에는 이, 피에는 피!

살인자는 죽음으로 대가를 치른다. 이에는 남녀노소가 해당되지 않는다. 이해 여부도 상관없다. 살인을 한 자는 무조건 목숨으로 대가를 치른다.

일면 너무 잔혹한 처사 같지만 효과는 탁월하다. 덕분에 임강부에서 살인은 쏙 자취를 감췄다.

그런데 반혼귀성이 임강부로 들어가 류명을 만난다? 이건 자살 행위를 넘어선다. 염라대왕을 만나러 지근해서 시옥으로 뛰어드는 것이나 다름없다.

그런데 신산조랑이 말한다.

"임강부로 가야죠?"

당우도 대답한다.

"가야지. 류명에게 답이 있다면 물어야지."

두 사람은 동시에 고개를 끄덕였다.

반혼귀성 사람들이 무림에 나와서 하고 싶은 일은 딱 두 가지로 나뉜다.

하나는 어떻게 해서 투골조 사건이 벌어졌느냐 하는 점이다.

이에 관계된 사람으로는 당우와 치검령, 추포조두, 묵혈도, 벽사혈, 산음초의가 있다.

여섯 명이 투골조 사건을 반드시 파헤치고 싶어한다.

천검가와 연관된 문제다.

또 다른 하나는 만정이 생긴 이유이다.

만정은 마인들을 잡아가두는 취지로 탄생했다. 그 점은 이해한다. 하지만 마인들에게 사람을 던져 주는 만행은 어떤 식으로든 이해할 수 없다.

이 부분은 신산조랑과 홍염쌍화가 연관된다.

검련 본가와 부딪칠 일이다.

반혼귀성은 어떤 식으로든 검련 본가, 그리고 천검가와 다투게 되어 있다.

그럼 어디부터 가야 할까?

고민 끝에 천검가로 결정되었다.

검련 본가는 건드릴 방도가 없다. 너무 뿌리가 깊다.

삼십홀을 죽였다. 추포조두를 자극했다. 그럼으로써 검련 본가로부터 어떤 소식이 날아들기를 기다렸다. 그 소식이라는 것이 검끝일 가능성이 매우 높지만, 그래도 반응이 오기를 지켜봤다.

반응은 오지 않는다. 왜? 이미 지켜보는 자가 있기 때문이다. 금화루를 무너뜨려도 반응이 없다면 검련 본가를 직접 치는 수밖에 없다. 자살 행위다.

그래서 방향을 돌린다. 천검가를 얕보는 것은 아니지만 그래도 가장 명확한 답을 줄 수 있는 사람이 있기에 간다.

"반혼귀성을 유지한 채로 갈까요?"

"그러는 게 좋겠지."

"임강부로 들어가서도 유지합니까?"

"그래야겠지. 그래야 천검가와 직접 부딪칠 거야."

신산조랑이 말했다.

"곤란하지는 않겠군요."

"허!"

두 사람의 대화를 듣다 듣다 하도 기가 막혀서 비주가 헛바람을 토해냈다.

천검가와 직접 부딪치는 게 곤란한 게 없단다.

이들은 류명의 무공을 모른단 말인가? 자신이 류명의 상대가 안 된다고 하면 알아서 가슴 깊이 새겨야 할 게 아닌가. 꼭 똥인지 된장인지 설명해 줘야 아나.

'이놈들과는 정말 같이 못 가겠군. 더군다나 임강부로 간다면…… 백 중 백 죽는다.'

미간이 절로 찌푸려졌다.

그는 임강부의 소식을 손바닥 들여다보듯이 알고 있다.

마사가 적성비가를 어떻게 했는지 모두 사라지고 절정고수

네 명만 남았다. 그들은 엊그제까지만 해도 보통 은자에 불과했는데, 느닷없이 독존대와 버금가는 고수가 되어서 나타났다.

천검가에는 아홉 명의 절정고수가 있다.

임강부에서 벌어지는 살인을 그들이 조사한다. 그들이 살인자를 처리한다. 마인들을 죽이는 것도 그들이다. 마사가 머리를 쓰고 그들이 행동한다.

그런데 임강부로 들어가? 뭐? 류명과 만나서 투골조를 누가 전수했는지 물어본다고?

비주는 결심을 굳혔다.

'이놈들을 수중에 쥐는 건 애당초 물 건너갔고…… 쯧! 잘 휘어잡으면 좋은 세력을 얻을 줄 알았는데… 확실히 떠날 때가 되었어.'

비주는 인사도 없이 떠날 생각이었다. 그런데,

"비주, 떠날 거야?"

신산조랑과 말을 나누던 당우가 느닷없이 말을 건네왔다.

"응? 아, 아니. 왜?"

"얼굴에 떠난다고 쓰여서."

"허! 어린놈이 말만 늘었군."

"한 가지 말해주지 않은 게 있는데…… 우릴 떠나면 당신은 죽어. 거짓말인 것 같아? 그럼 떠나봐. 장담하는데 삼십 장도 벗어나지 못할걸."

"……."

비주는 아무 말도 하지 못했다.

당우와는 며칠밖에 같이 있지 않았지만 결코 허튼소리를 할 자가 아니다. 가끔 농담도 하고 일부러 장난도 걸지만 성격을 규정하자면 상당히 진중한 쪽이다.

그런 자가 이런 말을 할 때는 무엇인가가 있다.

당우가 또 말했다.

"그리고…… 같이 있으려면 께벗고 있어."

"무슨 말인가?"

"발가벗으란 말이야. 뒤로 감추지 말고."

"허! 듣자 듣자 하니……."

"아직도 묵비와 줄이 닿나 보지?"

"……."

"비밀이 많은 사람은 싫은데, 당신은 참 비밀이 많아."

당우가 쳐다봤다.

순간, 비주는 영혼이 빨려드는 것 같은 느낌을 받았다.

'헛!'

너무 깜짝 놀라서 자신도 모르게 진기를 끌어냈다.

파아아앗!

두 눈에 신광이 운집되면서 당우의 눈을 쏘아갔다.

당우는 진기를 쓰지 않는다. 그저 평범하게 쳐다볼 뿐이다. 그런데 눈이 빠지는 것 같은 충격을 받았다. 지금은 아니지만 조금 전에는 분명히 그랬다.

'이게 무슨 조화?'

조화가 아니다. 당우의 눈동자가 이상하다. 흰자위가 거의 없고 온통 검은 눈동자뿐이다.

'흑, 흑공요안(黑孔妖眼)!'

신산조랑의 상징이 그에게서 나타났다.

신산조랑은 흑공요안을 펼쳐도 아무런 영향을 미치지 못하는데 당우는 이지를 상실케 한다.

마안(魔眼)! 마안이다!

비주는 도저히 이해할 수 없었다.

당우는 진기를 쓰지 못한다. 무공을 펼칠 수 없다. 신공이든 마공이든 안공이든 검초든 아무것도 쓰지 못한다. 검초 같은 것은 흉내라도 낸다지만 안공은 어림도 없다.

하지만 지금 그가 보고 있는 것은 분명히 흑공요안이다.

당우가 요사스런 눈동자로 광채를 쏟아내면서 물었다.

"께벗을 거야, 갈 거야?"

"음!"

흑공요안에 어떤 신비가 감춰져 있을까?

흑공요안을 아는 사람이 없으니 효능 또한 알 수 없다. 다만 지금 이 순간 당우가 자신의 마음을 읽고 있다는 것만은 틀림없다. 그것도 정확하게.

결단의 순간이다.

생각했던 대로 떠날까? 그러면 죽는단다. 왜 그런 소리를 했을까?

그건 차차 알아봐도 늦지 않다. 지금은 자신에게는 필요없어진, 별로 중요하지 않은 정보를 내준다. 그것이면 당우의 의심을 피할 수 있다.

비주는 숨겨놨던 서신을 꺼내 내밀었다.

"근래 천검가는 굉장한 변화가 생겼다. 그중 제일은 천검십검의 재탄생이다. 옛날보다 훨씬 강해진 검으로 임강부를 누비고 있다. 주로 그런 내용이다."

비주는 산책하는 척하면서 천천히 초지(草地)를 걸었다.

십 장, 십오 장……

당우 일행으로부터 그리 멀리 떨어지지 않았다. 얼굴 표정까지 세세하게 살필 수 있다. 그런데,

파아앗!

무서운 살기가 전신을 조여온다.

'훗!'

비주는 깜짝 놀라 진기를 끌어올렸다.

사방을 휘휘 둘러봤지만 보이는 게 없다. 하늘부터 땅까지 샅샅이 훑어봐도 살아서 움직이는 게 없다. 하지만 싸늘한 예기는 여전히 밀려든다.

'감당할 수 없다!'

예기는 굉장히 강했다. 류명과 검을 맞댔을 때 느꼈던 죽음의 기운이 이러할까?

반혼귀성에 정말 유령이 있는 건가? 이게 유령의 실체인가?

이 정도 되는 고수가 주변을 지키고 있다면 임강부로 들어

가도 어느 정도는 버틸 수 있을 것 같다.
 '믿는 구석이 있었군.'
 비주는 일순 망설였다.
 모습을 보이지 않는 예기는 도전을 유발시킨다. 한번 진하게 부딪쳐 보고 싶은 충동이 일어난다. 자신 역시 이것에 못지 않은 예기를 쏘아낼 수 있기 때문이다.
 상대는 강하다. 하지만 자신도 강하다.
 "후우!"
 비주는 숨을 내쉬면서 마음을 가다듬었다.
 '무리를 할 필요는 없어.'
 비주는 아무런 일도 없었던 듯 안색을 풀고 돌아왔다.
 "시험해 보니까 어때?"
 화사한 미모의 여인, 어화영이 말을 건네왔다.
 "뭘 시험했다는 거요?"
 "호호호!"
 어화영은 웃으면서 몸을 바짝 붙였다.
 "어! 왜 이러시는……."
 "조용히! 뭐 네가 좋아서 이러는 줄 알아? 조용히 하고 잘 들어!"
 어화영이 음성을 낮췄다. 그리고 냉정한 어조로 말했다.
 "잘 듣기는 하겠지만 몸 좀 떼고……."
 "예기를 느꼈지?"
 비주는 목석이 된 듯 딱딱하게 굳어졌다.

"느꼈어?"

그는 고개만 끄덕였다.

"저놈…… 검련 본가의 무인이다. 한데 굉장해."

"검련 본가? 저 사람이… 아니, 왜?"

비주는 이런 상황은 이해가 되지 않아서 반문을 하고 말았다.

묵비 비주로 있으면서 온갖 상황을 접했다. 하지만 지금과 같은 경우는 진정 처음이다.

금화루가 멸절되었다. 한데 검련 본가의 무인이라는 자가 손을 쓰지 않고 뒤만 따른다?

그는 처음에는 이해하지 못했다. 하지만 미행자가 검련 본가의 무인임을 인정하자, 이해할 수 없었던 부분들이 술술 풀렸다.

금화루가 멸절당했는데 왜 추격조가 편성되지 않았는지, 검련 본가는 왜 조용한지, 이들이 왜 그렇게 당당히 임강부로 들어설 수 있는지.

검련 본가의 무인은 이들을 치지 않는다. 단순히 지켜보기만 한다.

그런 상황이다. 이들이 잡히거나 죽거나 또는 도주하면 안 되는 묘한 상황이다.

어화영이 속삭여 왔다.

"언니가 저놈에게 당했어. 언니가 당했다면 나도 당해. 우리가 상대할 수 없는 거물이야."

비주는 속으로 침을 꿀꺽 삼켰다.

홍염쌍화 자매가 상대할 수 없다면 자신 역시 패배할 가능성이 높다. 아니, 패한다. 도대체 어떤 놈이기에 이리 강한가?

지극히 짧은 시간 동안 검련 본가의 무인들이 머릿속을 쭉 스치고 지나갔다.

그중에 자신을 능가할 자는?

열 손가락 정도 꼽힌다. 거의 대부분 원로(元老)이거나 중요한 직책을 맡고 있다. 그들의 신분으로 미루어 반혼귀성의 뒤나 졸졸 따라다닐 사람은 없다.

"저놈이 누구인지 알아봐."

"흠!"

"마사를 쳐달라고 했지? 그 부탁, 아직도 유효해?"

"유효합니다."

"친다. 임강부로 들어가는 즉시 마사부터 친다. 됐어? 그럼 너도 따라다니는 동안은 밥값을 해. 저놈이 누구인지, 검련 본가에서 어떤 위치에 있는지 알아볼 수 있어, 없어?"

"대가가 너무 세군."

"할 수 있어, 없어?"

"있소."

"그럼 알아봐."

어화영은 말을 마치자마자 불쑥 일어섰다.

어떻게 알아볼 수 있는지 묻지 않았다. 언제까지 알아보라는 말도 하지 않았다.

'검련 본가의 무인? 도대체 이놈들 정체가 뭐야?'

비주는 반혼귀성을 보면서 궁금증이 하나 가득 치밀었다. 분명히 만정과 관계가 있는 듯한데, 이들 중 태반은 알고 있는 사람들인데 난생처음 보는 낯선 타인들처럼 느껴졌다.

第七十章
취귀(臭鬼)

1

 양손에 떡을 들었다. 그러나 두 개 다 먹을 수는 없다. 오직 한 개만 먹어야 한다.
 어떤 떡을 먹을까?
 그는 비주를 믿는다. 비주는 그토록 허무하게 무너질 사람이 절대 아니다. 마사에게 기습을 받아서 아무 준비도 없이 내쳐진 것은 사실이지만, 곧 반격이 시작될 게다.
 그렇게 믿는 근거가 있다.
 가주의 복심(腹心)이 비주에게 있지 않을까 싶다.
 예전에는 확실히 그랬다. 마사에게 쫓겨나기 전까지만 해도 비주 앞으로 밀명(密命)이 떨어지곤 했다.
 밀명이 무엇인가. 가주가 직접 하달하는 명령이지 않나.

'하지만…… 비주가 쫓겨난 이후에는 밀명이 떨어지지 않아. 복심이 바뀌었다면?'

그럴 수도 있다.

마사는 하루에 한 번 꼴로 가주를 찾는다. 가주는 마사에게 전권을 위임한 듯하고, 마사는 거침없이 일을 진행시킨다.

임강부에서 벌어지는 모든 대소사가 마사의 손에서 진행된다.

류명은 그저 빛 좋은 개살구다. 마사 옆에서 웃음만 짓고 있는 게 일과의 전부다.

"이걸 어떻게 한다."

그는 서신을 만지작거렸다.

마사가 요즘 들어서 바짝 신경을 곤두세우고 있는 반혼귀성에 대한 정보가 손아귀에 있다.

다른 때 같았으면 즉시 보고했다. 하지만 이번에는 다르다. 비주가 동행하고 있다. 움직임도 심상치 않다. 임강부를 향해 곧장 내려오고 있다.

누가 생각해도 정면충돌이 예상된다.

한데 이 충돌은 정말 말이 안 된다. 천검가는 점점 더 강해지는데, 반혼귀성은 신비의 유령을 빼면 남는 게 없다.

유령이 천검가를 모두 상대할 수 있단 말인가.

만약 이것이 도박판이라면 없는 돈까지 긁어모아서 천검가에 걸 것이다.

문제는 역시 가주의 복심이다.

비주의 하행(下行)이 가주의 복심에 따른 것이라면 천검가의 구도에 또다시 변화가 생긴다. 그러나 아무 근거도 없는 행동이라면 초전(初戰)에 박살(搏殺) 난다.

"휴우!"

그는 긴 한숨을 불어 쉬며 손에 든 서신을 촛불에 댔다.

화르륵!

서신에 불이 옮아 붙었다. 그 순간,

쉬릭!

눈앞에서 무엇인가가 번쩍였다. 그리고 말로 표현하지 못할 극심한 고통이 밀려들었다.

'아아악!'

목구멍에서 치솟는 비명을 억지로 눌러 삼켰다.

서신을 든 손이 싹둑 잘려 나갔다. 그리고 독존대인지 우룡인지 하는 놈이 나타나서 불붙은 서신을 집었다.

'틀렸군.'

그는 사태를 직감했다.

묵비 중에는 아직도 비주를 따르는 사람이 이십여 명이나 있다.

그들 모두 처리될 게다. 자신이 발각되었다면 그들도 발각되었다고 봐야 한다.

그는 어금니를 꽉 깨물었다.

순간, 톡 쏘는 듯한 맛이 혀를 물들이더니 이내 뜨거운 불길로 변해서 뱃속으로 넘어갔다.

취귀(臭鬼) 301

"산 자는?"

"한 명도 없습니다."

"죽이지는 않았지?"

"모두 손만 절단했습니다."

"그럼 모두 독단(毒丹)을 삼켰겠군."

"그렇습니다."

모든 게 예측대로다.

류명은 마사의 머리에 감탄을 금치 못했다.

묵비는 죽음을 두려워하지 않는다. 손이 잘리는 순간, 자신의 인생도 끝났다고 생각한다. 비굴하게 목숨을 구걸하거나 구차한 변명을 늘어놓는 자는 없을 것이다.

그럼 어떻게 죽음을 맞이할까?

묵비는 어금니 속에 독단을 준비해 놓고 있다. 언제든 비밀 보호를 위해서 스스로 자진할 준비를 갖춰놓은 게다.

아마도 독단을 삼킬 것이다.

심문(審問)은 필요없다. 물어도 대답하지 않을뿐더러 그런 행동은 비웃음만 당한다. 그러니 아무것도 묻지 말고 가만히 있으면 그들 스스로 끝낼 것이다.

남아 있는 묵비를 위해서라도 갈 사람은 조용히 보내주는 게 낫다.

모든 게 마사의 말대로 되었다.

그녀는 침상에서 아주 좋은 말을 많이 해준다.

그런 것들이 그녀를 빛내줄 수도 있는데, 공을 자신에게 넘겨준다. 그래서 자신의 얼굴에 금칠을 해준다.

현명하고, 똑똑하고, 사랑스러운 여자다.

류명은 기분 좋게 말했다.

"그래도 묵비답게 죽었군. 하하! 그런 게 진짜 멋이야. 얼마나 깨끗한 죽음인가. 안 그래?"

"그렇습니다!"

필계룡(畢季龍)이 충직하게 대답했다.

필계룡은 우룡 중에서도 가장 뛰어난 성취를 보였다. 류명이 오른팔로 삼을 결심까지 하게 만든 자다.

그는 천검가에 들어서자 대공자의 처소를 거처로 삼았다.

대공자가 쓰던 집기들을 마당에 끌어내 놓고 불을 질러서 모두 태워 버렸다.

―대공자가 천검사봉 중 제일이라지만 나도 못지않아. 언젠가는 승부를 결할 날이 오겠지.

그는 자신만만했다.

그로부터 불과 하루 뒤, 그는 스스로 전각에서 물러났다.

류명이 사자후 일갈을 터뜨릴 때, 가슴 밑바닥에서부터 한기가 치밀어 올랐다.

서늘한 기운이 전신을 관통한다.

모골이 곤두선다. 등골이 오싹한다.

류명의 공부는 자신들보다 월등하다. 천유비비검을 깨우쳤다고 해서 다 같은 천유비비검이 아니다. 그동안 형제처럼 보살펴 주고 아껴주었기에 류명이 얼마나 강한 고수인지 잊어버렸다.

그날의 비무는 적성비가 무인들에게만 충격을 준 것이 아니다. 일명 독존대라고 명명했던 무인들까지 큰 충격을 받았다.

그들은 전각에서 물러나 방 하나로 만족했다.

필계룡이 말한 것처럼 언젠가는 대공자와 검을 섞을 날이 올지도 모른다.

전각은 그때 대공자를 꺾고 나서 차지해도 늦지 않다.

"원래 묵비의 장례는 화장이지?"

"넷!"

"화장시켜 줘. 그래도 묵비답게 보내야지."

"넷!"

"계속 그렇게 딱딱할 거야? 그러지 말라니까."

"이것이 더 편합니다."

"사람들하고는 참……."

류명은 혀를 끌끌 찼다.

살아남은 다섯 명의 독존대는 그야말로 피붙이나 다름없다.

자신이 태어나서 처음으로 만든 조직이다. 고수다. 자신이 직접 양성한 제자들이다. 그래서 제자로, 형제로 대했다. 수하로 여긴 적은 없었다.

그런데도 모두들 허리를 숙이면서 충직함을 보인다.

그날 이후부터 이런 일이 벌어졌다.

마사가 결전을 주체하지 않았다면 이토록 철저한 위계질서는 생각할 수 없었다.

굳이 이럴 필요가 있을까 하는 의문도 들었다.

천검사봉처럼 형제처럼 지내는 것도 좋지 않을까 싶었다. 한데 주군 대 수하로 지내는 것도 나쁘지 않은 것 같다.

류명이 말했다.

"그건 그렇고…… 반혼귀성 귀신들이 이리 오고 있다고?"

"넷!"

"후후! 그 사람들… 참 어지간하군. 그때가 언제인데 아직까지 그 일 가지고 절절매나. 한심한 사람들. 그래도 온다니까 반갑기는 하네. 후후! 그 꼬마도 보고 싶고. 하하하!"

류명이 밝게 웃었다.

마사의 표정은 밝지 않았다. 그녀는 눈을 가늘게 뜨고 서신을 뚫어지게 쳐다봤다.

검련(劍聯) 검도자(劍淘子) 후행(後行).

몇 글자 안 되는데 속을 뒤집어놓는다.

검도자라면 검련 일가의 고수다. 한때는 후기지수로 거론될 만큼 검에 정통한 고수다. 지금도 검련 일가에서는 서열 사위에 책정되어 있다.

그런 고수가 반혼귀성을 뒤쫓고 있다.

마사는 생각이 난 듯 서신들을 뒤적거렸다.

찾고자 하는 서신이 나왔다. 금화루의 멸문에 관해서 상세한 내용이 적힌 보고다.

보고서에는 당시 대강에서 멸문을 지켜봤던 수많은 사람들의 목격담까지 기재되어 있다.

글을 한 줄 한 줄 읽다 보면 소름이 돋는다.

반혼귀성은 죽음을 즐겼다. 보지는 않았지만 사람을 죽이면서 웃는 얼굴이 그려진다.

금화루가 검련 본가의 자금줄이라는 것은 모두가 아는 사실.

그런데도 검도자는 반혼귀성을 치지 않고 뒤만 쫓고 있다. 그뿐만 아니라 검련 일가의 보복적인 행동까지 막아주고 있다.

추포조두가 반혼귀성에 대한 보고를 올렸다. 삼십홀 중에 십홀이 죽어갔다. 그런데도 아무런 징치를 하지 않는 이유는 바로 검도자가 막아섰기 때문이다.

여기서 '왜?'라는 물음을 던지지 않을 수 없다.

인간이 행동을 할 때는 반드시 이유가 있다. 이유없이 움직이는 법은 없다. 하릴없는 인간, 혹은 미친 인간이나 이유없이 행동한다. 정상적인 인간이라면 너나 할 것 없이 전부 분명한 이유를 가지고 움직인다.

검도자가 반혼귀성을 감싸는 데는 이유가 있다.

'검도자⋯⋯.'

마사는 검도자의 이름을 계속 되뇌었다.

검도자는 반혼귀성을 비호하고 있다. 명문정파의 분노를 가로막고 있다. 검도자의 뜻이 어디에 있든지 검도자는 정(正)의 편이 아니라 마(魔)의 편에 서 있다.

일단 반혼귀성을 마인으로 규정짓는다.

검련 본가가 그 일을 하지 않았으니 천검가의 이름으로 규정한다.

근거는 많다. 지금까지 반혼귀성이 행한 일들을 열거하기만 하면 누구나 고개를 끄덕일 게다. 무엇보다도 과거에 마의 상징이었던 소무지절을 쓴 것이 결정적인 근거다.

반혼귀성이 마인들이라고 낙인찍히면 검도자의 입장에도 변화가 생길 것이다.

최소한 천검가의 무인들이 반혼귀성을 칠 때 지금처럼 비호하지는 못할 게다.

아니, 비호하면 더 좋다. 솔직히 그래 줬으면 좋겠다. 그때는 정식으로 검도자를 칠 수 있는 명분이 생긴다. 더불어서 검련 본가를 압박할 수 있는 근거도 마련된다.

그녀는 서신을 써 내려갔다.

묵비에게 내릴 비밀 지령이다.

마사는 세요독부를 찾았다.

그는 며칠째 마사를 보러 오지 않았다.

쉐엑! 쉐에엑!

검날에 독기가 스미어 있다. 증오심이 담겨 있다.

세요독부는 밥도 서서 먹는다. 용변을 볼 때도 검을 휘두른다. 잠도 검을 땅에 박고 서서 잔다.

그는 하루 온종일 검과 함께 산다.

그날의 충격이 꽤 컸던 것 같다.

쒜엑! 쒜에에엑!

세요독부는 마사가 들어서는 것을 봤으면서도 검을 멈추지 않았다. 한시도 쉴 틈이 없다는 듯 검을 휘둘렀다. 구슬 같은 땀이 등을 타고 흘러내렸다.

"그만해."

"호호호! 명령을 내리러 오셨습니까?"

쒜에엑! 쒜엑!

말을 하는 중에도 검이 춤을 춘다.

"속상한 건 알겠는데…… 참 미련해. 그렇게도 못 믿겠어?"

"호호호! 번지르르한 말."

"난 적성비가 은자야. 옛날에도, 지금 이 순간에도. 내가 은자라는 신분을 한시라도 잊은 것 같아?"

쒜에엑!

허공을 베던 검이 우뚝 멈췄다.

"바보 같으니. 그렇게 미련해 가지고 어떻게 천유비비검은 터득했나 몰라."

마사가 눈을 흘겼다.

"계집…… 너 정말……."

세요독부의 눈가에 광채가 번뜩였다.

그는 새삼 마사의 속내를 파악한다는 건 불가능하다는 사실을 깨달았다. 적성비가를 버리지 않았다는 그녀의 말을 믿어야 하나? 믿어야 한다. 그 수밖에 다른 방법은 없다.

마사가 말했다.

"잔소리 말고… 검도자의 행적을 추적해 줘."

"호호호! 방금 뭐라고 했어?"

세요독부가 눈빛을 빛내면서 되물었다.

검도자라는 말에 호승심이 치미는 모양이다. 하기는 그럴 것이, 천유비비검을 수련하지 않았나. 검련 본가의 가주에게는 안 되겠지만 검도자라면 한번 승부를 결해볼 수도 있지 않나. 그래도 새로운 천검십검인데.

마사가 단호하게 말했다.

"쓸데없는 생각 마. 넌 검도자의 일초지적밖에 안 돼."

"호호호호!"

"쓸데없는 생각 말랬지!"

"호호호호! 알았어. 쓸데없는 생각은 안 하지. 검도자라……. 호호호! 이거 아주 흥미진진해지는데? 검도자의 행적을 추적해 달라고 했지? 어디까지 파줄까? 태어날 때부터 파주면 되나?"

마사는 세요독부의 농담을 받아들이지 않았다. 그럴수록 오히려 정색을 하고 말했다.

"이번 건은 심각하게 받아들였으면 좋겠어."

"알았어. 말해."

"반혼귀성이 나타나는 순간부터 파악해."

"음! 반혼귀성은 만정이 폭파되면서 나타났으니까…… 그때부터 파악하면 되겠네?"

"그래. 만정이 폭파될 때 검도자가 어디 있었는지 파악해. 거기서부터 시작하면 될 거야."

"얼마나 쓸지 말해줘야지?"

"전부 다 써."

"전부 다?"

세요독부가 눈을 동그랗게 떴다.

그들이 말한 것은 돈이 아니다. 적성비가의 눈, 세간(世間)에 틀어박힌 고정간자(固定間者), 정관(正觀)을 말한다.

대체로 정관은 쓰지 않는 게 좋다. 본인들이 연락을 취해오는 것만 받는 게 그쪽 규정이다. 이쪽에서 그들을 운용하려고 들면 신분이 노출될 가능성이 높기 때문이다.

그래서 대대로 적성비가의 가주들은 정관을 쓰지 않았다. 그들이 보내주는 보고만 받았다. 특정한 사실을 파악하고자 할 때도 그들 중 지극히 일부만 썼다.

마사는 그들을 전부 써도 좋단다.

세요독부가 놀라서 말했다.

"승부야?"

"승부까지는 아닌데…… 중요한 것 같아."

"알았어. 심각한 것 같으니까 나도 허투루 하지는 않을게. 믿어도 좋아. 호호호! 그럼 간다!"

세요독부가 호기롭게 말하더니 스르륵 사라졌다.

마사는 웃었다.

오월 황산지회에서 일을 벌이려고 했는데 뜻하지 않게 기회가 일찍 찾아왔다. 그것도 제 발로 걸어오고 있다. 그녀를 무림여제로 우뚝 세워줄 절호의 기회가.

2

삐릭! 삐리릿! 삐릿!

풀피리 소리가 잔잔하게 울려 나간다.

요즘 들어서 당우에게 묘한 취미가 생겼다. 시도 때도 없이 곡조에도 맞지 않는 풀피리를 분다는 것이다. 하나 그 소리에 유독 예민한 사람들이 있다.

'밀마(密碼)!'

밀마를 잘 아는 사람들은 곡조에 맞지 않는 풀피리 소리를 범상치 않게 들었다.

홍염쌍화가 그렇다. 벽사혈이 그렇다. 묵비 비주도 풀피리 속에서 일정한 음률을 찾아냈다.

당우는 아무렇게나 불고 싶은 대로 부는 게 아니다. 매일 시작하는 순간부터 끝나는 부분까지 일정한 형태가 있다. 곡조가 없는 듯하면서 일정한 가락이 있다.

"아버지?"

치검령이 물었다.

밀마로 아버지를 부르냐는 뜻이다.

도광도부는 아주 탁월한 밀마해자였다. 그러니 풀피리 소리로 밀마를 만들어내지 말란 법이 없다. 어쩌면 가족 간에만 소통되는 밀마를 남겨놓았을지도 모른다.

그렇지 않고는 납득이 되지 않는다.

당우는 순박한 소년이었다. 농사밖에 모르는, 가끔은 어깨너머로 글을 배우고자 했던 어수룩한 소년이었다.

그에게는 가족 이외에는 연통할 사람이 없다.

장성하는 순간에는 만정에 있었다. 그리고 나온 게 지금이다. 만정에서 알던 사람이 모두 곁에 있으니 도대체 누구에게 밀마를 전하는 것인가.

당우는 씩 웃었다.

"듣기 좋진 않죠?"

"밀마 같은데? 중원에 아는 사람이 있었어?"

치검령이 다시 물었다.

그는 도광도부를 안다. 도광도부에게 부탁해서 아들을 데려오기까지 한 장본인이다. 그런 측면에서 볼 때 당우를 무림에 소개시킨 첫 번째 인물이라고 할 수 있다.

그가 이런 일을 할 때 철저한 사전 분석은 필수다.

도광도부는 철저하게 혼자였다. 무림과는 소통을 끊은 지 오래되었다. 그를 아는 사람도 그가 어디선가 죽었다고 믿을 정도로 완벽하게 자신을 숨겼다.

당우에게는 아무것도 전수하지 않았다.

도광도부는 밀마 외에도 뛰어난 것이 있다. 하나는 도박이고 또 하나는 도법이다. 도광도부가 도박에 미친 것은 널리 알려진 사실이지만, 그가 도의 고수라는 점은 잘 알려져 있지 않다.

도광도부의 어떠한 것도 물려주지 않았다.

도박, 도법, 밀마.

도박은 밖에서 즐겼으니 볼 수가 없었다. 도법은 펼친 적이 없으니 보지 못했다. 밀마는 어깨너머로 훔쳐 배웠지만 깊은 부분까지 들어가지는 못했다.

당우가 아는 것은 이 정도에 불과하다.

그런 그가 누구와 연통을 하겠는가.

당우는 치검령의 물음에 웃음으로만 답했다. 그리고 계속 풀피리를 불었다.

삐릿! 삘리리! 삣!

풀피리 소리가 잔잔하게 울려 나간다.

"저것!"

벽사혈이 제일 먼저 봉화(烽火)를 발견했다.

봉화? 아니다. 봉화라고 하기에는 연기가 너무 흐리다. 누가 쓰레기를 태우는 모양이다.

한데 그 모양새가 묘하다.

쓰레기를 태우는 것이라면 연기가 계속해서 피어올라야 한다. 한데 그녀가 본 연기는 가끔씩 중단된다. 마치 연기가 새어나가지 못하도록 이불로 덮었다가 다시 풀어놓는 것 같다.

틀림없이 연기로 신호를 보내는 것, 봉화다.

"제길! 같이 다니려면 께벗고 다니라던 사람이 누군데."
비주가 투덜거렸다.
그들 중 밀마에 정통하지 않은 사람은 없다.
귀영단애, 풍천소옥, 적성비가, 그리고 묵비..
중원의 밀마라면 손바닥 들여다보듯이 줄줄 꿰고 있다.
그런데 멀리서 피어오르는 봉화는 도무지 해석할 수 없다. 그냥 쓰레기를 태우고 있다는 느낌이 강하게 든다. 그만큼 밀마가 은밀하다는 뜻이겠지만 말이다.
삐릿! 삐리리릿! 삣!
당우는 봉화와는 상관없다는 듯 유유히 풀피리를 즐겼다.

그날 이후 당우는 풀피리를 불지 않았다.
누군가와 연통한 것은 사실이다. 또 연통한 사람이 상당한 재력가(財力家)라는 데 놀라지 않을 수 없다.
"오늘은 저기서 쉬죠."
당우가 허름한 폐가를 가리켰다.
얼핏 봐도 사람이 살지 않은 지 십 년은 넘어 보이는 시골집이다. 일행 여덟 명이 다 들어가서 잠자기도 비좁아 보인다.
그러나 사람들은 가타부타 입을 열지 않았다.
지금까지 이런 경우가 한두 번이 아니다.
당우가 말한 곳에 도착하면 틀림없이 진수성찬이 마련되어 있을 것이다. 만정 생활을 의식한 듯 죽 같은 소화되기 쉬운 음식들로 차려져 있지만 맛과 영양만은 일품이다.

이번에도 그랬다.

"어! 그래도 이번에는 고기가 다 있네?"

어화영이 반가운 듯 말했다.

달라진 것은 고기만 있는 게 아니다. 상이 두 개나 차려져 있다. 범인들이 먹는 일반식과 영양을 필요로 하는 사람들이 먹을 특상이 따로 구분되어 있다.

"아이구! 잘됐네. 거 입에 맞지 않은 죽을 먹으려니 참 고역이었는데. 하하! 진작 이러지 그랬어."

비주가 일반식 앞에 털썩 주저앉았다.

하지만 그의 예리한 눈썰미는 폐가 구석구석을 훑고 있었다.

이만한 상을 차리려면 누군가 왔다 갔어야 한다. 그리고 반드시 흔적을 남겼어야 한다.

이곳이 어디인가? 폐가다. 인적이 끊겼던 곳이다. 그러니만치 발자국도 뚜렷하게 남아 있어야 한다. 하늘에서 뚝 떨어진 것이 아니라면 반드시 무엇인가 있어야 한다.

그렇다. 뚜렷하게 남아 있다. 단지 너무 많이 남아 있어서 전혀 없는 것과 다를 바 없다는 점이 안타깝다.

'대단하다!'

비주는 속으로 감탄했다.

현재 반혼귀성에게는 많은 눈초리가 따라붙는다.

검련 무인 덕분에 가까이 접근하지는 않지만 멀리서라도 지켜보는 눈이 꽤 많다.

그들도 폐가에서 벌어지는 일을 볼 것이다. 당우와 연락되는 사람이 있고, 누군가가 반혼귀성을 위해서 일용품을 제공한다는 사실도 눈치챘을 게다.

그러면 앞서 나간다.

일단 반혼귀성의 움직임을 측정한다. 하루에 어느 정도나 움직이는지 살핀다. 그러면 숙식을 취할 부근도 정해지고, 하루나 이틀 정도 앞서 나가서 그곳을 살핀다.

누가 음식을 준비한다? 발각되지 않을 수 없다.

그런데 발각되지 않는다. 기가 막히게도 지극히 은밀하게 준비하고 떠난다.

도대체 어떤 집단이 이런 일을 할 수 있단 말인가. 그리고 당우는 언제 이런 조직을 알게 된 건가. 풀피리 소리가 이들을 부른 것은 확실한데, 무슨 내용이 담겨 있는가.

비주의 궁금증은 모든 사람들의 궁금증이다.

그래도 당우는 웃기만 했다.

"아!"

어해연이 무엇인가 생각난 듯 탄성을 내질렀다.

"왜?"

"아니, 갑자기 옛일이 생각나서."

어해연이 급히 해명했지만 누가 봐도 그녀의 해명은 궁색했다.

"야! 계집 너……!"

"조용히 해."

"그럼 말해줄래?"

"나중에."

"나중에. 꼭이다?"

어화영이 다짐을 받았다.

어해연은 무엇인가 알아낸 것이 틀림없다.

"아!"

신산조랑도 탄성을 토해냈다.

그녀는 어해연이 탄성을 토하자 즉시 구령마혼을 일으켰다.

어해연의 변명은 단순한 변명이 아니다. 그 속에 진실이 담겨 있다.

신산조랑은 옛일, 당우를 만나던 순간으로 돌아갔다. 그리고 그가 여러 사람과 혹은 어떤 조직과 관계를 맺을 만한 일이 무엇이었을까 하고 되짚어봤다.

그러자 불현듯 한 가지 일이 떠올랐다.

"뭐야?"

산음초의가 궁금해서 물었다.

"생각해 보슈. 머리는 뒀다 뭐에 쓰려고."

"이놈의 할망구가! 그래, 내 머리는 뒀다 국 끓여 먹으려고 그런다. 왜! 뭐 도와준 것 있어!"

산음초의가 버럭 고함을 질렀다.

요즘 들어서 산음초의와 신산조랑은 유독 티격태격한다. 사소한 일에도 비아냥거리고 화를 낸다. 한데 그 순간만 지나면

취귀(臭鬼) 317

언제 들어졌냐 싶게 가까이 붙어 앉아서 시시덕거린다.

"음……!"
치검령이 세 번째로 침음을 토해냈다.
그는 죽 한 그릇을 비우고 한 그릇 더 덜어 먹기 위해서 주걱을 드는 참이었다.
그의 손이 딱 굳어졌다.
"그것……."
치검령은 거기까지만 말했다. 더 이상은 말하지 않고 주걱을 집어 죽을 폈다.
"이것 참, 궁금해서 죽겠네."
산음초의가 투덜거렸지만 그들은 일체 함구했다.

어해연은 어화영에게, 신산조랑은 산음초의에게 귓속말로 무엇인가를 말했다.
"아!"
모두들 첫 마디는 경탄이다.
그것뿐이다. 그 이상은 한마디도 하지 않았다.

이제 신비의 조직에 대해서 모르는 사람은 비주와 벽사혈뿐이다.
"우리도 좀 압시다."
"뭐 말해줄게 있어야 말하지."

산음초의가 대답을 피했다.

"아는 것만이라도 압시다."

"식인(食人)을 아는가?"

"그걸 왜 모릅니까? 지금도 가뭄이 심하게 들 때는 종종 그런 인간 말종들이 나타나는 모양입디다만."

"그럼 식인 때문에 죽어야 했던 사람은 아는가?"

"지금 뭐 밀어(密語)를 나누자는 겁니까?"

"모르지?"

"식인 때문에 죽어야 했다……. 그거야 당연한 거 아닙니까? 식인한 놈들은 때려죽이는 게 맞지요."

"그렇지?"

"거 빙빙 돌리지 말고 화끈하게 말해주쇼?"

"다 말했어. 뭘 더 말해."

산음초의가 정말 할 말을 다 했다는 듯 휘적휘적 걸어갔다.

만정에 있어보지 않은 사람은 사구작서의 죽음을 알지 못한다.

그들은 밖으로 나올 수 있었다. 하지만 그들 스스로가 죽음을 택했다. 밖으로 나올 수 없는 운명임을 알고, 식인이 용서받지 못할 죄라는 것을 알고 무덤을 택했다.

그들이 누구인지 알려진 것은 없다. 다만 편마를 지독하게 사랑해서 평생 노예가 되었다는 정도만 알려졌다.

그들은 편마를 위해서라면 모든 것을 다 했다.

그중에 소서(巢鼠)가 있다. 그는 어디서 났는지 모를 재물로 편마를 편안하게 모시곤 했다.

알고 싶은 게 있는가? 소서에게 물어라.

갖고 싶은 게 있는가? 소서에게 말해라.

소서는 무엇이든 해줄 수 있는 화수분을 가진 자였다.

마지막 순간에 사구작서는 당우만을 따로 불러서 귓속말을 나눴다.

사구작서끼리도 들리지 않을 정도로 작게, 은밀히 둘만의 비밀을 나눠 가졌다.

당우는 그들을 말하지 않는다. 절대 말할 리 없다. 그것이 사구작서와 나눈 우정이기 때문이다.

식사를 마친 사람들은 편안하게 휴식을 취했다.

당우는 식사를 마친 후 식사와 함께 전해진 서찰을 읽었다. 그리고 말했다.

"우리가 마인이라는군. 천검가가 천명했어."

『취적취무』 8권에 계속…

秘龍潛虎
비룡잠호

오채지 新무협 판타지 소설

『백가쟁패』, 『혈기수라』의 작가 오채지가 돌아왔다!
그가 선사하는 무림기!

비룡잠호!

야만의 전사 오백으로 일만 마병을 쓰러뜨리고
홀연히 사라진 희대의 잠룡(潛龍).
그가 십 년의 은거를 깨고 강호로 나오다.

"나를 불러낸 건 실수야."

이가 갈리고 치가 떨리는
경험을 만들어주겠다!

Book Publishing CHUNGEORAM

유행이 아닌 자유추구 -
WWW.chungeoram.com

장강삼협
長江三峽

조돈형 新무협 판타지 소설

『궁귀검신』, 『마도십병』, 『운룡쟁천』의
작가 **조돈형**
그가 장강의 사나이들과 함께 돌아왔다!

굽이쳐 흐르는 거대한 장강의 흐름 속에서
선혈처럼 피어나 유성처럼 지는 사내들의 향취!

장강삼협(長江三峽)!

하늘 아래 누구보다 올곧았던 아버지의 시신을 이끌고
고향으로 돌아온 유대웅을 기다리고 있던 것은
천오백 년의 시공을 뛰어넘은 패왕(霸王)의 무(武)와 검(劍)!

패왕칠검(霸王七劍)과 팔뢰진천(八雷振天)의 무위 아래
천하제일검(天下第一劍)으로 우뚝 설 한 소년의 일대기!

장강의 수류는 대륙을 가로질러
이윽고 역사가 된다!

Ubok Publishing CHUNGEORAM

유행이 아닌 자유추구 -
www.chungeoram.com

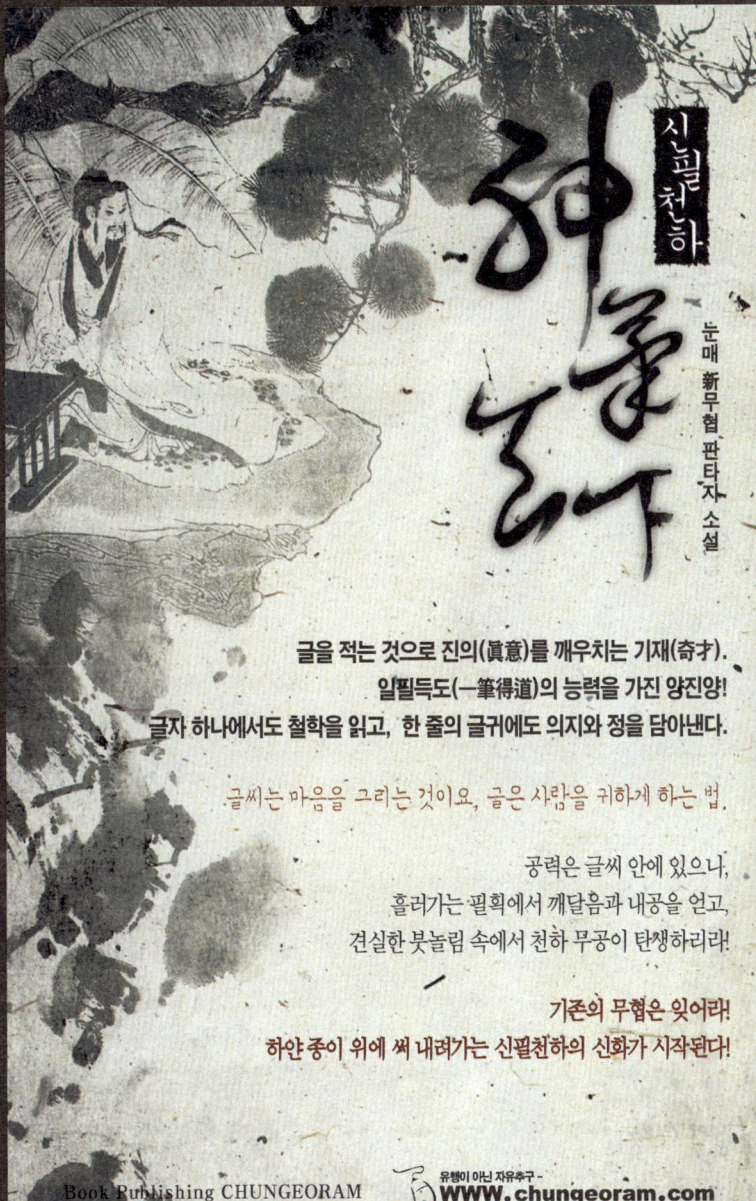

김현석 현대 판타지 소설

전능의 팔찌

THE OMNIPOTENT BRACELET

「신화창조」의 작가 김현석이 그려내는
새로운 판타지 세상이 현대에 도래한다!

삼류대학 수학과 출신, 김현수
낙하산을 타고 국내 굴지의 대기업 천지건설(주)에 입사하다!

상사의 등쌀에 못 견뎌 떠난 산행에서, 대마법사 멀린과의 인연이 이어지고······

어떻게 잡은 직장인데 그만둘 수 있으랴!

전능의 팔찌가 현수를 승승장구의 길로 이끈다!

통쾌함과 즐거움을 버무린 색다른 재미!
지.구. 유.일.의 마법사 김현수의 성공신화 창조기!

Book Publishing CHUNGEORAM

WWW.chungeoram.com